上海 底片

滕肖澜 ————— 著

北京出版集团公司
北京十月文艺出版社

目录

在维港看落日

一

　　午后和煦舒缓的阳光，透过落地窗洒落进来，大团大团的暖意，在客厅里舞动着。即便是冬日，只要有日头，便不觉得萧瑟。玻璃窗会反光，会凑趣，把许多东西排列组合、放大了摆到你面前，是凸透镜，上扬的态势。站在四十五层窗前径直望下去，维多利亚港成了安静的一幅画，一动不动的，嵌在窗格上。只是颜色分明。最远那块，是滚着金边的，纹理清晰，遮住了海本来的样子，愈近便愈淡下去，也是很有层次的。距人最近处，是一片深青色。要定睛看上一会儿，才发现那里到底还是动的，人、车，还有海，缓缓地，一点点地蠕动。像老式诺基亚手机里的"贪吃蛇"。

刚过完年，郭妮便收到罗妍的微信："我下周来香港置办嫁妆。"

　　事先没有得到一点征询，甚至连她要结婚也是首次听说，开口便是令人无法拒绝的声气。这就是罗妍。本来到香港办嫁妆也没什么，自由行开通后，港澳通行证当天可办，从上海到香港只需一个多小时，比去趟苏州也远不了多少。问题是，郭妮人在香港，罗妍这么突然一来，自然是要在她家住下。情况就要复杂得多。丁维安那里不算，还要跟他母亲打声招呼，即便是他妹妹丁维纯，多少也要提一声。还是新抱（广东话，新嫁娘）呢，去年才结的婚，不用说地域也是个原因，上海姑娘香港媳妇，广东话也才学得结结巴巴，平常见面你好我好大家好，多余的话一句不说，做人做事都是夹牢臂膀，顺拐似的，跟演戏一样累。罗妍倒是一点不见外——真要是亲姐姐也就算了，偏偏又不是。郭妮不好说"不"，但心里别扭是肯定的，硬邦邦地回过去：

　　"哦，晓得了。"

　　一周后，罗妍如期而至。郭妮初时还有些担心，想不会两个人一起来的吧——总算没有。罗妍推着行李车走出闸口，身着绛红色毛领大衣，黑色皮裙，踩着十公分的尖头高跟鞋，染成紫红色的长波浪盘在头顶，墨镜遮住了半张脸。她看见郭妮，幅度很大地挥舞了一下双臂，差点将旁边人的眼镜打飞。随即加快步伐冲出来，抛开行李车，与郭妮紧紧拥抱。郭妮吓了一跳，还不及反应，整张脸已完全埋在她领口的假狐狸毛里。

"很想你哟。"罗妍捏着鼻音。

郭妮嗯了一声。她吃不消感情这么直接这么充沛的人。礼节上她也应该表示一下亲切，但她实在没法子把"我也很想你"这句话说出口。事实上，她觉得罗妍也不至于会多么想念她。二十来岁才做的姐妹，不同父也不同母，一男一女带着各自的拖油瓶，组成了新的家庭，陌生人突然间成了亲人，尴尬到极点的关系，要说有感情那就是骗人了。郭妮不想骗人，也不想失礼，只好在罗妍背上轻轻拍了两拍："——欢迎来香港。"

出租车上，罗妍一件件地脱衣服，从大衣到毛衣，再到连裤袜，搞得动静很大。最后脱剩一件短袖，光着臂膀拿手当扇子。她说，没想到香港这么热。郭妮从后视镜里瞥见司机有些异样的眼神："嗯，你应该事先查一下香港的天气——不过，穿短袖会不会有点太那个了？"罗妍把连裤袜卷成球，塞进挎包，问郭妮："为什么不开车？"郭妮怔了怔："驾照还没考出来。"罗妍嘿的一声，噔噔两下，甩掉高跟鞋，整个人往后一躺："本来还以为你老公也会来机场接我呢——有点小失望哦。"

晚饭订在楼下的"潮江春"，丁维安和他母亲、妹妹都出席。点菜时，丁维安问罗妍，喜欢吃什么。罗妍拿过菜单看了一遍，说随便。丁维安又问郭妮,你肯定知道的啦。郭妮记得罗妍喜欢吃烤鱼,便说"鱼"。丁维安点了一条清蒸老鼠斑。又点了例汤、白灼虾、糖醋镇江骨、鲍鱼鸡煲。服务员为每人舀了汤,分到各人面前。罗妍问:"这是什么汤?"郭妮回答:"南北杏无花果煲鹧鸪。"罗妍喝了一口:"广东人煲汤是讲究啊——我们上海的汤就简单多了,双档、荠菜豆腐羹、冬瓜小排汤。"郭妮道:"上海也有复杂的,你不晓得而已。我小时候过年家里吃的暖锅,里面放肉圆、鱼圆、蛋饺、蹄筋、火腿、香菇、冬笋、爆鱼……十七八样东西,满满一锅子,吃得浑身冒汗,肚皮滚圆。"鱼上桌时,丁维安拿勺子剔了一大块鱼肚肉,放到罗妍碟子里,"上海一般都吃什么鱼?"罗妍道:"上海吃的比较多的是带鱼、黄鱼、鲳鱼,或者到川菜店,吃水煮鲇鱼,要么是清江鱼,黑鱼也有。"丁维安点头:"上海好吃的东西很多。"罗妍道:"那倒是的,我们上海人这点真是比较幸福。不过你们香港也不差啊。"丁维安笑了笑:"马马虎虎啦。"

郭妮剥着虾,听罗妍一口一个"我们上海",不禁有些滑稽。她记得初次见到罗妍时,这个山西女孩还完全不会说上海话,与她父亲坐在一起,问他"有没有醋和辣椒酱"。对面便是郭妮和她母亲,小声用上海话聊着天。那样年纪的女孩,又是那样的场合,都是矜持得过了头,彼此不言语,连看人都是趁对方不注意,飞快瞟一眼,便立即移开。最后是双方家长让她们握个手,"以后一家人了——"两人手搭着，也不用力，任它自然滑落。郭妮瞥见罗妍脸上的粉，没涂匀，浮在面上像脱皮。想，原来她还化了妆。罗妍应该是察觉了，立刻低下头，拿叉子去挑盘里的意大利面。那年罗妍十八岁，郭妮十七岁。即便到现在，罗妍的上海话依然说不好，发音有些古怪，偏偏对于那些时髦的新兴词又很敏感，比如"拽""屌丝""腹黑"……没头没脑地掺杂进去，"侬这人老拽的""屌丝一只，还要学人家腹黑。"——上海话本就夹生，再添上这些舶来的浇头，实在奇怪。还有罗妍的打扮，郭妮觉得她也是狠下了一番功夫，从小练的不是童子功，便额外地用心。其实郭妮很想告诉她，马路上那些花枝招展过了头的，十有八九都不是上海女孩。土生土长的上海姑娘，行事做人都是往里收的，低调、慎言。就像化妆的最高境界是"裸妆"，化了像没化。力气用是用的，却不露在面上。郭妮觉得，这些道理一两句话说不清，况且以她和罗妍的关系，似乎也没必要说。本就是不搭界的人，自从母亲去世后，便更是如此。从恋爱到结婚，郭妮只花了三个月时间，便把自己完全抽离了那个"家"。

丁维纯笑起来。是笑哥哥的普通话。"好烂哦——"她用广东话问郭妮："我的普通话好，还是你老公的好？"丁维安立刻反击："至少我还敢说，你呢，怎么连说都不敢？"丁维纯只好说普通话："我怕我说得太好，你会墨（没）面子。"几人都笑。丁母招呼罗妍吃菜："你七、七（吃）啊——"拿公筷给她夹了块鲍鱼。罗妍说声

"谢谢"，又问："香港课堂上，是不是老师都用广东话教课？"丁维纯道："是的啦。"郭妮道："其实上海以前也是这样，老师讲课都说上海话。现在反过来了，小孩只会说普通话，上海话都不会说了。"丁维安道："香港也差不多啦，你去铜锣湾时代广场那边，说普通话的比说广东话的还多。"

结束后，丁维纯回宿舍。她第二天飞早航班，通常这种情况，前一晚她都会睡在机场附近的员工宿舍。她很客气地跟罗妍打招呼："这几天我要飞巴西，不陪你了。你玩得开心点。"临走时郭妮递给她一个袋子，里面是新织的围巾："按你上次说的花样，不过织得不好，随便戴戴啦。"丁维纯接过，连声道谢："唔该晒阿嫂（谢谢嫂子）"。

罗妍问郭妮："会织绒线了？"郭妮点头："刚学会。拿她练手。"罗妍啧啧道："不得了，贤妻良母。"郭妮嘿的一声："闲着也是闲着，打发时间。"

丁母要早睡，丁维安与她先回去了。罗妍想在附近逛逛，郭妮便陪她。

这是尖沙咀地区近年新造的高级商场，香港人的习惯是，把小区建在商场上面。商场有小门径直通到住宅楼，坐两层电梯走出去，偌大的小区平台，大树、花坛、会所、网球场、泳池，别有洞天。寸土寸金的地盘，楼也建得高。郭妮住的那幢楼，位置最好，直朝着海。

一千三百多尺，差不多是一百四十平米。四室两厅，一间主人房，两间客房分别是丁母和丁维纯住。还有一间工人房，给印尼籍的女佣住，也是单独卫生间。

罗妍问郭妮，这套房子多少钱？郭妮报了个大概的数字。说谎没意思，商场里到处是"中原地产"。罗妍怔了怔："豪宅啊。"郭妮摇头："我们上海的房子不是更大？"罗妍停顿一下，"——还是你福气好。"郭妮顺着话头："你呢，怎么突然要结婚？"罗妍道："怎么是突然，我都二十八岁了。"郭妮道："都没听你提过。"罗妍嘿的一声："你还不是一样？人都没见呢，结婚证倒先领了。我爸常说，郭妮结婚像打仗一样。"

走了一段，罗妍又说到丁维纯。

"她多大了？"

"跟维安是双胞胎，今年三十三岁。"

"这个岁数还不结婚？"

"人家有自己的想法。"郭妮停顿一下，还是告诉她，"——她男朋友是飞行员，澳洲人。交往了七八年了。"

"空姐和飞行员，倒是挺配。"

"配是配，不过都在天上飞，脚不着地。男女这回事，不接地气也不行。"

迎面走来一个卷发的中年女人，见了郭妮便叫"丁太——"，郭妮笑应"张师奶——",两人用广东话聊了几句才离开。罗妍问是谁。郭妮说是一起学煲汤的同学,"就在商场二楼,每周两天。"罗妍问:"你还学这个?"郭妮道:"学着玩。"

当晚,罗妍睡在丁维纯房间。郭妮直等她洗完澡上了床,一切收拾停当才回房:"有事就叫我。"罗妍点头:"麻烦你了。"郭妮瞥过床边那个大拉杆箱,"明天去哪里shopping?铜锣湾,还是就在尖沙咀?"

"不急。再看。"

临睡前,郭妮倚在床上刷微信,见罗妍在朋友圈上发了条讯息"香港,我来啦",附了一组照片,有飞机上、出租车上,还有晚餐时拍的,最后一张维多利亚港的夜景,看角度应该是站在阳台上往下拍的。丁维安凑过来,问:"看什么?"郭妮把手机递过去。他看了一眼,还给她。"我后天去南非出差。这样等维纯回来,她可以和你睡。"

"不用替我们腾地方。"郭妮道。

他问她:"在那边替你买什么?红宝石好不好?"

她摇头:"什么都不用,平安回来就好——治安那么差的地方,非去不可吗?"

"早就定下了。"他在她额头轻轻一吻,"放心,没事的。"

第二天大清早,郭妮被门铃吵醒,是楼下保安,"丁太早安!不

10

好意思，有位姓罗的小姐说是住在这里的，可没带门卡，也说不清门牌号，我猜想应该是你们家——"郭妮忙道："是的是的，麻烦你让她上来。唔该（谢谢）！"

罗妍进门时浑身湿透。她说没想到香港的天气这么奇怪，"前一秒还是晴空万里，说下雨就下雨，结果一分钟后又出太阳了——"郭妮道："你应该找个地方避雨。平台上到处是遮雨棚。"罗妍道："海边哪来的遮雨棚？"郭妮一怔："你去海边了？"

罗妍说她天没亮就去散步，沿着星光大道走了一圈，然后坐在文化中心前的台阶上看日出。吹着海风，看旭日的金光一点点爬上岸边船只的桅杆。"真不错，跟外滩的感觉不同——"郭妮想说"你这么早看过外滩吗"，嘴上道，"怎么不多睡一会儿？"

"睡不着。是不是因为楼层太高，有高原反应？"罗妍开了个玩笑。

早餐后，丁维安上班，丁母与印佣去超市买东西。郭妮问罗妍：

"出去逛逛？"

"好。"

刚过完年，是淡季。铜锣湾的时代广场里，人并不很多。GUCCI和LV的门口，也没有人排队。两人一个个店铺逛，进去，出来，再进去，再出来——郭妮冷眼旁观，觉得罗妍应该并不打算买东西。神情漫不经心，这件拿起来看一眼，放下，再看那件，又放下。脚步也是很有节奏，匀速而笃定。每个柜台都不错过，逗留的时间也差不多，却什么都不买，也不问价格。女人买东西不会这样。郭妮不吭声，只是跟着，与她隔开两步距离。从二楼逛到九楼，再坐直达电梯下来。

"吃个茶，休息一会儿？"郭妮看表。中午十一点。

罗妍答应了。

两人又坐电梯到十楼"食通天"。挑了家餐厅。这个时段，早市还未完全结束，午饭的餐牌也摆了出来。客人不多，是个空当。服务员上来问"饮咩茶？（喝什么茶）"。郭妮回答"普洱滚水"。少顷，两个茶壶便送上，一壶是茶，一壶是开水。郭妮先不倒茶，而是将两人的餐具放到跟前，拿开水将筷子、碗、汤勺、碟子逐一烫过，再把水倒进旁边的大碗里。罗妍看着："这么讲究？"

"香港人的习惯，怕洗洁精残留。"郭妮道。

一会儿，菜上来。大多是早茶的点心，再添了个烧鹅。"吃菜。"郭妮让了让。罗妍点头，说"好"。吃了几口，罗妍忽道："你早饭是不是没吃饱？"郭妮一怔："喝粥，是容易饿。"罗妍道："我记得你以前不爱喝粥。"郭妮又是一怔："老太太喜欢喝粥，陪陪她。"罗妍道："你胃不好，喝粥容易胃酸分泌过多。"郭妮嗯的一声："问题不大。"

接下去的两天，罗妍提出要去海洋公园和南丫岛。都是耗时的地方。海洋公园一整天。南丫岛吃海鲜、骑脚踏车环岛，坐上返程船已是晚上七点多。船上，罗妍翻看一路拍摄的照片，又是笑又是说。郭妮一旁看着，终是忍不住：

"嫁妆不买吗？"

"嗯，怎么了？"

"想买什么，先列个单子，一样一样买。有计划比较好。"

罗妍停了停，还是那句，"——不急。"

郭妮心里咯噔一下，脸上依然是若无其事的神情："打算在香港待多久？"

"后天下午的飞机。"

郭妮松了口气，嘴上道："——明天去哪里逛？"

"随便。你替我定。"

第二天，郭妮提议去超市一趟，"香港进口食品比较便宜，带点回去给叔叔。"两人坐地铁去北角的JUSCO，到了那里，才逛了一会儿，便有人过来打招呼：

"嗨！这么巧？"

是个高瘦男人。三十多岁，黑色夹克，露出白色衬衫领口，笑容很干净，也很亲切。郭妮怔了怔，说声"是啊，真巧"。随即给两人介绍："我姐姐，罗妍——这位是胡绍斌，我在香港认识的第一位朋友。"

"别误会，我不是香港人。"男人对罗妍笑笑。

"他住在深圳，有时会来香港。"郭妮补充，"——大老板哦。"

"哪里，郭小姐开我玩笑，"男人的普通话带着广东口音，但还是比香港人标准很多，"开个小饭店，罗小姐有空欢迎过来捧场，就在罗湖口岸不远。"

男人邀请姐妹俩喝下午茶。阳光明媚的咖啡厅，靠窗位置。他给了罗妍一张名片，罗妍说声"谢谢"，也回赠了名片。郭妮有些惊讶，想她原来也印了名片。

"罗小姐也是开店的——我们是同行啊。"男人看名片。

"我跟你不好比的，"罗妍捏着鼻音，操一口上海普通话，"我们这种小网店，卖点蹩脚衣服，赚点小菜铜钿。"

"一样，都一样。"男人谦虚道。

郭妮往咖啡里加了半袋糖，端起来喝了一口，看向窗外。

回去的路上，罗妍向郭妮详细询问胡绍斌的情况，多大岁数、结婚了没有、饭店多大规模、怎么认识的等等。郭妮一一回答。三十六岁，祖籍东北，单身，饭店她去过一次，还不错，朋友的朋友一起玩认识的。罗妍显得很兴奋，全身的体温倏地上升一到两度，脸上都泛油光了。她告诉郭妮，她过几天预备去深圳，试试那家饭店的菜。郭妮有些惊愕了：

"你不是明天回上海吗？"

"没事，"罗妍道，"反正我签了一年两次往返，从深圳回来再走，机票改签也方便。"

郭妮不知说什么好了。停了停，忽地蹦出一句：

"你，是不是喜欢那个人？"

罗妍一怔。随即反问："——不行吗？"

郭妮又停顿一下，把嘴边的话咽下去。两人倏忽变得十分安静。有什么东西戛然而止，又似是蠢蠢欲动。三四天的时间，像在锅里煎饼，客套话、场面话是一层，煎得焦黄软熟，差不多也该翻个面，让底下那层也见个光。否则吃了夹生，肚里反而不舒服。

"你这次过来，应该不是为了办嫁妆吧？"下了地铁，郭妮径直问道。

"嗯。"罗妍不否认。

"那男朋友呢？"

"天上飞呢。"

郭妮笑了笑。"想过来玩，就明说嘛，何必兜圈子说假话？"

"怕你不答应呗。"罗妍直截了当。

郭妮又笑了笑。

沉默片刻。

"少在我面前摆出这副皮笑肉不笑的样子，看得真难受。"罗妍陡地变了声气，"——有话就说，有屁就放，嘴上说三句、肚里藏七句的，郭妮你能不能别这么讨厌啊？上海人我也见得多了，没几个像你这样，现在当了香港人，还是这副腔调，真恶心。"

郭妮有些猝不及防，下意识地朝周围看去，随即把罗妍拉到一边。

"有话好好说。我哪里得罪你了？"

罗妍嘿的一声。

"你来香港，就是为了和我吵架吗？"郭妮又问。

"说对一半。"

"那另一半呢？"

"看戏。"

"什么意思？"

"看大陆妹在香港怎么生活，削尖脑袋融入新环境。又励志又苦情。学广东话学煲汤，老公上班送到门口，给小姑子织围巾，陪婆婆喝粥清肠胃。郭妮我记得你以前口味很重的呀，浓油赤酱，狮子头红烧肉炸猪排，吃西瓜还要放糖粉。怎么现在只吃清蒸鱼，喝汤连盐都不怎么加。怪不得来香港不到一年，下巴都尖了。还有，在上海的时候，我看你也不是多有礼貌的人，我爸跟你妈结婚几年，你才勉强叫他一声'叔叔'，对别人也是不理不睬的，'欠你多还你少'的德行。现在倒好，连人家让个路都要说'唔该'，坐电梯替别人按着键，后面人还隔开十几米远呢，你撑着门等着，笑眯眯一副和蔼可亲的模样。你累不累啊？讨好这个讨好那个，连跟用人讲话都是轻声轻气像在谈恋爱——"罗妍说得飞快。

"不用你替我操心。"郭妮面无表情。

"我怎么能不替你操心呢？"罗妍道，"好歹也是姐妹一场。再说我也特别能理解你。我刚来上海那阵，也跟你差不多，恨不得把自己放到洗衣机里滚一滚，出来就变成正宗上海人了。上海人吃什么，我就吃什么；上海人玩什么，我就玩什么；上海人怎么穿衣服，我就怎么穿衣服；上海人说话的切口，我像背书一样，一字不落地记着。有一阵我看电视只看独角戏，就是为了跟着学上海话。所以我现在看你，就跟照镜子一样——你说，这是不是叫现世报？"

"别拿我跟你比。"郭妮冷冰冰的语气。

"还记得那时候你怎么挖苦我吗？"罗妍说下去，"你说，罗妍，几时你吃意大利面不放醋和辣椒酱了，再来谈上海人不上海人的问题——那时我刚把上海话说得有点意思，自己觉得挺像个上海女孩了，可你一句话就把我的自信心给浇灭了。你记得吗？"

郭妮不说话。脸上依然没有任何表情。

"起初我挺气愤，但很快就想明白了，郭妮你这个人，心里再怎样，嘴上还是留余地的。你根本就不屑睬我嘛，对吧？你之所以把这么刻薄的话说出口，是因为你发火了。"

"我发火了？"

"对。你发火了。因为那个时候，隔壁的欧阳喜欢我而不喜欢你，你——吃、醋、了。"罗妍把最后三个字放得很慢，一字一顿地。

"胡说八道。"郭妮不怒反笑。

"你不承认也无所谓，反正大家心知肚明。欧阳跟你是小学到初中的同学，十几年的邻居，可是我只来了几个月，他就请我去看电影了。我知道你其实也不见得多喜欢他，小四眼，个子也不高，走路还有点内八字——你是气不过，觉得他怎么会放着你这个上海小姑娘不要，而看上我这个外地妞。你觉得你是九十分，我最多能打五十分，要是他两个都不喜欢就算了，如果喜欢一个，那肯定非你不可。我知道这事对你打击很大，火是火的，却还不能说出口，只能闷在肚子里——那一阵，欧阳跟你打招呼，你都不怎么睬他。"

"你喜欢自恋，我也没办法。"郭妮说完，径直向前走去。

罗妍迟疑了一下，跟上去。郭妮的背影，单薄中透着几分倔强——就像当年第一次碰头，结束后她走在前面，罗妍跟着，踩着她的脚步。她挽着她母亲的臂弯，头微微朝着地下。或许是后脑勺感受到罗妍的目光，每一步都走得很用力，从脚跟到脚尖，都是蓄势待发的。很干脆很漂亮，一点也不拖泥带水。罗妍与她隔着半米。好像这些年，罗妍一直是这样，看着她的后脑勺。罗妍抢上一步，而她又往前一些——终是隔着那段距离。

"其实你也喜欢那个姓胡的，对不对？"

　　罗妍很想把这句话说出口。要真说了，那前面的背影非停下不可。她可以轻松跨上一步，直视郭妮的眼睛——从两人认识的第一天起，战争就不是单方向的。她与父亲住进那个家，除了主卧，另外两间一南一北，她说自己关节不好，使得郭妮被迫搬离住了十几年的朝南间。她进去后，审视着房间里每一个细节。撕下明星海报的斑驳的墙面，角落里残留的食物碎屑，窗帘上的不起眼的小洞，还有床垫上隐约的淡黄色污渍。土生土长的上海女孩的房间。什么东西一下子从半空中落到了实处。仿佛眼花时看出去，都有叠影。原本是离得很远，倏地拉近了，却又不似先前的模样。好一阵子，罗妍都处于不知所措的状态，迷迷糊糊的，不知下一步该怎样。跟风与模仿，现在想来其实都是有些可笑的，甚至是示弱。真正的改变来自于隔壁欧阳。谁说男人都喜欢秀气清瘦的女孩？十个里头肯定会有一个，喜欢罗妍这样个性张扬，还有肉感的女人。这百分之十，对于罗妍来说便是百分之百，是一比一的比率。分母是个上海男人，分子那还有什么话好说。同质的嘛。这不只是信心，更像是找到某种信仰，有着里程碑似的非凡意义。虽然罗妍并不喜欢这个内八字的小子，但并不妨碍那阵她每天在穿衣镜前来回地拾掇，花蝴蝶般出现在他面前，一口重感冒似的鼻音撩得他心痒难搔。

　　郭妮越走越快。背影渐行渐远。罗妍赶上，与她并排。

"听过算过。要是放在心上，那就是你输了。"罗妍看着前面，似是自言自语。

二

郭妮是去年六月认识胡绍斌的。

一个周末的晚上，她与丁维安双双出席他同事的婚礼。那时她来到香港还不到两个月，广东话勉强能听懂，却基本不会说。无法交流。脸上的笑像面具一样僵着，坐着很煎熬。席间，借口去洗手间，到外面透会儿气。

楼上的洗手间坏了，只能去下一层。郭妮坐扶手电梯下去。电梯行到一半，忽然后面有人一把抓住她的裙子，"小心——"她吃了一惊，可已经晚了，及地的长裙已卷入电梯缝，动弹不得。她惊呼一声。眼看着就要到地面了，男人很果断，"刺啦"一声，把裙子撕下一大条。总算是安全了。

"穿长裙坐电梯，要小心。"男人瞥见女人露出的半截大腿，还有裙子的毛边，像不规则的流苏。脸上兀自惊魂未定。"坐会儿吧，"他扶郭妮在旁边的椅子上坐下，脱下西装盖在她腿上，"有同行的人吗？打个电话，让他给你送衣服。"

郭妮渐渐回过神来，说声"唔该"，给丁维安打了个电话。电话那头说马上就来。

男人换了普通话："内地来的？"

郭妮怔了怔："是啊。你也是？"

"我是深圳的。"

郭妮哦的一声："啊——谢谢你。"

"不客气。"

男人到旁边接了个电话，随即对郭妮说有事要先走。临走时，他留下一张名片。郭妮说："西装我会洗干净，寄给你的。"他微笑："这个没关系——主要是交个朋友。"

她触到他的目光，温煦又明亮。不知怎的，竟脸红了一下。

几天后，她打电话给他，"西装干洗好了，现在寄给你，方便吗？"他说下周会来香港，"当面给我，方便吗？"他学她的口气。她眼前浮现出他棱角分明的脸，嘴边带笑，逗她似的神情。不自禁地，脸又红了一下。

西装当面还给他后，他邀她去深圳。她竟也真的去了。不大不小的饭店，专做东北菜。她这才知道原来他是吉林人，十八岁跟着嫁到了深圳的姐姐来到了这儿。姐姐离婚后做些小生意，服装店、花店、宠物店……他半是伙计半是助手。也炒股。有些眉目后，便自立门户。饭店已是第二茬了，之前开过一家网吧，势头不好，就关了。

再熟稔些，他告诉她，其实他姐姐也不算是离婚，"男人在香港，深圳的房子是租的，买辆POLO给我姐，几个礼拜来一次，留下些钱。那时候港币值钱，内地工资又低，我们日子过得不坏。分手是我姐提出来的，一是感情淡了，二来也不想这么下去，毕竟年纪还轻，再说也没有小孩。有时候我挺佩服我姐。说到底走这条路的人多了，讲好讲坏也就没啥意思。关键她进得去出得来，是个聪明人，也有魄力。要不是她，我还在老家种田呢。"

郭妮没想到他会对自己说这些。依她的个性，便是老朋友都未必会说，何况是这样萍水相逢。到底是有些丢脸的。面上那样光鲜，你不说，谁又会晓得——有些诧异，又有些感动。想，就算是唐突，多少也是因为有缘，才会把话说到这样深。有来有去。她也把自己的事告诉他。母亲从确诊肺癌，到去世，统共也就半年多。因为太快，连静静哭一场都找不到时间。人倏地就没了。像阵风。与其说伤心，倒更像是茫然。母亲刚走那阵，她一直恍恍惚惚。醒是醒着的，却完全不能思考。先是父亲，再是母亲，三口之家走了两个，剩下却还是三个人。郭妮有时都觉得挺滑稽。算怎么回事呢。离开上海那天，罗妍父女送她登机。她看着眼前两张面熟陌生的脸，体己的话说不出口，想发泄又找不到由头，无数情绪在半空中飘，像纷乱的线头。索性什么都不说，自顾自上了飞机。

她还说起自己的婚姻。在陌生男子面前聊这些，她还是知道分寸的。"一见钟情"四个字，像挡箭牌，夹在她与他之间，挡住许多疑问，还有许多说不清道不明的东西。她说她与丁维安是"一见钟情"。当了那么多年导游，从未想过会和团里的客人来电。巧也是巧，丁维安来上海出差，多出两天到天目山旅游，恰恰便结识了她。结束时，他对她说，下次你来香港，我当你的导游。她也委实是不客气，只隔了两周，便给了他这个机会——都不像她的个性了。接下来的事，一切都是水到渠成。他向她求婚。戒指套进她手指的那瞬，她竟哭了，哭得很伤心。他惊呆了，以为她激动至此。其实她只是为那阵子弥散不去的悲恸找到了宣泄口。

"你爱他吗？"一次，胡绍斌忽地问她。

她隔了半晌，点头。有些后悔，该答得更爽快些的。

他立刻换了话题："你的性格，其实不太适合当导游。"

"别以为你能轻易看穿一个人。疯起来，我也可以很High。这世界上，其实人人都是双重性格——难道你不是？"她说着，拿过他手边的烟盒，抽出一根，点上。有些呛，但她忍着不咳出来。把嘴巴做成"O"形，吐出一团青灰色的烟雾。她看到他有些惊讶的神情，随即凑近了，微笑着取走她的烟，在烟缸里掐灭：

"女人抽烟不好。"

现在想来，多少是有些不可思议的。应该还是初来乍到的缘故。水土不服，免疫力差，成了易感体质，稍有些风邪湿邪什么的，立刻便沾上。像香港的天气，尤其是春夏之交，那种粘皮带肉、百转千回的销筋蚀骨，躲也躲不掉。

她与胡绍斌几乎每月都见面。她去深圳，或是他来香港。

他说他不喜欢上海。"上海人的优越感，已经走火入魔。不用说话，光眼神就能让你感觉自己像没穿衣服似的。我去过许多地方，只有上海是这样。受不了。"

她撇嘴："世上有哪个地方不排外？你们那里，不管是小镇还是小村庄，突然来个外乡人，你们是什么反应？敲锣打鼓欢迎他吗？别的地方排外，美其名曰叫'爱家乡'，轮到上海，就成了'地方保护主义''看不起外地人'，就成了十恶不赦的罪过了。照我看，是你们心里先存了什么，便怎么看都不顺眼。就像村里有个人发财了，他请客吃饭，你们说他臭德行摆阔；他一毛不拔，你们又说他小气。上海也是一样。姿态高，是居高临下；姿态低了，又是瞧不起人。怎么做都不对——其实委屈的该是我们上海人才对。"

他被她驳得一愣："——原来你口才这么好。"

她笑笑。其实这番话是早预备下的，没料想此刻派上了用场。早几年，罗妍父亲也常发牢骚。他在医药公司当销售，每天跑各大医院，好话说尽笑脸赔尽，有时候累得狠了，到家便抱怨，说生意难做，又说上海人古怪难亲近。那时她听了心里便冷笑，想上海又没拿绳子拴你，嫌不好你倒是走啊，占着好处还骂人——到底是长辈，这番话只在嘴里转个圈，又咽回肚里。便是为了母亲，她也要给这男人留些颜面。罗父比母亲还小一岁，男人本就不显老，加上长相不坏，看着像是差了六七岁。父亲去世后那几年，也有亲友张罗着给郭母介绍，但她都没答应，说这年纪再找，十之八九都是将就，还不如单身好。她与罗父是自己认识的。在某个理财的公益讲座上，只见一面，便互留了手机。几个月后就结了婚。初时郭妮还小，到底是青涩，不懂男女间的路数。渐渐大了，便愈来愈能理解母亲。站在女人的角度，罗父是有他吸引人的地方。年龄、长相是一桩，待人接物又是一桩。郭妮的生父以前是从不进厨房的，家务都是郭母一人操持。罗父也基本不做家务，但他会陪在边上。扫地、抹桌、择菜、做饭，凡是他在家，都会陪着郭母，聊天或是打下手。这就很有参与感了。郭母做的菜，他永远跷着大拇指说"好吃"，郭母新衣上身，他总是赞不绝口，"这个年纪的女人，谁都没你气质好"。郭妮记得，母亲以前是个很内敛的人，行事做人都是波澜不兴。与罗父结婚后，人还是那个人，看着也没异样，却总觉得哪里不同了。眉眼本来是淡淡的，清秀得过了头，就有些乏味。郭母几乎不用化妆品，偶尔出席正式场合，稍稍涂些口红。人生中第一支睫毛膏，是罗父送她的生日礼物。上下睫毛刷一点，再拿夹子一夹，镜子里的女人倏忽就活了，眼睛会说话。素描有了水彩画的意思。四十多岁的小生日，男人又是买礼物，又是买蛋糕，吹蜡烛，唱生日歌。女人又是窘，又是感动。罗父搂住郭母的腰，在她耳边不知说了什么，郭母鼻尖都亮了。两人每隔一阵便出去看电影、逛街。郭母衣服的款式颜色也一天天亮丽起来，以至于有时候不得不送给郭妮，"我说不合适吧，可你叔叔非让我买——"郭母说这话时，朝罗父瞪一眼，嗔怪的意思，分明又带着笑。她还时常向郭妮咨询口红的颜色，什么衣服搭配什么首饰，头发是扎起来还是垂着。

"这才像个上海女人。"

郭妮不喜欢罗父这么说话。即便是褒赞的口吻，听着也不舒服。每到这个时候，郭妮就会下意识地朝罗妍看，想，先把你女儿嘴巴里的大蒜味去掉再说吧。其实郭妮也觉得过分纠结罗妍的饮食习惯好像不太礼貌，毕竟这是人家的自由，况且郭妮自己也爱吃个酸豇豆、臭冬瓜什么的，要是罗妍较真说一句"你爷爷奶奶是宁波人，你外公外婆是苏北人，严格意义上讲，你也不是正宗上海人"——那就没劲了。郭妮是觉得，母亲和罗妍父亲结婚这件事本身就是个错误。情人眼里出西施。母亲是被这个男人迷住了，可在郭妮看来，这场婚姻就是一个穷光蛋在上海找了个落脚点。就这么简单。郭家不算十分有钱，一套房子自住，一套郭父生前单位分的小两室。另外还有浦东的三套毛坯房，花木两套，三林一套。当初郭妮曾祖父从宁波来到上海，在东昌路码头附近买了间小房子。拆迁后一套换三套。郭妮父母都是散淡的人，房子一直放着没卖，也懒得拾掇，租给人家层层转包，成了群租房。除此之外，银行还有六七十万存款。郭妮是女儿，

将来结婚也不用太多花销。很划得来了——这么考虑问题，郭妮不觉
得自己有什么刻薄。事实就是如此。以至于听到邻居当面奉承母亲新
做的发型"起码年轻十岁"，背过身小声嘀咕"像个痴子"，或是更
加直截了当，评价这场婚姻是"老牛啃嫩草"，郭妮就觉得很愤慨。
倘若罗父老一点丑一点倒也算了，偏偏他头式清爽，穿着山青水绿，
不卑不怯，尊重妇女，一团和气，倒有几分上海克勒的做派。他说郭
母"这才像个上海女人"，口气里带着三分鼓励，余下七分细细辨
来，竟有些笃定的意思。像老师在对学生说教。这是最让郭妮哭笑不
得的地方。有时候，郭妮觉得自己之所以对罗妍那么反感，很大一部
分原因是在于她父亲。这个男人导致了这场异地婚姻的发生，并且让
婚姻关系内的人们彼此立场变得奇怪，一些本该泾渭分明的东西，被
混作一团。颠三倒四，莫名其妙。

"没人会喜欢后爸。"胡绍斌道。

这个话题，郭妮没有同他聊得很深。只是粗粗抱怨几句。胡绍斌
也是象征性地回应一下。"你那个姐姐，也不会喜欢你妈妈。一样的
道理。"他笑笑。

"我妈对她不错。"郭妮想起那些花团锦簇的衣服，被自己拒绝
后，母亲又转赠给罗妍。罗妍很开心地接受了。郭妮有个表姨妈，是
饭店的厨师，因为住得近，常常带些酒桌上的剩菜过来，并说明客人
没怎么动，她挑菜的技术也高，不会沾到客人的口水。这些食物郭妮

通常是不碰的。而罗妍则完全不避忌。表姨妈对郭妮说了几次"跟罗妍多学学，随和些"。郭妮觉得，罗妍的"随和"应该是装出来的，衣服和剩菜，是她讨好长辈的道具。当然这也没错。至少说明她在努力融入这个家。就像她天天捧着《瑞丽》和《ELLE》苦读，恨不得撕碎了吃进肚里，像《天书奇谭》里的蛋生，一下子融会贯通了。然后用半熟不生的上海话招呼表姨妈"今朝小菜味道老好的"。平心而论，郭妮对她其实也谈不上多么讨厌，最多是有些看不惯。女孩之间与生俱来的敏感与敌意。

"对香港是什么感觉？"胡绍斌问她。

"还不错。"

"跟上海相比呢？"

郭妮想了想。"这么说吧。上海人有时候比香港人要更考究一些。尤其逛商场，就算是阿姨妈妈，也会打扮得像那么回事才出门。香港人就随便多了。T恤短裤，凉鞋一蹬就走。但在上海，一个西装革履的人走着走着，会突然朝地上吐口浓痰，而在香港，一个穿背心露肌肉满头黄毛的古惑仔模样的人，一开口，倒是很文雅很有礼貌，说话非常小声，坐电梯还会摁着'开门键'等你进来。"

"崇洋媚外？"他逗她。

"好就是好，不好就是不好。什么'崇洋媚外'！香港本来就是中国的领土，更何况已经回归了。"

"那男人呢——上海男人好，还是香港男人？"

"我老公是香港人。你这是多此一问。"

"说来说去，还是香港好。"

"我是嫁鸡随鸡，嫁狗随狗。"

她与他的聊天内容，介于朋友与爱人之间。比朋友更亲切些，比爱人又多些分寸。郭妮曾经想过，如果放在上海，她应该不会允许自己这样放肆，可在香港便有所不同，多少胆大些。越是这样，她越是不避忌在他面前聊丁维安，好让自己更坦然些。她努力把他设定成一个闺密的角色。虽然她也知道这有点自欺欺人。

她渐渐不满足于每月见一次面。机会和时间一样，是可以挤出来的。比如，他说来香港采购食品调料，"早上来，中午就回去，况且北角离尖沙咀也远，算了，下次再见。"电话里她只是静静听着，心里却在盘算，无论如何要见上一面。

她对罗妍说，北角的JUSCO价格比较便宜。这借口拙劣得可笑。好在罗妍没有察觉。购物时，她灵活地穿梭在一排排货柜间，眼观六路，不停地指点罗妍，"再去那边看看——"直到发现了胡绍斌。因为有罗妍在，所以他很配合，做出惊讶的模样，好像这真是一场巧遇。

咖啡厅里，趁罗妍去洗手间，他问她："你怎么来了？"

郭妮嘴一努："是她，说想来这边逛街。"

"来北角逛街？"

"谁知道呢——想着也许会碰到你，我就答应了。"

他朝她笑笑。她没笑，瞥了一眼桌上罗妍给他的名片。

"我老公去南非出差了。"说完心里咯噔一下，想，说这个干什么。

"挺好啊，让他带颗钻石回来给你。"他道。

"最近好吗？"她将刘海朝后捋去，问他。

"老样子。"

"饭店生意怎么样？"

"马马虎虎。"

郭妮挺后悔。这样匆匆一面，加之又多个罗妍，彼此倒局促了。连话都不知怎么说了。

很快，罗妍回到座位。应该是补了妆，刚才喝咖啡缺掉的口红又鲜亮起来。她捏着胡绍斌的名片一角，轻轻扇动，媚笑："说好了，我可真的会来噢？"

"欢迎之至。"胡绍斌道。

地铁上，郭妮收到胡绍斌的短信："下周我还会来香港。见一面？"

郭妮放好手机。几分钟后，又拿出来，发了句"好的"过去。她忽然觉得挺委屈。突如其来地，连鼻子都发酸了。这委屈不全是为了胡绍斌。因为他与罗妍谈笑风生，她便心生妒意。好像没到这个地步。至少现在不会。情绪有时候像蚕在作茧。初时不觉得，只是一条条透明的线，零零落落，慢慢地，纵横交错层层叠叠，到后来，便完全被裹住了。再回头看，自己也觉得不甚分明。她想，是什么时候开始的呢？她向来不是个胆大的人，害怕冒险，远离是非。初遇胡绍斌时，她闪过一个念头，"这人和罗妍爸爸挺像"——指的不是长相，而是感觉。她生父如果不早逝，她母亲这辈子也不会遇见罗父那样的男人。郭妮一直认为，如果罗父是郭母第一个男人，那郭母多半不会喜欢他那样的个性。"饭后甜点"——郭妮在心里这么形容罗父。是占了天时地利。同样地，如果不来香港，她也不可能遇见胡绍斌。她记得她按着名片上的号码给他打电话："胡先生吗？西装洗好了——"其实她完全可以直接把衣服寄过去，发个短信告知就是了。她一边与他通电话，一边看向墙角那个拉杆箱。那时丁维安刚从美国出差回来，她替他整理行李，还未打开箱子，便从外层夹缝里摸出一条女式内裤。丁维安在浴室洗澡。哗哗的水声是天然屏障。电话线也是如此。电话那头，胡绍斌问她"我亲自来拿，方便吗？"她目光转到那条内裤。粉色，丝质，中号，七成新。"嘣！"她体内有什么东西倏地断了。胡绍斌还在继续，"我觉得我们挺有缘分——"沉默片刻后，她听到自己不带感情的声音：

"是啊，我也这么觉得。"

每次与胡绍斌聊到她的婚姻，她总是说"不错"，然后轻轻巧巧地把话题转移。唯独有一次，他问她，什么时候要孩子。她告诉他，丁维安与前妻有个五岁的儿子。他显得有些吃惊。她说丁维安是三年前离的婚，前妻是秘书，经常出差，与老板闹了些绯闻。离婚后儿子归妈妈。每两周可以探视一次。郭妮见过几次，小家伙长得胖乎乎的，眼睛鼻子都是丁维安的翻版。丁维安的母亲很喜欢这个孙子，几次劝儿子打官司夺回抚养权。丁维安没搭腔。丁母便又去探郭妮的口风。郭妮表示无所谓，只要孩子爸爸答应，她都可以。到最后还是不了了之。郭妮猜想丁母对她多少有些看法，觉得是她吹了枕边风。平心而论，郭妮当然不想那孩子过来，但还不至于为此要心眼。况且以丁维安的性格，也不是吹得进枕边风的人。郭妮想快点生个孩子，一来趁早生对身体好，二来也让老人家安心。问过丁维安几次。他不说好，也不说不好。郭妮猜他并不着急这事。还有一次，他居然半开玩笑地问她，"二人世界不好吗？"郭妮看得出，丁维安不是很喜欢小孩。这是一方面。往深里看，丁维安应该是那种对家庭不甚在意的男人。她听他聊起过离婚，整个过程很顺利。女方要了儿子，还有一百万。没有讨价还价。和平分手。他不带任何表情的叙述，让郭妮觉得有些别扭。但她也想过，社会上这样的男人很多。男人和女人不一样，看问题天差地别。倒也无关品德好坏。事实上，他对郭妮还是很不错的。婚后，两人去希腊度假，整整一个月，是真正的"蜜月"。他给她足够的家用，每个节日都送她礼物，只要不是原则性的问题，他很少违拗她。郭妮还知道，当初他与她结婚，他母亲表示反对，亏得他强烈坚持，这桩异地婚姻才得以成立。作为回报，她学广东话、学煲汤、学织毛衣，尽一切努力做个好妻子、好媳妇。在那条内裤出现之前，她对将来的人生充满着期望。

她当然不会把这件事告诉胡绍斌。即便每次约会都有那么几秒意乱情迷、大脑短路。她甚至想，也许内裤的主人面对着丁维安，也是她与胡绍斌这样的局面。谁知道呢，将心比心，人生永远充满着各种变数。每个人都是再复杂不过的综合体。就像母亲临终前，说出她其实并没有和罗妍父亲领证。那时郭妮听了，下意识地便朝罗父看去。男人正在削苹果。果皮一层层地脱离，依旧覆在苹果上。"是非法同居——"他开玩笑。郭妮目光停在他削苹果的手上，指腹有一层厚黄的老茧，把原先的纹理都磨光了些。再往上，眼角挤出几条细线。他也是上了年纪的人呢——那瞬，她第一次觉得这个男人有点可怜。

三

凌晨两点，丁维安接到警察局打来的电话，说丁维纯在机场宿舍割腕自杀，正在抢救。一家人心急慌忙地赶到医院。丁维纯还在手术室。一个三十多岁的外国男人等在门口。——是他报的警。他告诉丁维安，昨晚他与丁维纯从酒吧出来后，她情绪就很不稳定。回到家，他给她打电话，她一直不接。他便报了警。

稍后，丁维纯被推了出来，双目紧闭，脸色苍白，左手手腕上包了纱布。医生说她已经脱离生命危险，要再留院观察一天。

早上，丁维纯苏醒过来。看见床边的母亲、哥哥、嫂子，还有倚墙而站的詹姆斯。她先是怔了怔，失血过多还有昨晚过量的酒精，让她大脑有些迟钝，不能及时思考。几秒后，她忽然从床上一跃而起，扑向詹姆斯，用英语大声说着"我爱你，我不能没有你"。输液管和氧气管齐齐被扯断，她整个人也因为体力不支而摔倒在地。

"麻烦你出去一阵。"丁维安礼貌地要求詹姆斯。

郭妮跟着詹姆斯走出病房。她走到楼下，为他买了一杯咖啡和一个热狗。"谢谢！"他接过，神情有些颓唐。郭妮之前在丁维纯手机里见过他的照片，真人是第一次见。应该说，外貌上肯定是丁维纯占了便宜。据说两人是同一年进的航空公司，八年马拉松恋爱，分分合合，好好坏坏。丁维纯不是第一次为他自杀。年轻的英俊的飞行员，身边不乏莺莺燕燕，况且老外这方面本就比华人要开放些。男未婚女未嫁，倒也算不得什么大错。恋爱中谁更用心，便更脆弱。丁维安说他妹妹从小就是容易较真的个性，钻牛角尖，一根筋到底。詹姆斯不是她的初恋，但她却像个初涉爱海的小女孩那样，疯狂地投入这场恋爱。因为太辛苦，丁维安甚至建议她去看心理医生。这些年她一直在吃镇静剂。郭妮几次半夜被手机声吵醒——丁维纯因为濒临崩溃的失眠，不得不找她的双胞胎兄长诉说。郭妮听着丈夫哄小孩似的口气，老套的息事宁人的措辞。像她的老外婆，早年在她父母吵架后，永远是那句"谁家夫妻不吵架呢，不吵架就不是夫妻了。"郭妮想象电话那头抓狂的女人，再多劝慰其实都是徒劳，倒不如一拳敲晕她还干脆些。

郭妮打电话回家，让印佣煲个黑鱼汤，再做些清淡小菜。印佣表示从没做过黑鱼汤，她简单交代了几句，强调不用放薏米、蜜枣、南北杏，"这是我家乡的汤，把黑鱼煎一下，放葱姜和料酒，还有火腿片。收刀口的。"挂掉电话，她看到手机上有未读的微信，是一张照片——罗妍站在胡绍斌饭店门口，做着"V"手势。郭妮回了条信息：

"今天想办法在那里再混一天。家里有事，没空招呼你。"

一会儿，罗妍回过来："代我向她表示慰问。"

郭妮怔了一下，随即想到应该是胡绍斌告诉她的。有些后悔，忘了提醒胡绍斌保密。这是给自己惹麻烦。罗妍会对她与他的关系胡思乱想。本来这事也确实不必告诉他的，主要是通宵待在医院，有些无聊，只好互发消息。他对她说，他在附近替罗妍找了个宾馆，而他昨晚陪客户吃饭洗脚，也是通宵。郭妮拿着手机，忍不住笑了笑。这番交代很笨拙，而且完全不必要。她不认为仅仅见一次面，他就会和罗妍有什么。但无论如何，有个男人怕你多心，在那里说些废话和傻话，这感觉倒是不坏。他说，你从来没有在深圳过夜。她道，我和她不一样。他道，如果你来，我就不陪客户，陪你。这话的尺度已是史无前例的大了。她怔在那里，不知该如何应答。

丁母有慢性肾炎，熬夜便觉得不支。郭妮送她回家休息，顺便拿来汤和小菜。丁维纯睡了一上午，状态恢复不少。也说有些饿了。郭妮喂她喝汤。她喝了大半碗，又吃了些饭和小菜。她问郭妮："詹姆斯什么时候走的？"郭妮回答："九点多吧，被你哥哥赶走的。他起先还不肯，你哥哥把他硬塞进车里。"

丁维纯嘴角动了动，笑意只一闪，便又逝去。她的脸色和嘴唇依然苍白。郭妮瞥见她手腕上的纱布，隐隐有血丝渗出。"嗯，"郭妮干咳一声，把事先想好的话稍做整理，"——我觉得吧，他没照片上帅。真人有点老气，背有些驼。近看还是个酒糟鼻子。"

丁维纯朝她看。

郭妮说下去，"我读大学时有个男朋友，长得很帅，篮球也打得很棒。我非常喜欢他，想将来要么不嫁，要嫁一定要嫁给他。可大学一毕业，他就甩了我。我给他发短信，他不回，给他打电话，他就关机。我去他家找他，他不开门，我就坐在门口哭。后来他报了警，我被警察带走。那时候我觉得自己真的活不下去了，没有他，我怎么可能活下去呢？我想过开煤气自杀，还想过跳楼。可最终怎么样，我还是活了下来，而且活得很好——"

"阿嫂。"丁维纯打断她。

郭妮一怔："嗯？"

"故事好烂。"

郭妮吃瘪。

"不过还是谢谢你，"丁维纯笑笑，"我知道你是想劝我。可我这个人根本就不听劝。没用的。"

郭妮停顿一下，苦笑："你哥哥应该找个更好的说客。"

"你最近怎么样？"丁维纯换个话题，"罗妍呢，回上海了吗？"

"没有。她去了深圳。"

"她这人挺可爱。"

郭妮笑笑："她是比较开朗。"

回去的出租车上，郭妮又收到罗妍的微信——几张她与胡绍斌的合影，大部分是在饭店里，也有户外。"今天他带我深圳一日游。"郭妮认出照片背景是饭店附近的街心花园，回了条"玩得开心点"。放好手机，整个人向后倚去，靠在椅背上。长长吐出一口气。

好累。头也疼。丁维安比她更惨，昨天刚到家，时差还没倒回来。他说南非这阵子很乱，排外骚动，连宾馆的门都不敢出。他到底是给她买了红宝石，拿细链穿了，戴在头颈里，衬得她肤色更加白皙。"香港现在也乱。"郭妮是说新闻里,一对内地母女被反水货客围攻质问,小朋友都被吓哭了。"我以前的同事告诉我,现在香港团最难组,客人宁可去日本、韩国,也不愿去香港。"

"香港是走火入魔了。"丁维安道,"报上说这阵子香港酒店业、零售业生意跌了一半,损失一千多亿。这样下去就是两败俱伤。"

"上海人也不喜欢外地人,觉得他们把城市弄乱了,马路上、地铁里都是人,看病就业也比以前麻烦。可再一想,没有他们,上海哪来的地铁,哪来的大马路,哪来的舒心日子?那些送快递的、当保姆的,全是外地人,累是累,可人家每个月挣得也不少。上海人肯干吗?上海人是被养娇了,宁可啃老混日子,也不愿日晒雨淋地吃苦。将来真要有一天,国家把户籍、高考什么的统统放开,上海人根本竞争不过外地人。"

"你是在做自我检讨吗?"他凑过来摸那条细链,手指在她头颈里轻轻抚着。

"是替上海人担心。"

"别担心,你不用当快递当保姆,也不用啃老,照样可以过得很好。"他的动作越来越轻,幅度却越来越大。他试图从她上衣领口伸进去。她借口去看炉上煲的汤,躲开了。

郭妮猜他是想把话说得幽默些。但一点也不好笑。还有些居高临下的优越感，让人听着不舒服。当然她也知道，对香港人的汉语水平不能要求太高。这块中西文化交缠多年的土地，滋生了无数模棱两可、似是而非的元素，从而形成独特的语境。而语感只要差之毫厘，效果就会谬以千里。尤其是丁维安这样在国外长大的ＡＢＣ。对他来说，用中文待人接物，要先在脑子里把英文翻成中文，再表达出来。终是隔了一层。他父母早年离婚后，他随着父亲移民英国，成年后返港工作。郭妮看过他父亲的照片，衬衫领结，神情端正儒雅，很有风度的模样。他是港英时期的新界政务署官员，后来由于身体原因辞了职，在渣打银行当顾问。离婚后他又娶了一位英国妻子。丁维安每隔半年就会飞去英国，看望父亲和他的混血儿弟弟。

替丈夫收拾行李时，郭妮又从拉杆箱的外层抽出一条内裤。相同的款式和尺寸。这次是淡蓝色。郭妮扳着手指，第四次了。她猜是那女人偷偷塞进去的，丁维安并不知情，否则他不会任由这小玩意儿放在显眼位置，让郭妮发现。女人应该是示威，逼着丁维安摊牌。一次次地故技重施。也是考验郭妮的耐心。

郭妮把内裤塞进抽屉，锁上。隔了几秒，又拿出来，重新塞进他的箱子夹层里。

出租车停下时，她看见了丁维安。他走上两步，替她打开车门。"累了吧？"他问。她摇头："还好。"她朝他瞟了一眼，脸色有些发灰，一夜没睡，又直接去上班，应该是累了。

"为什么在这里等我？"她问。

"等老婆，需要理由吗？"他反问。

他把手放在她后背，一路依偎着回家。郭妮假装没有察觉这不寻常的亲昵，只说些闲话。丁维安说公司周末有个派对，"你陪我去？"他问郭妮。郭妮停了停，"算了吧，我广东话也说不好，去了也是给你减分。"他摇头："你要是不去，我也不去。说老实话，带你这样漂亮的太太出席，我是要担风险的。不去也好。"郭妮怔了怔，报以一笑——她猜他已发现了那条内裤。

回到家，她从橱顶拿下拉杆箱，果然，内裤已经不在了。吃饭时，她不经意间瞥过他的脸，见他在看她。两人目光相接，笑笑，便又移开。

熬夜到底是伤元气的。这晚郭妮不到九点便睡着了。也不知睡了多久，眼睛睁开，窗外还是暗的。闹钟显示是五点三刻。再看，丁维安不在床上。也不在卫生间。郭妮在床上停顿了几秒，开门出去，客厅里也没人。去厨房，印佣在准备早餐，见到她，"起这么早？"郭妮敷衍两句，又退出来。经过丁母房间时，隐约听见里面有人说话。

她心念一动，走近了。

"Daddy当年怎么伤你的心，妈你都忘了吗？你明明知道这样会让她难过、让她误会。你怎么可以这么做？"丁维安的声音。

"我是为你好。她不适合你。就像我和你爸爸，分手是早晚的。"

"妈你没权利干涉我的婚姻。这是我的自由。"丁维安沉声道。

"琳达对你还有感情，"丁母不温不火的口气，"更何况你们还有阿B。"

"我知道，你是为了阿B。可是，妈你再怎么疼爱这个孩子，也不能做这种事。"

"当年你爸爸带着你离开，我心痛得想要去死。我不希望你和我一样。孩子就应该和亲生父母待在一起。那个北姑——"

郭妮有些吃惊。丁母用了"北姑"这个词，类似于上海人口中的"乡下妹子"。

"妈——"丁维安提高了音量。

印佣从厨房走出来。郭妮立刻走向阳台，佯装去拿昨天洗的鞋子。回到房间，又在床上躺下。一会儿，丁维安开门进来，在她身边躺下。她背对着他，佯装睡觉。只是呼吸声却很难均匀。她索性翻个身，与他相对，做出睡眼惺忪的模样，"醒啦——"他看着她，不说话，伸手将她的刘海朝后捋去。郭妮鼻子酸了一下。说不清是委屈，还是惭愧。打个哈欠，掩饰发红的眼圈。"你妹妹，该打个电话给她，问候一声。"他嗯了一声。她又道："再想想，你妹妹也难得的，尤其现在这样的世道。这么多年只爱一个人。"他停顿一下："詹姆斯下个月就辞职回澳洲。"郭妮怔了怔："那你妹妹怎么办？"丁维安又停顿一下："其实，她早该想到会有这么一天。男人都不喜欢太痴缠的女人。"

早餐时，郭妮亲自为丁维安做了个三明治。面包切去边，鸡脯肉在油锅里微炸一下，捞起来配上生菜、番茄，还有牛油果。再夹两片软芝士。"唔该哂老婆——"丁维安在她脸上轻吻一记。当着丁母的面，郭妮知道丈夫是在表明立场。印佣端上粥。郭妮想说"改吃面包"，忍住了。没必要撕破脸。她曾听某位过来人说"婆媳关系，说到底还是要看夫妻关系，丈夫要真的喜欢你，婆婆就是再难搞，也没事"。郭妮这么想着，忍不住又有些得意。见丁母一碗粥喝完，主动上前替她再盛一碗。丁母说声"唔该"，目光始终不与她对视。

"维安爸爸和我是邻居，又是小学同学，那个时代普遍早婚，我们二十出头就结婚了。他很本事。考上美国哈佛大学，拿的全额奖学金。我们住的那个屋村，从来没出过这样的人才。大家都说他能当港督。这是讲笑，港督都是洋人，轮不到他。但他真的很本事。维安兄妹还不到五岁，他就从政务署辞职了。对外讲是身体不好，可真正的原因只有我们知道，他有了女人，不能在政界再待下去了。又过了两年，我们就离婚了。"

早餐后，丁母邀郭妮一起去超市。路上，她与郭妮聊起了过去。

"本来我是想把两个孩子都留着的，可他不肯，我再一想，男仔跟着他，比跟着我好，不能耽误孩子的前途。离婚后他每个月给我五千块，在那个时候算很高了。每隔半年，他也会回香港一次，让我见见儿子。有次他劝我，再找个男人。我说不了，一是为了女儿，二来也不想找。有句话叫什么沧海什么水来的，你应该知道。"

"曾经沧海难为水。"郭妮心里念了一遍。没说出口。

"旁边人都以为我会后悔，找了个陈世美。其实我一点也不。如果倒回去重过一次，我还是会拣他。他那样的男人，怎么可能守着我一世。他要是不开心，我也不会开心。"

郭妮有些意外。本来以为婆婆七拐八绕，最终会谈到那件事。看来不是。她好像只是想找个人聊天。她说到"那个男人"时，脸上流露出几分缱绻情意，本该是被岁月冲淡的，却像海风在岩石上留下的印迹，经年累月，反倒更分明了。相比之下，恨意竟是真的看不见了。时间是最好的测谎器，什么是真，什么是假。清清楚楚。连自己也骗不过。

丁母又说到丁维纯："你做阿嫂的，有空多开导她。她性格要是像你这么随和就好了。"

郭妮听了一怔。想起表姨妈当初劝她"你性格要像罗妍那么随和就好了"——在上海还有些各色，到香港就成了随和的人了。只是这样的"随和"，多少是有些辛苦的。落在知根知底的人眼里，便成了笑柄。比如在上海，她笑话罗妍；到了香港，换罗妍笑话她。那天在回家路上被罗妍一通揶揄，郭妮以为自己会不顾而去，甚至还想过不给罗妍开门，把罗妍的行李扔出去，等等——结果只走出几步，便又折回来。罗妍说肚子饿了，她到旁边圣安娜买了个面包，一言不发交给罗妍。罗妍又说想去看电影。她买了两张电影票，座位隔开老远。电影什么内容，她一点也没看进去，好莱坞的枪战大片，只觉得乒乒乓乓的吵——放在上海，她应该是不会这样的。半熟不生的土地，人的性情也是半遮半掩。连吵架也是只起个头，便匆匆收尾。罗妍说她，"郭妮，你变了许多。"她猜这话应该不是恶意。多少还有些示好的意味。她却不理不睬，做出不屑的神情。倘若认可这话，便是认输了。就像当初罗父评价母亲的那句"这才像个上海女人"——就算是好意，也让人听了不舒服。

傍晚时，罗妍从深圳回来。"我明天回上海。"她告诉郭妮。丁母一旁听了，虚留了几句，"再住几天——"罗妍道："不了，已经很给你们添麻烦了。"她给丁母带了两瓶深圳产的荔枝酒，还买了几只芒果，"郭妮你喜欢吃芒果——"郭妮说她："香港什么没有。"她道："西丽芒果，是那边的特产。去一趟，总归要意思意思的。"

对着丁家人，罗妍只说是住在深圳的同学家，只字未提胡绍斌。郭妮本来还悬着心，怕这马大哈实话实说，解释起来倒也要费番唇舌。待要事先提醒，又怕着了痕迹。见她这样，先是庆幸，又想她到底不是面上那样咋咋呼呼，自己与胡绍斌的那层意思，她多少应该有些察觉。一时竟不知该怎么提这事。晚饭后，罗妍说想吃"许留山",她趁势答应下来。

店里,罗妍点了芒果捞野。郭妮点了份红豆沙。罗妍问:"来这里吃这个?"郭妮道:"我本来就不爱吃许留山。"罗妍撇嘴:"那你早说。"郭妮嘿的一声:"你以为这几天陪你吃的,都是我爱的?"罗妍怔了怔,还没开口,郭妮又道:

"我和胡绍斌没什么。你别瞎猜。"

罗妍忍不住朝她看去。

"刚来香港那阵,人生地不熟,碰到个内地人,感觉就特别亲切,"郭妮说得飞快,"再说他长得不难看,又绅士,跟这样的人交朋友,感觉不错。"

"干吗提这个?"罗妍道,"我又没说什么。"

"我是个多心的人。难免把别人也想成多心的人。"郭妮道。

罗妍点头,"那倒是。"

两人沉默了一下。

"我这次来,给你添麻烦了。"罗妍憋出句客气话。

"没事,反正也就几天,就当吃苦夏令营。"

罗妍看她一眼,应该是想分辨这话的性质。郭妮没让冷冰冰的表情持续太久,很快便嘴角上扬,做了个有些突兀的笑脸。

"还记得欧阳吗?"罗妍忽道。

郭妮想,当然记得,前两天你还拿他说事呢。嘴上道:"嗯。"

"我们上个月分手了。"

郭妮不觉一怔。想，这两人几时交往的，竟从未听罗妍提过。

"他家里人不同意，说满大街的上海小姑娘，何必找个外地人——小四眼还要跟他爸妈吵，我说吵什么吵，分就分吧，没到那种非君不嫁非卿不娶的地步。分开拉倒。要我追在你屁股后面哭哭啼啼，拿热脸贴你爸妈两张冷屁股，想都别想。"

罗妍说着，把勺子一扔，整个人靠在椅背上。

"气不过。你连香港人都嫁了，我一个上海小四眼都搞不定。"

郭妮不知说什么好了。见罗妍的神情，好像不全是伤心的意思。当然也不至于是挑衅。郭妮猜她或许是希望有个人陪她一起骂人。

"不会吧，就他那块料，还发嗲？"郭妮试着道，"上海人又不是只只鲜，路上扫垃圾的还多的是呢，六十分都不到的朋友——"

"就这种货色，他爸妈还把他当宝。"罗妍恨恨地。

"癞痢头儿子自家好。也难免的。"

罗妍把欧阳发的微信给郭妮看。"宝宝，我不能没有你。""宝宝，你再给我一点时间，我一定说服我爸妈，他们要是不答应，我就离家出走。""宝宝，我到香港来接你好不好？""宝宝，我很想你。没有你，我宁可去死。"

郭妮把手机还给罗妍。失恋了还要炫耀一把。就因为郭妮少女时代对这小四眼有过那么一丁点朦朦胧胧的意思。这就是罗妍。——欧阳是个"书笃头"，学习好，又听话，从小学到中学都是班干部。他很恪尽职守地，在自修课上多生出两只眼睛，把那些开小差的学生名字一一记下来，对着早恋的少男少女义正词严地教训"你们这样，对得起你们的父母吗？"——郭妮想象着欧阳拉着罗妍叫"宝宝"的情形，不禁有些好笑。她去香港前，有次在路上碰到他，他那时刚上班不久，在一家健身房当会计，也是托了几层关系才找到的。谁能想到他那样的"书笃头"，高考居然会"豁边"，比一本线低了十来分。第二年再考，竟是更加糟糕。他父母也是硬气，说，怕什么，我们又不是养不起。依然让他再考。这么折腾了几年，到底是折腾不动了。勉强上了个大专，毕业后挑三拣四，眼高手低，又闲置了两年。总算安定下来。那次他见到郭妮，匆匆聊了几句。依然是那副黑框眼镜，戴得久了，滑落在鼻梁处。少年时看着笨笨拙拙，还有几分可爱，现在则完全显得落魄了。他知道郭妮要嫁往香港的事，说了声"恭喜"。郭妮问候了他父母一下。两人便告辞了。

"你去香港没多久，我们就交往了。"罗妍告诉郭妮，"我没让他费劲，他只稍微露了点意思，我就答应他了。要是我不答应他，我怕他会哭出来。我问他一月赚多少。他说税前四千五，又说家里有两套房子，他爹妈还没退休，所以结婚不成问题。我说无所谓，关键是人好。他眼泪一下子就流了下来。我从来没见过男人哭，吓得头皮都麻了。"

罗妍说到这里，停顿一下："这男人真窝囊，是不是？"

"叔叔知道吗？"郭妮问她。

"知道。他不反对。他说，就算不反对，你们也长不了。他让我有心理准备，到时候别想不开——我的心理素质好得很，怎么可能会想不开！我只是觉得有些莫名其妙。本来多少是出于同情才跟他交往，搞了半天，原来还是我高攀了。你说，天底下怎么有这种事？"

郭妮听出她话里隐隐的哭腔，才知道她到底是伤心的。她这么说着，脸上的笑意反倒更盛了——忽然想到，她这次来香港，应该是为了散心。虽然她看上去一点也不像个失恋的女人。

第二天送走罗妍，郭妮在出租车上收到胡绍斌的微信："这几天为什么都不理我？"

郭妮没动，半晌，回了条消息过去：

"你觉得，罗妍这个人怎么样？"

四

很长一段时间里，郭妮都不喜欢别人恭喜她"嫁了个香港人"，眼神和语气或多或少都存着些异样的东西，那意思好像是说她"捡了个皮夹"，是值得庆幸的事。事实上，她从未在意过丁维安的香港人身份，倘若那次去天目山旅游的是个湖南人，或是福建人、四川人，只要基本能做到衣食无忧，她一样会嫁。这跟是不是香港人没多大关系。她甚至都没完全搞懂丁维安的职业，只知道他做"投行"，但"投行"具体做些什么，她一点也不了解。丁维安求婚时的戒指，是一克拉的TIFFANY。很低调的款式。她对珠宝不太懂行，之前有几个女朋友出嫁，依稀记得她们的钻石似乎更大更闪些。便猜想丁维安应该只是个普通职员。他简单聊起过他的家庭，把父亲那层轻轻带过，大致说了母亲与妹妹的情况。她从香港电视剧里听说过"屋村"，知道是廉租房之类，心里更敲定了两三成。他给她看母亲的照片，在家里客厅拍的。她有些诧异地问他，这是你家？他说，是，前年刚买的。她猜想或许是照片角度的关系，也不以为意。及至到了香港，出租车绕过商场，直上住宅区平台，停下时，她兀自没回过神来，还当他要带她逛商场。穿西装戴白手套的保安为丁维安开门，招呼："丁生，返来啦？"瞥见旁边的郭妮，一怔。丁维安介绍，"我太太。"保安毕恭毕敬叫了声"丁太"。郭妮挺不习惯，脸上肌肉都僵了。到了家，先给长辈敬茶。盖碗泡了盅酽酽的茶来。丁母给了她一只玉镯子当见面礼。郭妮叫她"奶奶（婆婆）"。生硬的广东话说得磕磕巴巴。丁母道，慢慢来，不急。印佣初时叫郭妮"太太"，郭妮死活不肯，让她直接叫名字。第二天，新婚夫妇去了蓝田，拜访丁维安的祖父母。郭妮跪着给两位老人家敬茶，"太老爷、太奶奶。"感觉自己像在演粤语长片。旁边还有些女人，都是左右邻舍，来看新抱的。"初归新抱，落地孩儿"，她们说的广东话夹着俚语，听不甚清。有些类似于上海的阿姨妈妈，却又不尽相同，可能与讲话的音调有关。上海话发音轻盈，每句话的话尾都是升调，上了年纪的女人尤其如此。而广东话则要沉着一些，以低音为主，听着便少了些闲碎的意味，更一本正经些。郭妮被一种奇怪的气氛包围着，不全是森然，甚至还有些滑稽的。都想笑了。但见周围人坦然的模样，也只得忍着。两位老人接过茶喝了一口，各自取出一封红包，放在托盘上，"乖啦——"郭妮将笑意强压着，五官越发不自然了，脸颊那里红了一片，带着连鼻尖也潮红了。托着茶碗双手高举，跪在那里像要哭的模样。众人见她这样，一时间都沉默下来——似是为这气氛更添了些意思，越发到位了。

一起学煲汤的张师奶，总认为郭妮学煲汤是为了讨好奶奶和姑仔（小姑子）。她不止一次向郭妮表示过，如果她将来的新抱有郭妮一半醒目（伶俐），那就太好了。"现在香港的女仔，很少有像你这样的啦——"言下之意就是，因为郭妮是从内地来的，所以才格外乖巧。郭妮觉得她会这么想，也很正常。读中学时，楼上毛老师的儿子讨了个常州媳妇，擅长家务，还做得一手好针线活。邻里间说起来便是"还是外地媳妇实惠啊，你找个上海小姑娘试试，弄不好内裤也要替她洗"，话是好话，听着终是有些别扭。上海女孩不见得个个娇生惯养，外地女孩生活不能自理的也多的是。可大家就喜欢这么说话。

把道理揉烂了撕碎了，重新拼凑粘贴起来，自成体系。张师奶说她从没去过上海。郭妮猜想也是这样。她以为上海人都住在那种老式的石库门房子里，狭小逼仄的空间，男人女人穿着睡衣进进出出，晾衣竿横七竖八插在头顶上方，颇为壮观。她甚至问郭妮："那里是不是还要倒马桶？香港的抽水马桶用得惯吗？"郭妮只好告诉她："我从懂事起，就一直用抽水马桶了。"

香港人喜欢吃燕窝。丁母每天早上会吃小半碗。郭妮来了后，也陪着一起吃。老字号"楼上"的白燕盏，每次取三四个，在清水里发开，拿细镊夹去杂毛，放入炖盅用文火炖半小时，冷却后置入冰箱。每天清早拿出来舀几勺吃。不放冰糖，否则容易变质。郭妮丝毫不觉得这鼻涕似的东西有什么好吃，况且专家早就剖析过它的营养成分与白木耳基本相同。但香港的报纸电视依然是铺天盖地的燕窝广告。郭妮每次看婆婆坐在那里，跷着小指，小心翼翼夹去燕窝里每一根细毛，眉头微蹙，神情庄严，便想起小时候外婆做蛋饺的情形。生好炉子，拿个小锅，旁边是冻猪油、蛋液和肉糜，锅底烧热，涂一层猪油，倒上蛋液，迅速转一圈，立刻便凝固了，放肉糜，筷子轻轻一挑，两头合上。做蛋饺的过程，其实是一种平凡度日的升华，刻着岁月年轮的，香气直渗到肌理，澄黄粉嫩，油汪汪的恰到好处。吃倒不是主要的了，记忆里尽是那一个个步骤。还有外婆边做蛋饺边絮絮叨叨的话。内容也不是主要的了，那些话，化成一粒粒细沙，散落在时空的任意角落。丁母也是一样。重点是制作燕窝的过程。她向郭妮强调，女人是一定要吃点燕窝的，又滋补又好食，还有点矜贵的感觉。郭妮想起那句经典的广告词"女人就该对自己好一点"——婆婆是好心。初来的那阵，她称得上对郭妮关怀备至。平常口味怎样，广东菜是否吃得惯，喝咖啡还是茶，空调开到几度比较合适，香港天气潮湿，关节会不会难受，等等。她有时也向郭妮询问之前的饮食起居，"上海是个好地方"。她很客气地评价。但郭妮觉得，婆婆对于上海的了解，不会比张师奶多到哪里。言辞间她尽可能淡化"内地""香港"这种概念，但偶尔还是会漏出一些，比如，她看见郭妮熟练地运用刀叉，神情中满是诧异；又比如，她得知郭妮幼时学过芭蕾，忍不住问了句"你们那里还跳芭蕾？"郭妮告诉她，上海很多家长都把女儿送去学芭蕾，为的是培养优雅的气质。丁母使劲点头，"没错没错——"有些窘的模样。其实郭妮比她还要窘。被看轻是件很麻烦的事，不解释不好，解释了也不好，自己难堪，也让人家难堪。每次丁母往她碗里夹菜，嘴上说"这些你们那里应该不常吃"，郭妮都觉得别扭——上海有什么吃不到呢？她宁可婆婆把她扔在一边，不理不睬，也好过眼前这样。她以前带团去过许多次香港。但那纯粹是游客的角度。酒店、景点、商场。现在则完全不同。家、小区、超市。世界上任何两个城市，一旦落实到"过日子"这个层面，相似之处就会越来越多。也因为这，郭妮更觉得香港人的优越感，有些莫名其妙。丁母不止一次地在话里流露出对所住房子的自豪。"千尺豪宅"，香港人常这么说。差不多便是一百一十平方米。郭妮以前看香港电视剧，通常房子都很大，以为香港人的住宅条件很好。其实完全不是。一般商业楼盘，两室一厅都在六百尺左右，三室一厅也绝不超过八百尺。房间面积小，还往往没有阳台，一梯八户，总有那么几户终日不见阳光。如果是那种政府贴钱的屋苑，条件还更差些。当然，丁家的房子属于比较高端的，地段好，房型好，物业配套都好。但一百四十平方米，四室两厅，放在上海也称不上多么了不起。郭妮家的老房是有了些年头，市中心，住惯了便懒得动。闲置的那几套房，地段不好不坏，市值也超过千万。这些，郭妮从没跟丁母提过。穿着打扮上，郭妮随母亲，素净得过了头，也是不怎么起眼的。吃东西也不讲究。郭妮每次这么想，便觉得自己还是有些介意的。但这事还不能说出口，诸如"我压根儿不在乎嫁个香港人""我家其实不比你家差"——真要这么说，就小儿科了。成丁师奶了。

　　但香港毕竟还是有些不同的。每到周末，全家人通常去楼下餐厅吃饭。客人大多是小区业主，侍应生都是相熟的，"丁生、丁太"叫得呱啦松脆。香港的食物到底是美味，不论中西餐厅，都分茶市、午市、晚市。港式点心做得地道，西餐也正宗，最可贵是中西合璧的菜，口味、韵味都恰到好处，没有拼凑的矫情，也不是哗众取宠的路数。还是很朴实的，极贴合香港的环境，既传统又西化，却也不觉得古怪。餐厅门口的迎宾员，胸牌上印着"知客"。郭妮初见时还一怔，想居然叫了这个称谓。忒有古意了。办喜酒，海报上必然是"某某联姻"或是"某府有喜"，满月酒叫"弥月宴"，若是老人过生日，寿桃寿糕是少不了的，精致地做成一份份。春节是不必说了，中秋、端午、重阳，也都是放假的，各时令的吃食，月饼、粽子、重阳糕，都是当季主打的，摆在显眼位置。实打实的材料，做法也是古朴的，气氛倒似比上海还浓郁些。西方的节日，自然也是过的。撇去圣诞节不提，感恩节、万圣节、父亲节、母亲节——郭妮曾在万圣节的晚上去过兰桂坊，光怪陆离，各种妖怖的造型，音乐声、尖叫声、疯笑声，连警察都要出动。香港人便是有这热情和耐性，在东西两界间游离腾挪，却又是不落痕迹的。人与人之间的往来，香港也是自成一体。比西方人拉得近些，比东方人又恪守些距离。他们往往比上海人还容易亲近些，客气、守礼，沿袭了中国人一贯的亲朋邻里间的相处之道，却也是极有分寸的，该说的说，不该说的绝不开口。待人接物上，郭妮有时反觉得香港人更单纯些。没有七拐八绕的小心思，简单清爽。一声"丁太"，隐去了她原来的姓氏，这感觉也是新奇的。看着彼此相仿的脸，日常起居也相差不多，却终究还是不同。这些不同，散落在生活的各个层面，是嵌入内里的，一两句话竟说不清。

　　刚认识胡绍斌的那阵，郭妮觉得他很像香港人，广东话说得地道，行事也潇洒。第一次打破这个感觉，是两人去餐厅吃饭。买单时，胡绍斌拿出一张五百大钞——香港人买单很少用散钱凑成正好的数目，都是大钞，找零里拿走几张整钱，剩下十元、二十元，还有硬币，便当作小费——找零拿来时，胡绍斌很认真地取走每一张钞票，连硬币也不落下。郭妮把目光移开。倒不为别的，给不给小费纯属个人自由，况且内地也没这个习俗。她只是觉得，他到底与她面上看到的不同。但另一方面，也正由于他毕竟不同于香港人，是介于两者之间，反倒让她觉得亲切。他应该还是注意到了她的目光，之后再买单，便都是刷卡。她看在眼里，感慨这男人竟如此敏感。再一想，他那样的境遇，倘若不是这样，反倒是奇了。

罗妍从上海发来微信："胡绍斌今天来沪，约我出去吃饭。"

郭妮看了一怔，想这男人动作倒也快。那天，她消息刚发出去，他便回过来："是准备分手吗？""分手"两字把她吓了一跳。更不敢擅动了。到了第二天，他径直跑来找她。他知道她住的小区，只是不清楚门牌号。他给她打电话，说在楼下商场等她。她找个借口溜出来。心怦怦直跳，想怎么会到这一步。猝不及防。都像韩剧里的情节了。

远远地，她看见他坐在长凳上，手机横在胸前，眼神定定的，似在发呆。她不禁有些自责。多少也是因为她起的头，或者说是纵容，才导致了这样的暧昧。这大半年来，她把他当成什么呢？她自己都有些迷糊。救命稻草，或者说是登山时那根手杖，握着便觉得安心许多。她自然不能告诉他，若不是误以为丈夫出轨，根本不会有后面这段。她本以为拿捏住分寸，便不至进退失当。殊不知对男女来说，时间本身便是催化剂，足以忽略一些东西，却又让另一些东西凸显出来。她有些懊恼，却又不全是懊恼。说不清的感觉。

她正要上前招呼，忽听一声"阿嫂"，丁维纯从旁边笑吟吟地走过来。郭妮吃了一惊，连忙站定："嗨——"丁维纯一扬手里的饭盒，"刚才和朋友去镛记吃饭，打包些烧鹅回来，你和阿哥中意的。"郭妮说声"唔该"，兀自没有定下神。手足无措的。丁维纯上前挽住她手臂："返去（回家）啦——"郭妮机械地被推了两步。忽地，一个人影抢上来："这么巧？"正是胡绍斌。郭妮见到他，惊得一句话都说不出来。胡绍斌很擅长佯装偶遇。这次他索性称呼郭妮为"丁太"——"丁太，食佐饭没（吃了饭没有）？"他神情自若，又朝丁维纯点了点头，"你好。"郭妮只好替两人介绍："我姑仔。胡生，一起学煲汤的同学。"丁维纯道："胡生你好。"胡绍斌对她道："你阿嫂好有天分的，就数她煲的汤好饮。"丁维纯笑道："是啊，我阿嫂心灵手巧。"胡绍斌递上名片："请多指教。"丁维纯接过一看："胡生住深圳？""香港、深圳两头跑，我这人中意瞎忙，"胡绍斌说着，朝郭妮瞥了一眼，道："丁太，得闲一起饮茶。"郭妮点头："好。"

晚饭时，丁维纯吃着吃着，忽然笑出声："怎么男人也去学煲汤——"郭妮知道她说的是胡绍斌,也不接口。丁母反问:"男人怎么不能学煲汤,活该女人累死?"丁维纯道:"是个年轻男人。"丁母道:"男人学点煲汤也好,老婆坐月有汤饮了。"母女俩你一言我一语,都是闲聊。郭妮一颗心还是悬着。她猜胡绍斌是存心促狭,对她提出"分手"的小小惩戒。她胡诌说他是一起学煲汤的,他偏要发名片,拆她的台。深圳人到香港学煲汤,也委实是有兴致。刚才离开后,她收到他的微信:"我回深圳了。"她回道:"你是故意的吧?"隔了半晌,他回过来一句:"看你和你小姑子的关系,就知道你过得挺好。替你开心。"

他果然不再找她了。连着几周,杳无音信。郭妮舒了口气,想他毕竟是个正路男人。也不晓得他会怎么看她。平白撩拨人家,却又戛然而止。像是戏弄了。郭妮想到这儿,又是懊悔又是歉意。待要安慰或是道歉,也不好,反倒是又掀事端了,便不去想它。

丁维安提了几次,下周他有假期,问她想去普吉岛还是巴厘岛,"才四五天假,东南亚合适。你中意两个人就两个人,要是想热闹些,就带我妈和维纯。你话事(做主)。"郭妮道:"全家一起去吧。"丁维安又去问母亲和妹妹。丁维纯答应了。丁母起初不想去,拗不过儿子再三邀请,才点头了。郭妮知道丈夫的意思。一是安抚自己,二来是向母亲示好,三来也是陪妹妹散心。詹姆斯回国后,丁维纯给他打电话,问他是否还会来香港。电话那头小心拿捏着语气和措辞，但意思是再清楚不过的。她说声"拜拜"，挂掉电话。郭妮与丁母守候在旁，都有些紧张。丁维纯倒没有表现得过分激动。第二天跑到钻石山的志莲净苑，吃斋拜佛，待了一整日。回家后径直问母亲："有合适的对象吗？我去相亲。"丁母立刻动用所有的人脉，整理出若干个人选。连着一周，丁维纯天天跟不同的男人在咖啡馆约会。到底是有些烦了。"算了，还是让我安静一阵吧。"她这个样子，家里人反倒放心了。怕就怕那种，过于沉默或是过于亢奋。

普吉岛之行很顺利。住在水边屋，走几步台阶便是大海。丁维纯想潜水。郭妮和丁母都不敢下海，丁维安也害怕，但要陪妹妹，只得战战兢兢地下去。海底拍了一组照片，珊瑚、礁石、鱼群，倒是极漂亮的。还有一日，郭妮独自在房里看电视，有人敲门，一见，却是服务生推着烛光晚餐进来，旁边有人拉小提琴，正愕然间，丁维安捧着鲜花上前："今天是我们相识一周年"——她不晓得，丁维安原来是这么周到的一个人。当初与他结婚时，说实话是有些率性的，只是面上过得去，并未深究这个人如何。想着婚姻本就是赌博，交往十年也未必能真正看清一个人。后来一段时间里，因是新婚，又是不同地域，彼此多少存着些客套与神秘，话往好里说，行事也是七分收三分放的。她只当他是那种有些冷的个性，也不指望夫妻间能如胶似漆到哪里。现在见他这样，倒有些惊喜了。内裤那事，她不说破，他也不解释。误会倒促得两人感情更上了一层。郭妮想自己还是幸运的。适时地撞破真相，适时地打住。刚刚好，不早不晚。又有些感动。想着今后更要加倍地对这个男人好。

罗妍说胡绍斌在上海只待了一天，两人吃了顿饭，便离开了。"我看他没那意思，"她给郭妮发消息，"吃饭时候，他一个劲地问我关于你的事情——把自己不要的男人推给别人，是不是挺有成就感？"

郭妮觉得自己还是做错了。不该画蛇添足。断就该断得彻底，软着陆绝不是明智的方法。给他介绍别的女人，是错误。那个女人是罗妍，更是大错特错。被罗妍这么剥皮拆骨地说开，是她自找的。好在一会儿，罗妍又打了个电话过来：

"怕你误会。其实我是开玩笑。再一想，我们好像还没到可以开这种玩笑的地步，只好打电话过来补救。我知道你是好心，想撮合我们。不过郭妮，没这个必要。"

郭妮沉默了几秒："这件事，是我欠考虑，也没征求你的意见。我向你道歉。"

"他也去普吉岛了。"电话那头忽道。

郭妮一惊，"什么？"

"我猜的。我给他看你在普吉岛的照片。他问我，你几时回去，又问你住哪个酒店。"

"你告诉他了？"

"是啊。"

"没事。他应该只是随便问问。"

"那可不一定。天底下的事，谁说得准呢？"

郭妮把这看成是一个玩笑。正如罗妍所说，她们的关系其实还没到开这种玩笑的地步。但许多时候，情境是由自己的心决定的。你把它当作玩笑，它就是个玩笑；若是你认真了，它便真成了整蛊的恶作剧。郭妮没有告诉罗妍，下午欧阳给她发过消息，"有空劝劝罗妍，让她放手吧。你知道的，我是孝子。"话虽然没头没脑，但整理起来并不难。郭妮本就觉得奇怪，小四眼那样的个性，不像是会违拗父母的人。她当即回过去："放心，罗妍已经有男朋友了。"又从微信里翻出一张罗妍与胡绍斌的合照，给他转发了过去。

她猜罗妍已经知道了。被人戳穿的感觉不好受。虽然她一点促狭的意思也没有，只是想替罗妍争口气。胡绍斌很上镜。照片上潇洒倜傥，非常适合派这种用场。按下"发送"键那瞬，郭妮有一点后悔。想起那天罗妍提及这事的神情，眼泪在眶里打转，一圈一圈的，却始终不落下来。所谓宝宝云云，应该是她杜撰的，也亏得她有这心情。她是无论如何也不愿意在郭妮面前露怯。即便在那种时刻，也是小心谨慎步步为营。郭妮不知道她是从小便这样，还是到上海以后才渐渐改变的。人一旦换了环境，性情也会跟着不同。像体内有细菌侵入，上万亿的白细胞立刻聚集，将它吞噬。过了头，就是过敏反应。流鼻涕、眼痒、皮疹什么的。郭妮不想承认，她到香港的情况也是如此。那种仿佛天然造就的人与人的地势差别，再怎么挣扎也是徒劳。往往是，人们一边抗拒，一边默认。正如当年母亲在她耳边叮嘱"外地来的女孩，别惹她，少搭理就是了"。母亲与她都不认为这是对罗妍的蔑视。同样地，毛老师的常州媳妇也不会把人们对她的"称道"看成是一种偏见。再自然不过的事情。记得郭妮来港不久，丁母整理出几件衣服给她，"维纯以前买的，没怎么穿就放在那边，我看你和她身材也差不多，屋企（家里）穿穿其实极好——"郭妮二话没说便接受了。这种时候一定要果断，让许多情绪还来不及弥散便扼杀在空气里。否则便更尴尬了。

郭妮挂掉电话。丁维安一旁问："罗妍吗？"

她点头："刚失恋。替她介绍男朋友。我一个同学的亲戚，住在深圳。"

"好办法。"他道，"忘记失恋痛苦最好的办法，就是找一个新男友。"

郭妮说到丁维纯："你也该替她多留心。她年纪也不轻了，拖下去比较麻烦。"

"维纯喜欢靓仔。有难度。"

"主要哥哥是靓仔，从小看惯了，标准低不下来。"郭妮开玩笑。

丁维安揽住她："你呢，还有没有人选？深圳也可以啦，维纯嘴馋，开饭店的很好啊。"

郭妮想，再找个内地的，你妈非吐血不可。嘴上道："深圳没有了，还有个西藏的，行不行？"丁维安道："那也不错。只要不是喇嘛就行。"郭妮逗他："你这个假鬼佬还知道喇嘛？"丁维安在她鼻尖轻轻一刮："这么小看你老公？"

她笑笑。想起下午在海边凉亭，她看书，丁维纯玩手机。她起身上厕所时，瞥见丁维纯在手机里翻看詹姆斯的照片。她快速离开了，回来时丁维纯躺着不动，头朝向另一边，似是睡着了。郭妮故意朝旁边绕了一圈，见她脸上残留着泪痕，眼圈也是红的。郭妮便也躺下装睡。一会儿起来时，丁维纯又换了生龙活虎的模样，撺掇郭妮一起去开摩托艇。两人各骑一台，后面坐着陪驾。郭妮胆小，又怕水，蜗牛爬似的速度。丁维纯则是开得飞快，转弯又急，好几次险些冲出规定海域，往深海驶去，吓得陪驾大声呵斥，几乎就要拔钥匙熄火。结束后，丁维纯连呼过瘾。郭妮则是心有余悸，想她若是趁这机会寻短见，那可真是神仙也救不得了。把这层顾忌向丁维安说了。丁维安也不放心，便让郭妮晚上陪她睡："明天就回香港了，最后一晚，太平些好。"郭妮答应了。

丁维纯没有反对。只是说了句"我睡相不好，你要有心理准备"。郭妮道："我睡相更不好，吃亏的肯定是你。"两人很早便睡了。背对着身体，尽量靠边。听着彼此的呼吸声，都睡不着，却也不说话。半晌，丁维纯忽道：

"阿嫂。"

"嗯？"

"认识我哥哥之前，你谈过几次恋爱？"

"两次。"

"那不算多。"

"嗯。"

"詹姆斯是我第六个男朋友。认识他那年，我二十五岁。"

"九年了。"

"是啊。我妈常说，要是我没认识他，现在小孩说不定都上学了。"

"也有可能。"郭妮笑笑。

"阿嫂——我总叫你阿嫂，其实你比我小好几岁呢。"

"那你叫我名字。"

"你有英文名字吗？"

"没有。你帮我取一个？"

"Nicky？"

郭妮念了两遍："蛮好听。"

两人絮絮叨叨，聊些家常。丁维纯又问她："嫁到香港来，什么感觉？"郭妮道："没什么。香港和上海其实差不多。"她点头："本来嘛，都是中国。坐飞机也才两个小时。"郭妮问她："你全世界飞，最喜欢哪个地方？"丁维纯想了想："澳洲。"郭妮见她果然说"澳洲"，倒怔了怔。丁维纯说下去："我这人对风景什么的不敏感，哪里的人讨我喜欢，我就喜欢哪里。"郭妮停顿一下："现在还喜欢吗？"丁维纯点头："一世都喜欢。"

沉默了一下。郭妮岔开话题："下午你哥哥还让我给你介绍男朋友呢。他说你嘴馋，最好是找个开饭店的。"丁维纯笑笑："嘴馋也不见得非要找个开饭店的。难道身体不好，非要找个当医生的？没有钱了，就要找个印钞票的？"郭妮也笑："你哥哥是想让你方便些。不用出去，想吃就能吃。"正说着，忽地想到一事，顿时停下来。

"怎么了？"丁维纯转过身，看她。

郭妮摇头："我出去一下。"说完爬起来，迅速离开了房间。

丁维安正在床上看电视，郭妮开门进来，脸色有些发白。他见到她，一怔："怎么回来了？"

"你是不是复制了我的手机卡？"她径直问他。

丁维安脸色变了变："什么？"

"你怎么知道我给罗妍介绍的男朋友是开饭店的？我记得根本就没对你提过。"郭妮看他，一字一句地，"——除非你看过我的短信。"

"我不懂你的意思。"

"我每次看完短信，都会删掉。而且我手机有密码。所以，你一定是复制了我的手机卡，对不对？"

丁维安朝她看，缓缓道："你为什么要删短信？"

郭妮沉默下来："——果然，我没猜错。"

两人安静了半晌，不说话，也不动。他坐在床上，她站在床前。很快，郭妮转身要离开。丁维安一把拉住她的手臂："等等，我有话说。"她摇头："算了，越说只会越尴尬。其实我也没资格这么理直气壮地质问你——有话明天返香港再说。"

"再坐一阵——"他央求。

她停了停，在床沿坐下来。

"你知道的，我离过婚。为的什么原因，你也知道。有句话叫一朝被蛇咬，十年怕井绳。我们是闪电结婚，况且又是来自不同的地方——我这么说，你不要生气，我没有别的意思，只是实话实说。虽然我很喜欢你，但冷静地想一想，这段婚姻其实是有些仓促的。还有，我父母也离过婚。所以这方面我非常没有安全感。复制手机卡是我不对，而且是大错特错，但我只是不想再受伤。你这么年轻，这么漂亮——你和那个深圳男人，起初我是挺生气的，甚至想过要摊牌，去南非买的那个红宝石，本来就是想作为最后的礼物。后来看到皮箱里的女人内裤，猜想你或许是因为误会才那样做。我观察了几天，发现你果然不再和那男人联系了。我很开心，能和你继续生活下去。我没想到你会发现手机的事情。达令，是我不对，你原谅我，好不好？"

丁维安说得很快，口气急吼吼，显得局促。郭妮知道这是他的真心话。因为事情突然，来不及整理措辞，中听的，不中听的，一股脑端到了她面前。他是有些迫切了，都不像平常的他了。郭妮呆呆地站着。她发现自己真的不知如何是好。刚才那样兴师问罪似的冲过来，其实是不怎么妥当的。反倒尴尬了，便愈加的难堪。脑子像清醒，又似是更迷糊了。

不知怎的，她忽然想起几周前，与罗妍去铜锣湾逛街，好好的，一个斜挎吉他的男人便走到眼前，对着姐妹俩唱起歌来。因是广东话，罗妍听不懂，只觉得好笑。郭妮却知道这叫《蝗虫歌》。香港极端人士专门唱给内地人听的。拉着罗妍便往前走。男人不依不饶，一直跟着。罗妍问郭妮，这人干吗呢？郭妮摇头，道，走你的。男人竟伸出手臂拦在两人面前。郭妮用广东话说了句"再这样我就报警"。那男人愣了一下，才走开了。罗妍应该也是猜到了，笑笑，没有再问下去。后来两人也不再提及此事。像是没发生过。难得的默契，似是共同守护着什么，小心翼翼地，怕说破，反倒不好了。

丁维安拉住她的手。郭妮猜想自己最终会答应他。本来就难分对错。况且他说的都是实情，如果她没发现，后面应该会很美满。依她的个性，通常是不太有主意的。尤其那种模棱两可的微妙状态。郭妮记得母亲不是这样。虽然很长一段时间里，旁人都说她们母女俩是一个模子刻出来的。五官，还有个性。高中的某一天，郭妮放学回家，母亲拜托她去找一个同学的叔叔，那人在刑警803："替我查查，"母亲递上罗父的身份证，"不用很详细，只要大概了解一下，有没有坐过牢犯过事。"那时母亲与罗父正处于热恋阶段。郭妮并不认识他。后来见了面，这件事也早淡了。偶尔想起，最多也是感慨母亲过于谨慎了。没觉得什么不妥。自我保护，怕受伤而已。谈不上错。

郭妮诧异自己此刻竟然会想这些。她向来不喜欢给事情下结论。平常上网，看到那些动不动就上纲上线的人，她是极其讨厌的。她的态度是，这样应该是对的，那样好像也不算错。本来嘛，要真把天底下的事情一眼看穿、一两句话说清，这样的人非但愚蠢，也是不讲道理。郭妮这么想着，觉得自己其实还是在给丁维安机会，也是给自己台阶下。正如母亲与罗父快乐地度过了近十年，她和丁维安应该也可以继续下去。唯一的区别是，罗父应该不知道母亲偷偷调查他的事，而丁维安复制手机卡，却被她抓住了。很要命。

她看向床边的电子钟。十一点半。

外面忽然很吵。杂乱的脚步声。断断续续的英语，惊呼声。丁维安脸色一变，跳下床，飞快地开门出去。与此同时，郭妮也听清了，"有人跳海！"她跟着奔了出去。

凌晨的海面很平静，卧着碎钻似的月光。十几个人站在沙滩上，多是酒店员工。

海里有人在朝岸边游来。很快直起身子，是个男人，横托住一个女人，旁边还有两个救生员打扮的人。几人帮着托头、托身体。郭妮认出那女人正是丁维纯，还不及反应，旁边的丁维安已冲了过去。郭妮正要动，脚却像是钉住了——月光落在男人的脸上。头发全打湿了，以至于她刚才没有一下子认出他来。她张大了嘴巴，惊愕地。

与此同时，男人也看见了她——胡绍斌的目光与她只相接了一秒钟，便移开，朝天猛吸了一口气，低下头，对准昏迷女人的嘴，将空气缓缓注入。

尾　声

清明节。郭妮站在母亲的墓前。罗父将各色小菜、糕饼、水果摆好，蜡烛点上，嘴里说着"吃吧吃吧，都是你爱吃的"。随即鞠了三个躬。郭妮也鞠了躬。结束后，罗父把供品里的水果拿了回去，塑料袋包了给郭妮。郭妮不要。罗父道："供过的，吃了对身体好。"郭妮迟疑一下，接过了。朝墓碑看了一眼——父亲母亲都是淡然的神情。照片上母亲比父亲老了十几岁。因是黑白照，轮廓比真人更清晰些，眉眼也传神。

回去的路上，罗父问郭妮，不去香港了？郭妮道，嗯。罗父又问，分居算怎么回事呢？郭妮道，先分居，再离婚。罗父哦的一声，不太明白，但也不敢多问。郭妮告诉他：香港法律有规定，一方不同意离婚，可以先分居，几年再申请离婚。

"非离婚不可吗？"罗父终是忍不住，小心翼翼地问道。

郭妮没吭声。

"他外面有女人？"

郭妮摇头："他人不坏。"

"性格不合？"罗父又问。

"其实，"郭妮停了停，"是我想回上海待一阵。有点累。"

"哦，那回来好好休息。"罗父停顿一下，没头没脑地跟上一句，"——我和罗妍可以在外面找房子的。"

郭妮一怔，朝他瞥了一眼。忽然意识到这个五十来岁的半老男人其实是在试探。也是担心。事实上，从她回上海那天起，他便一直表现得有些不安。

"我找了装修队，把花木路那套房子弄一弄。快的话下半年就可以搬过去。你和罗妍还是住这里。"她面无表情地说完，把头别向车窗外。

"那，我付房租？"半晌，男人道。

郭妮竟感觉有些滑稽了。她知道这男人其实心里还是没底，半是疑惑半是装傻。他是要郭妮一句准话。

"住了这么久，谁问你要过房租？"郭妮硬邦邦地说完，换了话题，"——周末毛脚上门，要不要帮忙？"

罗父先是一怔，随即摇头，"不用。嘿，也就是走个形式。隔壁邻居，过来才几步路，熟得不能再熟的。也不用准备什么，弄瓶酒，做几个家常菜，简单些。"

"酒我来买。"郭妮道。

罗父嗯了一声："谢谢。"

罗妍与欧阳的事，堪称峰回路转。本来已不抱希望了，有一晚，罗妍喝醉了去砸欧阳家的门，被他妈妈一顿臭骂。巧也是巧，这晚罗父正好回了老家，而罗妍恰恰又丢了钥匙，到底邻居一场，欧阳妈妈只好让她进来睡沙发。欧阳那八十多岁的老祖母，半夜里突发脑中风，救护车还在路上，眼看着人已经不行了。罗妍当机立断，讨了一根缝衣针，火上消了毒，把老太太十根手指尖扎破，各挤出一滴黑血。救护车送到医院，医生说亏得你们急救及时，否则就算保住命，也是半身不遂。欧阳见事情有转机，便去求他奶奶。欧阳奶奶又去找儿子儿媳，说这姑娘我看着蛮好，漂漂亮亮，又能干，做我孙媳妇蛮合适。欧阳父母兀自不答应，欧阳奶奶讲话也是直接："就你儿子这条件，还拣三拣四？错过这个，怕是要打光棍了。"欧阳父母疙疙瘩瘩地同意了。欧阳跑去向罗妍报喜。罗妍足足请他吃了一星期的闭门羹，才点头。微信里密密麻麻的"宝宝，对不起"。罗妍问郭妮：

"信不信，周末那天我放他鸽子？"

郭妮想说"信"，嘴上道："何必呢。"

"什么戆×男人！"罗妍骂了句脏话。神情很复杂。

周末，罗妍果然没出现。罗父、郭妮、欧阳三人，围着一桌饭菜，默不作声。出于礼节，郭妮给罗妍打了个电话。"你是不是忘了，今天什么日子？"

"让他去他妈妈那里再喝几口奶！让他妈妈给他挑个好姑娘，到时候我一定包个大红包。"背景很嘈杂，应该是在外面。

"哦，真的啊？"郭妮转向身旁的两个男人，编着词，"——她和同学去爬佘山，同学不小心摔伤了，她送同学去医院。"又对着话筒，"那你安心在那边照顾同学吧，回来再说。"

"你连香港人都甩了，这么个戆×男人，我有什么可惜的！"电话那头道。

郭妮挂了电话。

手机一直关着。到了晚上打开，一串短信跳出来。都是丁维安发的。劝她回心转意。郭妮看了一遍，正要再把手机关掉，一个电话趁势溜了进来。

"Nicky！"是丁维纯。

说客很恪尽职守，整整讲了二十分钟。似是生怕郭妮挂电话。语速飞快。离开香港的语境，郭妮的广东话水平有所下降，许多词都不得不跳过，只听懂大概意思。

"你会回来的，是吗？"最后，丁维纯问她。

"我一点也不怪他，真的，最多是有些别扭。"郭妮答非所问。心想，"回来"这个词用错了，对她而言，"上海"才是"回来"。"——我想静一静。在上海。"

丁维纯有些沮丧。出于缓和气氛，她告诉郭妮："我有新男友了。"

挂掉电话不久，郭妮收到丁维纯的微信，是一张照片——她与胡绍斌的合照，就在深圳的饭店门口。丁维纯的头，斜枕在胡绍斌的肩上。两人都微笑着。

"是不是有点意外？"丁维纯在消息后面打了个笑脸。

郭妮端详着照片，想起数月前的某天，她和胡绍斌沿着维多利亚港散步。是黄昏时分，远处夕阳浮在海面上，映出一片金黄。两人站了一会儿，看日头一点点沉下去。他似是想亲她，头刚凑过来，便被她避开了。她听他说了句"我知道，你是在玩"。很轻，飞快地滑了过去。她怔了怔，见他神情无异，似是说笑。便也不在意。他的手，搭住她的头，朝自己肩膀按了下去。这次有点用力。她可以挣脱的，但没有。枕在他的肩膀上，四十五度角看维港，稍有些眩晕，但是另一种惬意的感觉。他轻轻抚着她的头发。她闭上眼睛。那一瞬，她感到许久未有的平静，像此刻无风无浪的维港，秀美静谧。他忽道："俺稀罕你。"她一怔，没明白。他解释："东北人不说喜欢啊，爱啊，只说'俺稀罕你'。"她又是一怔，随即笑起来。笑得很欢快。还是第一次听他说东北话。

"他说他中意我。"丁维纯又发了一条。

郭妮停顿几秒，回了一条过去："恭喜。"

上海底片

　　我常常想起那段岁月，其实只隔了十几年，却似完全是另一个世界了。连天空的颜色都不同，淡青色，偏暗，像蒙了层薄薄的灰，是磨砂的效果。光圈调到极低，从口径里漏些光进来，镜头上贴层膜，把光线再滤掉一层——只需在技术上稍作处理，便有了腾挪时空的效果。同样是外滩的上海总会，文艺复兴式风格的建筑，镜头下便是另一番模样，青黑色打底，六根爱奥尼克立柱顶端呈旋涡状，像女人的长波浪，还不是如今那种随意的造型，而是笔直地垂下，只在底端卷曲，直的直，卷的卷，泾渭分明。早些年曾时兴过一阵的风格。除了这，即便是在普通民居，气质也是不同，耳里听到的沪语，比现在要多得多、纯得多，触目间，衣服颜色也单调得多，不是灰便是蓝，要不就是黑色。还有人身上那种屏气凝神的态度，即便是吵架，声音也是往里收的，点到为止。那时人的经典表情是有些露怯的笑容，彼此保持着距离，客气、拘谨，透着处世的矜持，各行各路，冷暖自知。不似现在，连尘土都在拼命往上飞扬。

毛头是小开面的国字脸，大里去的单眼皮，肤色白皙，上班时三七开的发型，拿摩丝擦得油光锃亮，站不住苍蝇，闲来则是乱蓬蓬一团，手指修长，站在路边吃油墩子时微微跷着小拇指，24K的铜箍戒套在食指上。英语发音不错，词汇量很少，勉强应付一般老外。普通焦距下，山青水绿的翩翩男子，镜头一拉近，能看清脸上T字部位的黑头、衬衫袖口的拉丝，还有皮鞋底部的磨损。他适合稍亮一些的光线，谁能看得出，他其实是有些黯然的个性呢。光线不到位，整个人便彻底灰了。进光孔径要大一些，让自然光落到他脸上，角度也要找准。他不笑的时候透着几分痞气，笑起来反倒有些沧桑。嘴唇与下巴的弧度很漂亮，有些男生女相的俊俏，却又硬朗得多。他是个美男子，很讨小姑娘喜欢的那种。

那时，我们很亲密，称兄道弟。其实他的心思都落在王曼华身上。话题无论放得多大，扯得多远，最后总会被他有意无意地带到"曼华"左近。"曼华"是个人，也是个影子，看似跟着你，却总是留了些距离，不远不近，不紧不慢。而这段距离，让毛头费煞了心，跑断了腿，是夏日里的冰品，冬季里的暖炉，真正是贴心贴肺。他装作不知道，他与王曼华之间隔的这层，其实是孙猴子拿金箍棒划下的，一旦想越雷池，立时便能要了命。他的或是她的。他是自欺欺人呢，成日里装糊涂，浑浑噩噩的模样。——唯独我见过他的眼泪。笑容还未变僵，眼泪已流了下来。有些骇人。

我不说，他便也只当没人瞧见。

一九九三年的暑假，我初中毕业，因为顺利考上向明中学，便有了整日游荡的资本。父亲建议我可以趁此机会培养些兴趣爱好，比如弹琴、打球、书法。他以为兴趣爱好是在路边拦出租，招之即来。一个只知埋头苦读的书呆子，四百度近视加散光，十五岁不到就有颈椎病，跑一千米从来没有及格过，除了教科书之外几乎不看别的书，与一切娱乐活动绝缘。这样一个高分低能的傻子，突然被施以"培养兴趣爱好"的指令，实在有些无所适从。一段时间里，我拿出温书的决心和手段，强迫自己每周必须读三篇世界名著、打两场篮球、隔天练一次大字，还有弹琴。——后面这项有些难度，虽然钢琴是现成的，被母亲铺上一条灯芯绒布头，平坦的那头堆满杂物，整理出来并不十分费事。但弹琴的门槛有些高，不是坐下来立刻就能弹的。我连五线谱都识不全，根本不懂钢琴的基本入阶。钢琴倒是老货，解放前的古董。除了钢琴，母亲压箱底还存着几套服饰，当年的款式，放到现在并不觉得过时，只是华丽得有些耀眼。还有五根小金条，也是老货。书架上那只白玉狮子，我小时候玩耍不慎跌落在地，摔断了一条腿，被母亲拽着耳朵打。后来父亲找人补好了。玻璃橱里那两瓶洋酒，酒早喝尽了，只剩空瓶，作摆饰用。——这家里散落着一些繁华的痕迹，有了年头，像破衣服上的钻饰点缀，竟看着比补丁更刺眼了。

父亲扔给我一本《西餐礼仪入门》。连着几天，母亲都煎了牛排，让我练习刀叉。大伯夫妇从美国回来，下榻希尔顿。周末与我们约在宾馆吃西餐。为了这次碰面，父亲给我买了一条新裤子，拿熨斗烫出两条笔挺的筋，上身配白色短袖衬衫，皮鞋亮得能照出人影。他叮嘱我，多微笑少说话，刀叉绝不能碰撞发出声音，席间如果上厕所要说"Excuse me"。母亲到理发店做头发时，带上我，让我给她些意见。我坐在角落，看理发师先把母亲的头发润湿，分出发片，涂上烫发水，再将每片头发按同一方向旋转上好发杠，套个薄膜帽子，整个放到烫发器下去蒸。完成后，我看着她湿漉漉的满头小卷，说，不灵，还不如本来呢。她说这是礼貌，赴客人的约，做头发显得隆重。我说，去外婆家吃饭，你怎么从来不做头发？她说，外婆家都是自己人。我说，大伯也是亲戚。母亲便停了停，叹道，再亲的亲戚，几十年不见，也成陌生人了。

周末，一家三口盛装出席，叫了出租车，径直到希尔顿门口。那是我第一次到五星级饭店，推开玻璃旋转门的那瞬，触目便是一片亮，每寸地方都在反光。母亲的高跟鞋踩在地板上，一路发出清脆的"叮叮"声。冷气很足，空气里弥漫着不知名的香水味。到处都是穿西装的人，神情闲适、优雅。不知从哪个角落传来的钢琴声，轻轻回旋着。

　　侍应生把我们带到座位上。大伯与大伯母站起来迎接。大伯身材高大，脸色红润，鬓角有些泛白。相比我们的正式，他们反而穿得随意。大伯是夹克衫牛仔裤，大伯母则是一套咖啡色裤装，不施脂粉，只在颈里挂一条珍珠项链。大伯轻拍我的头，叫我"弟弟"，说曾经见过我的满月照，转眼就成大小伙子了。他们的上海话听着有些别扭，应该是长期在国外讲英语的关系。大伯母拿出一台理光相机给我，说是见面礼。父亲母亲使劲地推辞，但拗不过她，只得收下。又示意我致谢。我拿着相机，不知怎的，竟憋出一句"Thank you"。那种场合，五星级饭店，对着两个归国的华侨，好像自然而然就说了英语。很是应景。事后父亲对我说，应该加上"very much"，那就更好。

　　侍应生送上菜单。我点了牛排，五分熟。端上来牛排泛着血丝，便有些后悔，该说"七分熟"才是。半生的牛排切起来有些吃力，与前几天练习的范本完全不同。我竭力保持着冷静，脸上微笑，刀下使劲。大人们有一句没一句地聊着天。母亲平常语速很快，现在则放得很慢，说一句，笑一下，再吃一块肉。坐姿优美，腰挺得笔直，微微前倾，拿刀叉的小手指稍稍跷着，咀嚼时闭着嘴，完全听不见咂巴咂巴的声音。所以母亲说得没错，大伯是客人而不是亲戚。像外婆、舅舅、舅妈、姨妈、姨父那样的，才是亲戚，团团坐一桌，热乎乎地聊天。厨房总有人在忙碌，这边叫"这么多菜，别烧了"，那边探出个头，"慢慢吃，汤还没好呢"。遇到谁的拿手菜，便换个位置去厨房，说这菜我来烧。上来一道，不管是好是坏，都会品评一番。各家的近况，工作、小孩、身体，都是话题。那样的环境，坐着、躺着、放屁、打呼都不是问题。亲戚嘛。可突然间，天上掉下个大伯，去世爷爷的长子，父亲的大哥，老法里应该算是嫡亲的，解放前跟着爷爷去了香港，辗转又到美国定居，落地生根。父亲与他差了十来岁，当年还在襁褓里，那样兵荒马乱的年代，一大家子好几十口人，难免有顾不全的，父亲便是被奶妈带大的，连亲生爹妈什么样都没见过。初时还有书信来往，越到后面就越是艰难。中间也曾托人七拐八弯带些东西进来，比如罐头、衣物什么的。再往后就彻底断了一阵。也不知是如何又联系上的。

大伯问我，平常喜欢做些什么。我正在犹豫，父亲替我回答，看书、打球，偶尔也写几笔大字。我脸上有些热。大伯指着我手里的相机，说，以后空下来，可以拿这个拍照，再把照片寄到美国给我们看，好吗？我说，好。

席间，大伯母去了卫生间，一会儿，大伯也起身去了。餐桌上剩下我们一家三口。父亲和母亲不约而同地松了口气，换个坐姿。中场休息似的。母亲把嘴里一口牛排吐掉，说，什么五星级宾馆，牛排还没我做得好吃，骗钱的。父亲做了个"嘘"的口形，示意她小声些。

母亲撇嘴说，你大哥又没有顺风耳。父亲嘿的一声，摇头道，你这人啊。

一个侍应生过来为我加水。他微微侧身，右手持壶，玻璃水壶与杯子间有个很漂亮的角度。加完水后，他用英语问了我一句，我没听清："啊？"他微笑着，用上海话又说了一遍，"菜式味道还可以伐？"我怔了怔："蛮好的。"

"慢用哦。"他说完，走到另一桌为客人加水。那是一对外国年轻男女，他与两人聊了几句，也不知说了什么，便听那女人欢快地笑起来，那男人还在他肩上拍了一记，老朋友似的。那侍应生从口袋里掏出笔，又从旁边拿了张纸巾，在上面写字。出于好奇，我伸长脖子看去，是拼音，头一个便是"nihao"（你好），下面还有"xiexie"（谢谢）、"duibuqi"（对不起）、"zaijian"（再见）——应该是教那两人中文。便有些奇怪，想这侍应生倒也好兴致。再看下去，见他一桌桌地走，点菜或是加水，通常都会搭讪几句，客人多是老外，他英文似乎不错。角落里一个胖胖的外国老太朝他招手，他走过去，老太拿了几张人民币买单，又额外掏出一张美金给他，应该是小费。离开时，老太还和这人握了手："Have a nice day!（祝今天过得好）"，他笑着回应"You too（你也是）"。我不由得格外留意起这人来，二十出头年纪，瘦高个，衬衫领结西装马甲，笑起来牙齿雪白。虽是侍应生打扮，人群中却完全不会湮没，上海话说就是"长得很正气"。

　　大伯买单时，这人垂手站在一边，大伯给了他几张整票，说"Keep the change（不用找了）"，他说声"Thank you"。我注意到他鼻尖那里微微翕动了一下，眉宇间闪过一丝淡漠，便猜测找头或许所剩不多。只是一秒钟的工夫，他立时又恢复了笑容，很热情地问我们要不要再加水。目光经过我时，他发现我正在看他，停顿一下，朝我笑笑：

　　"相机很漂亮啊。"他指着我手边的照相机。

　　"谢谢。"我答道，随即又条件反射地朝大伯夫妇看，"——谢谢大伯，谢谢大伯母。"

　　"我等着你寄照片给我们哦。"大伯道。

　　离开时，大伯夫妇送我们到宾馆门口，门童上来问我们是不是要车。父亲本来打算回去时坐公交车的，但这种情形下，便不好意思说"不要"，只得点头。伯父与父亲拥抱了一下，然后我们上车，摇下车窗，与他们挥手告别。

　　路上，母亲便开始发牢骚，翻来覆去说着"没名堂"。她说，像去见祖宗似的，光买新衣服就花了两个月工资，没名堂，不就是吃顿饭嘛，用得着这么郑重其事吗，没名堂，真是没名堂。我想说，还有那些练习用的牛排，也不便宜。父亲初时不语，后来被她说得烦了，就说，人家大老远来一趟不容易，我们郑重一点有什么错，都是亲戚。母亲停了停，看见打表机上不停飞跃的金额，又是火起：来去还要叫差头，轧这种清水台型，没名堂。下车时，父亲口袋里只有一张百元钞票，就问母亲，零钿有吗？母亲翻了一遍口袋，叫起来，今天穿成这样，怎么会把零零碎碎再放在身上，一弯腰丁零当啷全掉出来，好看啊？父亲哎哟一声，还没说话，司机在旁边道，整钞票给我吧，我找得出。

当天晚上，我在房间研究那台照相机，隔壁父母争吵的声音源源不断地传进来。大伯的事情是根由，旁岔出去，枝蔓越生越长，密密麻麻。母亲嘴里都是委屈，说父亲这个人是虚的，空架子搭出来的，没享过一天大户人家的福，却惯出大少爷的臭毛病，二十年高中教师当下来，还是初级职称，也不晓得通路子想办法，又不肯"背小猪"，说那不是君子所为，清汤寡水硬撑着，吃不饱饿不死。突然冒出个从未见过面的大哥，倒似打了兴奋剂，其实人家也只是到上海办事，顺道来看看你，送个照相机意思意思，人家什么身家，这只是九牛一毛。你倒是劳民伤财。过日子不是做戏，面子要到位，可里子也不能太烂，这才是道理。母亲又恢复了飞快的语速，呱啦松脆。她说十句，父亲才回一句。父亲说，跟他们搭上线，你说是为什么？母亲反问，为什么？父亲问，你不懂？她道，我不懂。父亲便嘿的一声，不说话了。

母亲走出来，见我正对着墙角的鱼缸按下快门，忙不迭夺下我的照相机，但已迟了，一卷胶卷被我拍得所剩无几。她说声"作孽啊"，一跺脚，进了厕所。父亲也出来，朝我叹气，"你啊你——"我识相地回到自己房间，随手拿出一本书，看了起来。

几天后，我去图书馆借书，父母都上班，午餐本来也是泡饭酱瓜，到了饭点，便打算买个面包将就。经过一家银行门口，听见有人大声说话，"你走你走，这种价钿没人会做，我话放在这里，随便你。"我随意瞥了一眼，见角落里站着两个男人，说话那人个子很高，有些面熟，再一想，竟是那天希尔顿里的侍应生。

"朋友不领行情，"这人嘴里叼烟，倚着墙，两条腿交叉站着，一会儿，从口袋里摸出几张美金，塞到另一人的手里，又从那人手里接过一沓人民币，"我天天在这里，不是一枪头生意。朋友有需要，下次再来寻我。——我叫毛头。"

毛头。十个上海人里便有一个小名叫"毛头"，是再普通不过的。那天依稀看见他胸牌上的英文名字，好像是"Jerry"，又像是"Jacky"。只隔了几天，他便似换了一个人。上海话切口张嘴便来，神情不羁中还带着几分流气。他T恤上有个玫瑰花标志，我知道这牌子是"梦特娇"，父亲也买过一件，几乎没舍得穿。下身一条米色料作裤，脚上竟蹬了双拖鞋，露出脚趾。头发有些乱，不涂摩丝，发型也是完全不同。

他把钱塞进裤袋，立时便拱起一块。抬头看见我，先是一怔，随即"啊"的一声：

"是你——"

我不知该怎么同陌生人寒暄，便说声"你好"。他也有些不自然，瞥见我手里的书：

"借书去了？"

"嗯。"

"一看你就是读书人。"他捧了个小场。这一瞬，好像又回到了希尔顿，他是侍应生，我是客人，他满场地飞，奉承话张嘴便来。很讨喜。

"你叫毛头？"我忽道。

他又是一怔，随即笑起来，"是啊，——你呢，你叫什么？"

"董泽邦。"

"乖乖，这个名字很有气势。"他朝我竖大拇指，"将来要做大事情的。"

我不好意思地笑笑。

"小小年纪就到宾馆吃牛排，可以啊。"

"第一次，"我老老实实地道，"以前从来没有过。"

"是吗？看你刀叉用得很熟练——你大概天生就是吃西餐的人。"

我嘴巴动了动，没把之前练习的事情说出来。

旁边又来了生意，一个中年男人朝这边张望，毛头朝我点点头，走了过去。"朋友，调美金啊——"我呆呆站了一分钟，捧着书离开了。

　　我把从图书馆借来的《摄影技术入门》藏在枕头下，还有拿零花钱买的一卷胶卷，塞进抽屉的最内侧。照相机被母亲没收了，但找出来并不太难。东西拿走，空盒子依然放在原位。早晚会被母亲发现，但拖得一时是一时。我不是个喜欢顶撞父母的人，倒也不是孝顺到那个份上，而是性格使然，好像目前为止，并没什么事值得跟父母过不去。这次算是个例外，谈不上硬碰硬，至少也是软挑皮。后来再回想到这层，觉得也是宿命的一种，大伯好端端的，偏偏送了个照相机，而我拿起照相机的那一刻，对准景物，便觉得眼前豁然不同，有什么东西从脚底直冲到头顶，脸烫得厉害，头皮一阵阵发麻，身体都不像自己的了，想尖叫，想围着操场跑上几圈。

　　再次遇见毛头，依然是在银行门口。我本来不必经过那里的，但不知怎么，自然而然就走了那条路。几个黄牛在门口兜生意。毛头是其中最年轻的，但架势却绝不青涩，神情里自有一番老到。再次见面，我主动与他打招呼：

　　"哎，毛头。"

　　他一怔，随即直呼我的名字："董泽邦，是你啊。"

　　因为已是第三次见面，不自觉地，我们说话随意了许多。我问他，警察会抓吗？他说，会，不过没那么容易被抓住，这点素质还是有的。我又问，多少人民币换一美金？他笑笑，怎么，你也想换点？我说，随便问问，了解一下行情，我又不出国，要美金没用。

他买来两块冰砖。我们倚着墙，小心翼翼地撕开包装纸，啜着吃。气温太高，路面腾起一层水汽，我们尽可能地靠近银行大门，好让里面的冷气透些出来。我问他，老站在这里，不热吗？他说，热也没办法啊，否则哪来的钱请你吃冰砖？

他朝我笑。我停了停，从口袋里拿出一张照片，递给他。他接过，照片上是他与一人站在角落，他手持美金，那人则拿着人民币，正在交易。毛头脸色一变，推了我一把：

"朋友，啥路道啊？"

我愣了愣，随即反应过来："不是的，你别误会，我是觉得有趣，所以才拍下来，没别的意思。"

他把照片还给我："吓我一跳。"

我又取出一沓照片给他看，是在离家不远的街心花园，池塘、花草、鸟雀、假山……见到什么便拍什么，再偷偷冲印出来。毛头问我，喜欢拍照？我点头。他便认真地看起来，挑出一张，柳枝掩映着江边亭一角，阳光从柳枝后头漏些出来，金黄点点。他说这张最美，有些明信片的意思。

第二天我依然去找他，带了"乔家栅"的豆沙包。边吃边聊。好像一下子，我们就成了无话不谈的朋友。他问我那天买单的人是谁，我说是大伯。他便笑笑，说，你们肯定不常见面。我说，是啊，第一次见面。他说，一看就晓得，你们是两路人。

我把家里的事情告诉他。依我那时的年龄，交朋友往往要将老底交代彻底才够虔诚。家族史那段是绕不开的，我把听来的一鳞半爪凑起来，拼成一段豪门全景，吃穿用度，都往大里夸耀。他称我为"小开"，要是上海没解放，那我现在就是标准的大户人家少爷。我很理智地纠正他，如果那样的话，我爸和我妈未必能遇见，不会结婚，也就没有我了。他停顿一下，说，那不一定，有缘千里来相会，世界上的事，谁说得准呢。

接下来的日子里，我们时常见面。空闲时，他带我去舞厅蹦迪，去弄堂口斗蟋蟀，去录像厅看录像，去襄阳路淘假名牌。碰上黄牛生意赚头好，就去"沈大成"吃赤豆刨冰，去"红房子"吃虾仁杯。因为他的兴趣广泛，我的生活倏然变得丰富起来。他比我大不了几岁，阅历却足够当我的老师。他说这是读技校的缘故，"技校出来马上工作，十六七岁就是大人，你三年高中再加四年大学，有得早了，不用急着断奶。"我问他工作几年了。他扳着手指，说，今年是第五年。他说他之前在太平洋百货当售货员，去年刚进希尔顿。

"你英语挺好的。"我说。

"好什么呀，——我是小学生水平，"他道，"你的词汇量肯定比我多。我除了日常那些，别的就不会了。"

"那也挺好，我是哑巴英语。"

"脸皮厚一些，别怕开口，其实老外也是人，他听你说英语，就像你听外地人说上海话，笑一笑就过去了。没事。"

我喜欢和毛头聊天。他说话有种独特的魅力，大白话里透着意味，让人忍不住想与他亲近。当我了解到他其实并不像他表现出来那样洒脱时，已经是很久以后的事了。至少在相当一段时间里，我很服帖他。那个暑假，我仿佛拿到一把钥匙，开启了一个世界，触目都是新鲜、有趣。毛头便是那把钥匙。那一阵，我到处拍照，存下的零花钱全用来买胶卷和冲洗照片。我用这种方式，窥视和记录着周围的事物。镜头下，世界其实是多棱面的，远远看着是那样，拉近了又成了另一副模样。换个角度，便完全不同。看着很亮丽的东西，镜头下未必如此，反之亦然，一些平淡的事物，搬到那个小小方格里，便似有提升的效果，整个光鲜起来，线条更加凹凸有致，像拿美工笔勾勒过的感觉。

他邀我去他家。我欣然前往。他家在杨浦区辽阳路的一处弄堂房子，走进去好大一个天井，住着十几户人家。头顶晾衣竿横七竖八，角落里斜卧着刚洗好的马桶，地板上被小孩用粉笔画上了一格格的"造房子"。男人们打着赤膊走来走去，女人们倚着墙边吃瓜子边聊天。我小时候也住过石库门，后来父亲学校分房，很早便搬进了新公房。因此这里对我来说也是新奇的。毛头的父亲去世多年，他还有个哥哥，成家后便出去单过，只剩下他与母亲两人住着。一间房隔成两间，前面做客厅，放五斗橱和一张餐桌，后面只够放他母亲的一张床，上头再搭个阁楼，打个铺盖，毛头便睡那里。他母亲五十来岁，人生得很瘦小，毛头或许是随他父亲，个子才那么高。

毛头向他母亲介绍我："新轧的小朋友，是个乖小囡。"他母亲话不多，寒暄两句，便进厨房端了碗银耳莲子羹出来："随便吃点。"她上海话里夹着浓重的苏北口音，看人时眉眼低垂，倒也不全是自卑自谦的意思，而是差在精神头上，整个人似没什么力气，少了股劲道。说话间，外面进来个女人，邀她去打麻将。她说不去。那女人说"三缺一"，一副让她去救火的神情，毛头也在旁边撺掇，说"输了算我的"，她嘟哝着"又不是怕输钞票"，才不情不愿地去了。

我打量着这个家，与原先想象中的毛头家完全不同。谁能猜到毛头那样的人，会住在这样逼仄的地方呢。倒不是嫌弃人家，只是觉得，人的个性应该是与他生长的环境有关的。比如像我，被父母管得严严紧紧，学校家里两点一线，除了读书别的统统忽略，不准乱说乱动。这种流水线操作下，自然只能出我这样的产品。而毛头则不同。他像万花筒那样丰富多彩，可这里的环境，却似是老旧的黑白照片，单调、简陋。很不相称。当然，我会这么想，是因为我年纪还小，等我再长大一些，就明白人是再精细不过的东西，每根神经都是牵一发而动全身，像巨型计算机的内部线路，每一步细小的动作，都会影响最终的结果。根本无法估测。也很难总结。某某某是怎样一个人，某某某又是怎样一个人，别说一两句话，即便是写篇几万字的论文，也不见得能说清。当我明白这个道理时，已经在社会中浸淫许久，早学会穿上一身铠甲，把自己裹得严严实实，与人交往时小心翼翼，场面话说得滴水不漏，为了实现心中所想，拼尽全力去争取。当别人对着"董泽邦"三字竖起大拇指时，我脸上越发谦逊，做出平和的神情，仿佛一切都是顺其自然。

离开时，天井里那桌麻将打得正酣，毛头妈不输不赢，坐下首的那个胖女人似是赢了不少，脸色绯红，见到毛头便叫："毛头我问你，——前天，你跟我们曼华去什么地方了？"

"去啥地方？"毛头两手一摊，"啥地方也没去，就在房间里，排排坐吃果果。"

"放屁！"女人撇嘴，"毛头我跟你讲，曼华看不上你的，你省省，太平点。"

毛头嘿的一声，没说话。

我瞥过他的脸。那瞬，我第一次在他眼里看到有些愁苦的表情，像晴朗的天空中一朵乌云飘过，整个黯淡下来。他别过头，与我目光相接，应该是想笑的，肌肉却没跟上，这使得他看上去别扭无比。

第一次见到王曼华，是在希尔顿大堂。那天，约好等毛头下班后一起去打羽毛球，我早到了一会儿，便在大堂等他。趁势上了个卫生间，走出来，远远看见大门处站着一个年轻女孩，旁边还有个四十来岁的老外。女孩扎个马尾，穿一袭白色长裙，很漂亮，是那种夺人眼球的漂亮，五官精致，妆也恰到好处。站在那里回头率相当高。我也忍不住走近了，朝她看。她用流利的英语与老外聊着天，不时微笑，露出两个酒窝，更增甜美。

毛头换好衣服出来，叫我："小鬼！"不知什么时候起，他便这么称呼我了。上海话"鬼"读"ju"，听着多些俏皮的意味。我朝他挥手。他正要过来，目光却在半道被什么截了去。

"毛头！"门口那女孩高声叫他。

我有些意外。没想到他们认识。毛头快步朝她走去，两人应该很熟，女孩一见面，便在他胸口上抡了一拳，嘴里不知说了句什么，毛头夸张地抱住胸口，弯下腰去，装着很疼的样子，"死人了死人了——"皱着眉，神情却很是受用。

两人聊了几句，他才想到我："小鬼，过来！"我兀自站在原地，有些羞涩，被叫了两声，才缓缓上前。毛头替我们介绍。女孩叫王曼华，毛头的邻居。我低着头，由着毛头把我说成是"小开""爷爷是旧上海的大亨，跟黄金荣一个级别的"，也不澄清，就那样傻傻站着，瞥见王曼华足上一双粉色的高跟凉鞋，鞋跟又细又高，便想，穿这样的鞋子还怎么走路啊。依然是不敢正视，及至听见她说了句"你好啊"，才回道"你好"，抬头见她一双眼睛黑如点漆，潭水般深不见底，肤色却是胜雪，当真是黑白分明。我从没见过这么美的女孩，思路有些跟不上，她问一句，我答一句，也不记得自己说了些什么。依稀听见她说"晚上一起吃饭吧"，心里一动，朝毛头看去。毛头问我：

"行不行？"

我想也不想便答应了。借口上厕所，跑到外面拿公用电话打回去，说"同学过生日，留我吃晚饭"，放下电话心怦怦直跳，第一次对父母说了谎。

晚饭是王曼华买的单。说要谢谢毛头。事后我问毛头，她为啥要谢你？毛头没告诉我，只说大人的事你别管。我摸不着头脑，后来处得久了，渐渐就明白了。毛头在希尔顿上班，有的是认识老外的机会，老外来上海，除去公干，自然也要吃喝、玩乐。王曼华替他们当翻译，做导游，买机票，赚些劳务费。我问毛头，她没工作吗？毛头说，工作是有，不过外快也要赚。我以前也常听母亲说起"外快"，她劝父亲找学生补课，也就是"背小猪"，"弄些外快贴点小菜铜钿也好啊——"但都被父亲拒绝了。父亲每月的工资都按时上交，放在一个信封里，母亲清点几遍，再塞进抽屉，等凑到一定数目就存掉。

我跟他们去过几次银行，一沓淡青色的老人头，这边数了又数，柜台里头也是数了又数，最后钞票收走，再扔张单子出来。回到家，母亲郑重地在一本簿子上登记好，再放进抽屉上锁。我曾经问她，家里一共有多少存款。通常情况下她都不正面回答，偶尔心情好时，就会告诉我，这里头是你的学费，还有我和你爸爸养老的钱。我很难想象父母工作之余再去赚外快的情景，他们和毛头、王曼华是两种人。"我们这样本本分分的人家——"这话偶尔从父亲嘴里蹦出，用来指摘那些他看不上的人，比如时常出入饭店、舞厅、股市，心思不在正经活计上的人。父亲说的"本分"与"正经"，与通常的含义略有不同，还多了几分"贵重"的意思，是打上历史烙印的。母亲私底下同我发过牢骚，说分寸要是把握不好，"本分"等于就是"呆板"。董师母做了二十来年语文教师的家属，措辞有时候也相当犀利。

吃完饭，王曼华说要再逛会儿街。毛头说，小鬼早点回家，我反正没事，陪你逛逛。王曼华撇嘴说，你怎么晓得人家要早点回家？说不定人家倒很有兴致呢——是不是啊，小弟弟？她看向我。我被她看得脸红，也不经大脑，便顺着她的话头说，是。

两个男人陪一个女人逛街，架势是有些奇怪，她前面走，我们后面跟着，像两个保镖。趁王曼华试衣服的时候，毛头劝我先回家，"你一个学生，逛商场不合适。早点回去，省得你爸妈担心"。他很贴心地提醒我。后面半句有些震慑力。我正要离开，王曼华从试衣间出来，穿一袭粉红色的网球裙，标牌垂在裙子外面。裙摆在她膝盖上两寸处。我只看一眼，便把目光移开。相当的不好意思。她问我们，怎么样？毛头说，蛮好。我也跟着点头。她说，从来没碰过网球，爱德华偏要我陪他，没办法。她问毛头，打得太臭怎么办？毛头说，外面找个网球班，先练练。她便皱眉，说，这礼拜天就打，来不及了。毛头便不吭声了。我旁边插嘴进来，说，我隔壁邻居是大学体育系毕业的，会打网球，我帮你去说说看。王曼华眼睛一亮，说，真的？毛头一旁道，没几天工夫了。她道，练一天是一天，总比不练好。

那天晚上，我做成了两件大事。一是跑去敲邻居的门，很唐突地说"爷叔帮帮忙，有个朋友想练网球，越快越好，学费按外头行情的两倍给"，邻居一脸诧异，但还是应允下来。还有就是在父母面前继续圆"同学生日"的谎言，父亲是不拘小节的个性，母亲则有些生疑，说同学过生日吃晚饭，怎么不早说？我说，本来打算吃块蛋糕就回来的，同学父母太客气，硬要留饭，推不掉。母亲又问，哪个同学。我说，汪晓芸。——这也是事先想好的，必须是知道名字的，而且也一定要是班上的好学生，但不能太熟悉，尤其彼此的父母不能有交集，住得也要远一些，让他们打听不到。母亲咕哝一句，和女同学倒走得蛮近的嘛。我说，封建。母亲说，这一阵玩得也够了，收收心，没几天开学了。父亲听了也说，我们不来催你，你自己要生性，该看的书要看起来，该做的功课要做起来，都是高中生了。我心不在焉地点着头，心里雀跃不已，想象着王曼华说"谢谢"的情形，脸不自禁又红了。

毛头怪我不该给王曼华介绍网球教练，"是我的朋友，又不是你的朋友，"他道，"你瞎起劲啥？"我挺纳闷，也有些委屈，嘴上却还逞强："你的朋友，就是我的朋友。"他嘿的一声："你懂个屁。"我问他什么意思。他又摇手不答了。我发现，只要一涉及"王曼华"，毛头就会变得欲言又止、阴晴不定。不像刚认识时的他。

连着几天，我都没去找他。一半因为生气，一半也是要替开学做准备，"心"未必能收，但"身"无论如何要先抽回。捧着高一的教材看了两天，便觉得无趣。忍不住又去找毛头。毛头看见我，没事人似的，邀我去吃火锅。同去的还有他的几个朋友，有技校同学，也有宾馆的同事。有男有女，都是嘻嘻哈哈的张扬个性。喝酒、吃肉。没几分钟，十几瓶啤酒便只剩下空瓶。有个痴头怪脑的女的，硬要让我喝酒。旁边一人说，还是小男人呢。女的说，小男人也是男人，有啥要紧啦。我僵在那里，不知该如何应付。毛头替我解围，一把将酒杯拿走，说，别欺负小朋友，我替他喝。说着，仰头一饮而尽。

结束时，我送毛头回家。他喝得不少，但还没到醉的地步，脑子并没完全失控，翻来覆去地对我说，皮夹在他后裤袋，出租车钱由他来付。一路上，他喋喋不休，口齿不清，嘴里像含了个梅子。话题从王曼华嘴里的"爱德华"开始，他说，外国瘪三一个，就晓得骗上海小姑娘，会打网球了不起啊，我看跟羽毛球也差不多，让他跟我打一局试试，还未必有我打得好呢。又说王曼华拎不清，天天跟这些外国巴子混在一起，陪吃陪玩，贴身丫头似的，想不通。我忍不住问，她为什么要这样？他道，想出国。我一怔，又问，为啥想出国？他嘿的一声，道，不想待在上海，不是自己家，没劲。我问，那她自己家呢？他回答，在安徽。

那天我从毛头嘴里了解了许多关于王曼华的事情。所以说人不能喝醉，一喝醉便容易被乘虚而入。我猜毛头清醒时是不可能对我交代那么多的，比如他对王曼华的感情。他说他从初中起便开始暗恋王曼华。王曼华是知青子女，父母在安徽，十六岁时返沪，与叔叔、婶婶住在一起。王曼华比毛头还大了三岁，现在看着并不明显，那时完全是大姐姐的模样了，后面总跟个小尾巴，便是毛头。她身上有股磁力，吸引着他如影随形。弄堂里无人不晓，都说王曼华要是哪天结婚，毛头就要去上吊。毛头说倒不至于那样，但伤心是肯定的。王曼华的名声有些不好，比如说她跟外国人什么什么，为了赚美金什么都肯。毛头说，女孩漂亮些外向些，总会引人非议。他说他不管别人怎么诋毁她，在他心目中，她就是最好的。谁也比不过她。

我送毛头回到家，她母亲初时很紧张，以为毛头在外面打架受伤了。我再三解释，没有打架，只是喝多了。毛头妈这才松了口气，又说深更半夜看到有人送毛头回来就害怕。见我愣了一下，便说，他爸爸就是一天晚上突然间走掉的。我依然是不明白，却又不敢细问。毛头妈这天兴致倒好，与我聊了一会儿。她说毛头爸以前在化工厂上班，一天晚上锅炉爆炸，当场便送了命。因为是工伤，厂里便给了个指标，无论毛头还是他哥哥，有一个可以顶替进去。毛头妈是吓破胆了，说无论如何不敢让儿子再进化工厂。毛头哥哥读书不错，没了父亲，家里也没人教他，竟也顺利考上了财经大学，当了会计。毛头却不是让人省心的孩子，三教九流什么都感兴趣，唯独对读书没一点意思，成绩总是班上倒数。毛头妈见他这样，倒又动起了化工厂的脑筋，想去求求人，看是不是可以让他进去，好歹是个铁饭碗。毛头死活不肯，说整天闻那股味道就要短命的。毛头妈说，厂里每天发一瓶牛奶，解毒。毛头说，这种毒法，用牛奶洗澡还差不多。毛头妈拗不过他，只能由他去。好在毛头后来也考上一所技校，毕业后分配站柜台，虽说不是什么好工作，但总归饿不死了。后来又进了希尔顿，上班还要穿衬衫戴领结，开口闭口甩两句英语，口袋里美金比人民币还多几张。外头人反倒艳羡起来，说毛头不得了啊，档次上去了。毛头妈并不懂什么，听人这么夸儿子，心里总是高兴的。唯独毛头哥哥每次回来，要泼几桶冷水，说毛头："你这是吃青春饭，懂吧？你见过谁五六十岁还在那里端盘子的？趁年轻早做打算，别整天稀里糊涂，希尔顿上班又怎么了，你是当服务生又不是做总经理，有啥好神兜兜的。"理科生讲话就是一板一眼，刻薄得让人受不了。毛头妈这么听着，便又担心起来，也跟着劝毛头。毛头当面不与他们顶撞，只是从不理睬。

毛头妈竟然问我：宾馆里面端盘子，到底好不好的？我一怔，说，挺好的吧。她说，我也不指望他赚大钱，只要有个安稳的工作，吃得饱穿得暖，就可以了。我点头，心里有些好笑。这个暑假对我来说是个转折。之前还是书呆子一个，两耳不闻窗外事的那种，自从认识毛头后，像是一下子跌落凡间，沾了满身的烟火气，连阿姨妈妈都开始向我咨询儿子的前途了。我看着床上已经睡着的毛头，忽然说了句，毛头很厉害的。毛头妈显然有些意外，问我，他怎么厉害了？我停顿一下，说，讲不清楚，反正就是觉得他厉害。

其实我真的讲不清楚什么是"厉害"。肯定不是"凶狠"，而是偏向于"见多识广"那种意思。对于一个初中生来说，很容易被一个经历丰富的人所吸引，觉得那是了不起的本事，一辈子过了别人几辈子似的。当我经历过许多事情之后，才逐渐体会到，所谓"见多识广"其实只是披了张五彩斑斓的外衣，里面往往是空的、虚的。不值得艳羡。但有什么办法呢，谁都是从那段痴痴懵懵的青春岁月走过来的，看着爱憎分明，好像什么都敢做，却又瞻前顾后。没经验，也没胆识。只有把事情一桩桩经历个够，才是真正成熟起来。

我请毛头来我家玩。礼尚往来，他都请我去过他家了，不请他来我家好像说不过去。父母那边打了招呼，只说是朋友，在希尔顿上班。母亲追问我，什么朋友，怎么认识的。我拿出事先想好的措辞，说，那天到静安面包房买面包，忘带钞票，人家帮我付的——就这么认识了。母亲说，那倒要好好谢谢人家，现在这个世道，不容易。

周日，毛头带了一篮水果上门。很有些做客的意思。一起吃的午饭。母亲擀了面，自己做锅贴，配上冬瓜扁尖汤。毛头连声称赞，说阿姨的手艺真是好。他与我父母亲切地攀谈，主要是聊在希尔顿的见闻。我父母显然对此很感兴趣，我不晓得原来他们也喜欢听这些光怪陆离的事情，尤其是父亲，我以为他只关心教书育人，他甚至比母亲表现出更大的热情，几乎是全神贯注地聆听每一个细节。我猜想这是对一种截然不同的环境的好奇，或许潜意识里还有些别的因素——大伯夫妇下榻在这里，这是他们的圈子，对父亲来说，本该也属于这个圈子，现在却隔着十万八千里。别样的情愫。

毛头走后，母亲夸奖他很有礼貌，五星级宾馆出来的，到底不一样。父亲说我，人家大不了你几岁，看着比你懂事多了。我说，那就放我出去，我想干什么就让我干什么，不到半年，我保证比他更懂事。父母听了一怔。我也怔了怔，好像很少用这样的语气跟他们说话。母亲说，怎么没放，都放了一个暑假了，再放就要野性了。我嘿的一声，所以说呀，人家是放养，我是圈养，没得比。父亲听出我话里憋的那口气，温言劝我，你和他不一样的，不是一个层次。这话让我气平了些。又有些好笑，像在跟谁较劲似的。

几天后，毛头邀我出去，没头没脑地，也没说去哪里。顺着淮海路走了一段，拷机响了，是留言。他看完对我说，走，喝咖啡去。我跟着他进了一家咖啡店。刚进去，便看见王曼华和一个男人坐在靠窗位置。男人三十来岁，在为王曼华的咖啡加糖。我一愣，还不及反应，身后被什么推了一把，跟跟跄跄就往前冲了过去，正好撞在那男人身上。那男人猝不及防，脑袋撞上勺柄，立时便是一个红印子。与此同时，毛头在身后叫了声："老婆，你在这里做啥？"噔噔噔冲上前，便要拉王曼华起来。王曼华一把甩脱："你不要发神经！"那男人看得云里雾里，问王曼华，怎么回事。王曼华说，这人脑子有毛病。毛头脚一跺："老婆，你不要这么薄情好吧？"王曼华朝他看，来了句："又没领证，叫什么老婆。"毛头又是脚一跺："光屁股时候就认识了，二十年都不止，叫声老婆怎么冤枉了？"王曼华便不吭声。我一旁看得呆了。那男人脸色红一阵白一阵，扔下一张五十块钱，匆匆走了。

王曼华坐姿不变，拿起咖啡喝了一口。毛头在她对面坐下来，问她，怎么样，还可以吧？她斜睥他一眼，睫毛像扇子那样忽闪一下，唇膏印在杯子上，一个浅红的半圆。

"等着我婶婶收你骨头吧。"她朝他笑，一边嘴角微微上扬，眉毛也跟着轻轻抬起，俏皮中带着妩媚。毛头说，不怕，只要你称心如意。她嘿的一声，笑容更甚："你破坏人家相亲，还说称心如意，不作兴的。"他道:"那我再去把那家伙叫进来,你们继续喝咖啡。"王曼华在他胸前推了一把,说:"你去呀,去呀,不去你就不是人。"

我看着两人打情骂俏,猜想刚才那个留言必然是王曼华捣的,让毛头过来搅局。类似的事情后来还有过几次,差不多都是咖啡喝到一半,毛头冲进去"老婆""老婆"一通乱叫,把人吓走。我有些想不通,既然不愿意相亲,那不去就行了,又何必多此一举。毛头说王曼华也是没办法,"被她婶婶逼着,不去不好交差"。我问,她婶婶为什么一定要她去相亲?毛头说,鸽子笼大的房子,她早点出嫁,才好腾地方。

我建议让我也试一次,叫王曼华"老婆"。毛头说,你不行,都可以当你阿姨了,你当人家傻子啊?我有些不舒服,但也只得作罢。本不想再跟着毛头蹚浑水的,但搅乱王曼华的相亲,无论如何是件有趣的事情。便一次次地跟着。后来王曼华也腻了,说毛头,你能不能搞点新鲜花样啊,每次都是老婆老婆的。毛头说,那就叫你老妈,孩子都一把年纪了,还出来相亲。王曼华朝他白眼,又问我,小阿弟也想想。我便真的动起脑筋来。后来一次果然推陈出新,由我扮演王曼华的弟弟,过去问她,阿姐早上吃过药了吗?她一拍头,糟糕,忘吃了。相亲那男人问怎么回事。我说,阿姐天天要吃三顿药,一顿都不能忘,刚才出门急,姆妈让我过来问一声,免得出事情。那男人紧张起来,问,会出什么事情。我便吞吞吐吐,说,也没什么事情。王曼华拿咖啡过药，男人看那药瓶，标签上印有"神经内科"三个字，匆忙找个借口，溜了。王曼华夸我点子想得妙，说读书人到底不一样。毛头一旁说，他把你编成神经病了，你还高兴。王曼华又从瓶里拿一颗药放进嘴里，边嚼边对我笑，麦丽素，味道灵的。我得意扬扬，人来疯地表示，下次还会换花样，保证不重复。

　　之后毛头再邀我出去，我会挑挑拣拣，有的答应，有的拒绝。每次我都先探听一番，王曼华会不会来。如果她来，我一定到场，否则就未必。毛头有些轧出苗头，他说小牛想啃老草，又不是浦东人，难不成还想讨大娘子。我知道他是故意把语气放得轻佻，好让我看不出他的心思，像动物的保护色，把自己藏个严严实实。酒醉那天他对我说的话，我一句没提，装糊涂。他以为我不知道。其实就算他不说，我也看得出来。关键是眼神，只要王曼华在，就一直跟着，还有里面透着的意思，一圈又一圈，像高度近视的镜片，啤酒瓶底似的，深不见底。王曼华在的时候，他话反而少，还常说傻话，素质比平常差了一个档次。一次王曼华想吃紫雪糕，他立刻冲出去买，等买来时，王曼华却说不想吃了。他问，怎么不吃？她道，不晓得，突然就不想吃了。他怔了怔，蹦出一句，那，烊了怎么办？她笑，你没有嘴啊？他应了一声，便剥开包装纸，退到旁边吃了起来。吃到一半，王曼华又说想吃了，他便拆了另一边包装，送到她嘴边，说，这头没碰过。王曼华看他一眼，凑过去，嗫了一小口。头发丝擦到毛头脸上，我瞥见毛头神情局促起来，呼吸都不自然了。不期然地，又打了个喷嚏，唾沫星溅到王曼华脸上。王曼华嗔道，脏死啦。他竟来了句，你不打喷嚏啊。王曼华把紫雪糕往他怀里一推，不吃了。毛头怔了一下，手摊开：给钱，你说要吃的。——这便是不折不扣的傻话了。王曼华拿出一张五块钱，"啪"地交到他手里，说，拿去，阿姐请客。毛头又掏出四张一元钱，给她，找头。两人没来由地，在那里一来一去，撒娇不像撒娇，赌气不像赌气。莫名其妙。有时候也惹上我。比如王曼华常拿我与毛头做比较，说我读书多，家境又好，为人行事便不同，而毛头呢，总是带着些市井气，不登大雅之堂。我倏然被戴上一顶高帽，惶恐之余，却也晓得我是外头人，对外头人说话总是客气些，毛头才是自己人，想怎么说便怎么说。从我的角度看，王曼华和毛头的关系其实是有些微妙的，肯定不是男女朋友关系，但比普通朋友又多了些暧昧，因为女大男小，所以多少还有些戏谑的意思，拿"阿姐"和"阿弟"这种话挡在前面，像是更加安全，彼此不用负责似的。而像我这样的观众，也是恰到好处的，一是年纪小，不用太当回事，二来又是似懂非懂，不至于完全不解风情。分寸刚刚好。

一天，趁着父母上班，我把毛头和王曼华一起带回家。王曼华参观了一遍房子，说，蛮漂亮的。我晓得这话是客气。我家顶多称得上是"干净"，跟"漂亮"搭不上界。唯一值得称道的是阳台，本来面积就大，又是顶楼最靠南面，没有遮拦，阳光很好。种满了各种花草。母亲每天打理，俨然是个小小花园。旁边放张躺椅，闲暇时泡杯茶坐着看报纸，感觉还是蛮惬意的。王曼华看到角落里那台钢琴，问我，能弹吗？我说，当然。

我把钢琴上的杂物拿开，打开琴盖。她走过去坐下，停顿一下，便弹了起来。《致爱丽丝》。听到琴声的那瞬，我先是一怔，随即朝毛头看去。他应该是听过她弹琴的，所以并不惊讶，只是静静听着。我没想到王曼华琴弹得这么好，十指在琴键上欢快地跳跃着。钢琴如果有灵性，那此刻它一定是愉悦的，因为遇到了一个真正懂它的人。琴声在房间里回旋着，时而轻快，时而低沉。弹琴时的王曼华，比平时显得恬静。长发披下来，遮住一小半脸颊。手指像葱管那样白皙纤长，指甲是淡淡的粉色。窗帘拉着，阳光从外面透进来，她整个人沐浴在光雾里，还不是那种耀眼的光，而是哑光，往里收的质地。我有种感觉，仿佛此刻的她，才是真正的她。不像平日里那般张扬。她又怎么会是别人嘴里那个轻浮的女子呢？看她弹琴的模样，完全是一幅画啊。鼻子里都能闻到淡淡的草木清香了。那么清新优雅。我从床底下摸出照相机，对准她，按下快门——"咔嚓！"

第二天，母亲回到家便问我，昨天家里谁来过了。我心里一跳，猜想必然是邻居听到琴声了，便说是毛头。母亲问，他还会弹琴？我嗯了一声，说，你不要小看人家。母亲说，你有整天闲逛那个工夫，也老早练出来了。她说着又问我，毛头家里也有钢琴？我含糊应了一声，心想王曼华家也不像有钢琴，不晓得她钢琴是怎么练的。

去问毛头。毛头有些奥妙的神情：这叫吃饭本领，晓得吧？靠它吃饭，不好不练的。我懂他的意思，却故意问下去：她是钢琴老师？毛头笑起来，在我头上捋了一把，你怎么傻乎乎的。我索性装傻到底：你们在谈朋友，是不是？毛头依然是笑，只是笑容像脱水的花瓣，渐渐枯下去，干巴巴的。"她看不上我的。"他说这话时，一边嘴角歪了歪，像开玩笑的样子。我记得王曼华婶婶也说过这句话。那时，他的脸色像被点了死穴那样难看。

你卖相很好，很灵光。我拍他的马屁。

男人光靠卖相不行。他摇头。

你还赚美金。我加了一句。

他嘿的一声，这话你去跟她说，算是帮我个忙，替我加点分。

他是开玩笑，而我也不会真的去跟王曼华说。话说开了，我们便真正像两个男人那样交流。他说，她很漂亮吧。我说，嗯。他问我，你也有点动心，是吧小鬼？我不否认，说，漂亮嘛。他点头，是啊，男人都喜欢漂亮女人。我停了停，问他，她什么时候出国？他先是不吭声，随即道，要先嫁给外国人，再出国。

之前的爱德华，几周前便已吹了。据说此人是个骗子，谎称自己开了家酒庄，其实只是爿杂货店。王曼华与他交往一个月，学会了打网球，总算不至于全无益处。她约我和毛头一块去打网球。可怜我们两个球盲，只有满地找球的份儿。她兴致很好地教我们打球，纠正我们的姿势，还有发力的位置。她说上次我介绍的那个老师很棒，技术好，脾气也好，两三次便让她入了门。她说趁势想把壁球也学了，上海这两年很流行。毛头冲她一句，你干脆直接学高尔夫吧。她说，好啊，反正早晚总要学的，有钱人都打高尔夫。毛头点头，说，没错，必修课嘛。

两人说着说着，味道又不对了。我闪在一边，做出没有察觉的样子。毛头其实心里已经后悔了，嘴上还不依不饶，惯性似的，把话往狠里带，使出吃奶的劲，非要把王曼华说成一个无比虚荣的女人。王曼华也不急不徐，顺着他，宁折不弯，一条路走到死。这场景我早见惯了。总结下来其实也是打情骂俏的一种，都有些暧昧意思，不说破也不否认，半是真心半是嬉皮。便成了眼下这幅局面。我撺掇毛头向王曼华表白，他沉默了半天，说，她不会肯的。我说，你怎么晓得？他道，我就是晓得。我说，你早晚总要问的，伸头一刀，缩头一刀。他朝我看，小鬼，想看好戏是吧？我被他说中心思，笑笑。其实我倒没什么恶意，就像电影开了个头，总想快点看到结局，讨个说法。不成当然挺好，谁愿意漂亮阿姐被人抢去呢，成了也没啥坏处，你好我好大家好，一团和气大团圆结尾。至于毛头后来有没有表白，我不清楚，他也不会告诉我，反正他与王曼华那种夹缠不清死样怪气的情形，一直持续了许久。毛头曾经对我说，他觉得这样也挺好，至少还能做朋友，天天看见她。我觉得这话里透着心酸，还有无奈。虽然那时我年纪尚小，却依然觉得他窝囊。从希尔顿遇见，到后来，我觉得自己在慢慢成长，而毛头不是，他是往后退的。细细想来，我与他相识的过程，就是一点点"看透他"的过程。他外皮一层层剥落下来，露出光溜溜的身子，被我看个精光。想，不过如此。当然这话我没有对他说过，连一丁点意思也没露过。从某种程度上讲，小小年纪的我便遗传了我父亲的个性，走儒雅路线。肚皮里做文章，很给人留面子。总的来说，在我与毛头相处的那段时间里，我们关系还是相当不错的。

唯独一次，我们差点闹翻。那是高一下半学期，大伯的儿子，也就是我的堂哥到上海出差，托我找个导游。我想也没想，便推荐了王曼华。那几天，王曼华陪他逛遍了上海的大街小巷，两人从早腻到晚，形影不离。堂哥向我致谢，说这个导游请得好，很周到。而王曼华也表示满意，说你堂哥挺大方，小费给得不少。我以为这是件皆大欢喜的事，谁知毛头不高兴了，说我，这么小就开始拉皮条了啊？我没头没脑，问他，什么意思？他说，没什么意思，表扬你呀。王曼华说他，毛头你不要莫名其妙。毛头嘿的一声，是呀，我莫名其妙，天底下最莫名其妙的就是我了。那几天，毛头基本不理我，而王曼华却一直跟我套近乎，询问关于堂哥的事情，喜欢什么，不喜欢什么，家庭背景、兴趣爱好，等等。我猜她是对堂哥有点动心。堂哥二十多岁，供职于华尔街某银行，中国人的面孔，美国人的做派，家境好，长得也不难看。我应承她，去试探堂哥的心意。事实上，我和这个所谓的堂哥根本不熟，见过几次面，加起来也没说到十句话。我拐了老大一个弯，先是问他有没有女朋友，喜欢什么样的女孩，准备几岁结婚。对于一个彼此疏远的亲戚兼十七岁男孩来说，这些问题实在有些奇怪。好不容易绕到王曼华身上。我羞羞答答地问他，对王曼华是什么感觉，有没有那种意思。堂哥倒是很直率，说，上海话是不是有个词叫"拉三"？我不明白，再问他，他便笑而不答了。

我把堂哥的话转述给毛头和王曼华听。"拉三"这个词，我完全不懂，连听都没有听过。否则也不会告诉他们。王曼华听了，脸一阵青一阵白，转身便出去了。毛头倒是很平静，还问我，可不可以叫你堂哥一起出来吃顿饭？我有些意外。他补充说，想找他多换点美金。我给堂哥打了个电话，他说可以。我便带了毛头去他房间。结果房门一开，毛头便疯了似的冲过去，把堂哥摁在地上，劈头盖脸便是一顿打。堂哥应该是吓傻了，完全无力招架，只是叫"Help"。我也彻底没了方向，直到堂哥整张脸变成猪头才想到上去把人拉开。毛头一边打，一边喊：你这只假洋鬼子，上海话倒不错啊，还晓得"拉三"，那我问你，你晓得"宗桑（畜生）"是啥意思——我来告诉你，"宗桑"就是你这种人，占了人家便宜还讲龌龊话，别看你长了一副人面孔，肚肠全是狗肚肠猪猡肚肠，宗桑！

几名保安冲过来，把毛头带走，又叫了辆救护车，将堂哥送进医院。我迟疑着，不知是该跟毛头走，还是跟堂哥走。保安提醒我，要到派出所做笔录。我便跟着毛头去了。生平第一次进派出所，做贼似的，都不敢抬头了。警察问我，你们啥关系？我半天蹦出一句，朋友。警察又问，怎么打起来的？我想了想，说，关系好，开玩笑，开着开着就打起来了。警察斜眼看我，不要瞎三话四。我有些讪讪地，兀自道，是的呀是的呀——

毛头在派出所拘留了三天。他哥哥过来看过他一次，把他骂个狗血淋头，说他做事完全不经大脑，二十多岁的人，整天浑浑噩噩也就罢了，现在还有了案底，档案里记上一笔，这辈子就抹不掉了。他问毛头，你脑子里到底在想些什么？毛头反问，妈晓得了吗？他哥哥嘿的一声，说，你现在才想到妈，她为了你这个宝贝儿子，都上门去求过人家了。毛头急了，问，求谁了，干吗要求人？他哥哥说，不求人，你老早就判刑了，你也是会挑，什么人不好打，偏偏要挑个美籍华人，连美国大使馆都惊动了，人家要是铁了心告你，你三五年牢省不掉的。毛头怔了半晌，整张脸黯淡下去，一句话也说不出来。

其实毛头妈找的是我。她托王曼华带信，约我出来，"小阿弟，毛头打的那个，是你堂哥对吧，你们是亲戚，请你帮忙多说几句好话，就说他大人有大量，别跟我们毛头一般见识，等我们毛头出来，赔钱也好，赔礼也好，只要他一句话，我们肯定照办。——求求你，一定帮这个忙。"毛头妈说着,脚一软,整个人便跪了下来。我哪里见过这个阵仗,扑通一声,也跪了下来,说"你别这样别这样"。当天下午便去找了堂哥。堂哥一张脸还是五颜六色的。我谎称毛头是母亲一个表姐的儿子,说都是自己人,这件事就算了吧。堂哥问我,他是不是喜欢那女的?我点头,嗯。堂哥嗤的一声,说,你们中国人就是这么莫名其妙。这话听着有些不顺耳,但我没吭声。临走时,他对我说——转告那家伙,这件事就算了,不过医药费要他出。我连声称谢,赶到毛头家,把消息告诉毛头妈。她自然是千恩万谢。两天后,毛头便放了出来。当天晚上,我去找他,他不在。家里没人,也没上班,打拷机也不复机。我心神不宁了几天,又不敢频繁出门。因为堂哥的事,让我父母的忍耐找到了一个爆发口。他们觉得我是轧了坏道。其实他们早有所察觉,邻居应该向他们说过王曼华学网球的事情,母亲那样敏感的一个人,三下两下便摸清我的现状:整天游荡,混迹于社会各个角落,而且还对某个女青年心存绯念,成天想着如何讨好她。母亲甚至从我床底下翻出一堆照片,糟蹋胶卷浪费钱这些就不提了,关键是里面还有几张王曼华的照片。从面相上看,母亲把她归为"女流氓"那种,惹得小男生想入非非,不是"女流氓"是什么?——但她忍着不提,一半是因为父亲劝她低调,另一半也是找不到由头,至少表面上,我还是相当端正的一个学生,成绩保持在班上前十名,守规矩讲礼貌,尊师爱友。他们在等待一个合适的时机向我摊牌。堂哥挨打后，他们劝我跟毛头绝交，说交朋友也要挑人，毛头不适合你，会把你带坏的。我说，你们不是挺喜欢毛头的嘛。父亲便笑笑，说，喜欢不代表欣赏，他跟你是两种人。我追问，怎么是两种人，他是什么人，我是什么人。父亲反问，你说呢，他是什么人，你是什么人？我觉得这个问题有些讲不清楚，便沉默着。他们以为我想通了，都松了口气。其实我是又展示了一把"软桃皮"的本事，等他们放松警惕，隔天便去找了毛头。倒不完全因为交情好到能让我冒顶风作案的风险，而是总觉得要对毛头说些什么，有些话哽在喉口，不吐不快。

我在毛头家弄堂口堵住他。他正向小贩买油墩子，一手付钱，一手抽了张纸去拿滚烫的油墩子。他还穿着希尔顿的工作服，衬衫马甲，只在外面套一件夹克衫。怕油滴到皮鞋上，他身体前倾，微微伛偻着。空气里弥漫着油墩子的香味。

我叫他，毛头。他瞥我一眼，并不作声，继续吃。只是咀嚼动作放慢了少许。我说，毛头你没事吧，前两天都找不到你。他问，找我干吗？我说，不干吗，就是想看看你。他嘿的一声，说，我有什么好看的？我一时语塞，停了停，道：

"晚上找王曼华一起出来吧。"

"绝交了。"

我一怔。他给我看拷机上的留言："毛头，你给我滚得远一点，

114

别再让我看见你。"

我有些糊涂——毛头是因为她受辱才去打的人，她不该是这个反应啊。瞥见毛头的神情，随即猜到，这两人多半已见过面了，必定又是你一句傻话，我一句狠话，越说越僵，结果走远了，弄得不可收拾。我摆出和事佬的口气："我出面约她，她会来的。"

"你面子比我大。"他迸出一句，"——托你的福，我才不用坐牢。"

"没有，"我忙不迭地摇手，"本来也是小事情，又不是杀人放火。没那么严重。"

"小鬼，"他朝我看，"我发现你越来越成熟了，像个小大人。"

我对王曼华说，毛头要去日本打工，晚上一起聚聚，算是告别。王曼华果然来了。她问毛头，真的要去日本？毛头停顿一下，硬邦邦地回答：不去。王曼华怔了怔。毛头继续道，小鬼骗你的，你要是想走，现在还来得及。我一旁看得无语。以我一张白纸的高中生的青涩阅历，也觉得毛头实在太不给女孩台阶下，简直可以说是存心惹怒人家。王曼华显然有些生气，但当着我的面，忍住了没动。可见关键时候女人往往比男人更沉得住气。当然毛头这种男人也属于极品，脑子里想的和嘴里说的完全是两码事，中枢神经出了问题，大脑控制不了全身。

我们到小吃店，各人叫了碗柴爿馄饨。馄饨端上来，王曼华说太多了，吃不下。毛头自觉把碗递过去："拣给我。"王曼华也不看他，筷子一拨，半碗馄饨拣了过去。毛头面前鼓鼓囊囊一碗馄饨，边吃边说，我是猪猡。王曼华回他一句：你刚刚晓得你是猪猡啊？毛头无言以对，埋头吃馄饨。王曼华问他，再来两个？他嘿的一声，再来就真成猪猡了。

吃完饭，我说，要不再逛逛？王曼华说，好，去外滩走走吧，好久没去了。我们叫了辆出租到南京路外滩，沿着江边一直往北走。两男一女。王曼华走在中间，我和毛头忽左忽右，变换着队形。一路上几乎没说话。这和我的初衷有些不同。我本来以为这次出来，大家都会有许多话要说。诉苦、感慨，或是骂人。事情的起因是我，如果我不把堂哥的话说出来，也不会有后面那场风波。所以我是有些愧疚的。我想对王曼华说声"对不起"，又怕着了痕迹，反而让大家尴尬。

"你堂哥回国了？"毛头问我。

我嗯了一声。

"就算你不开心，我也要说，"他道，"——这只假洋鬼子不是东西。"

我没吭声。王曼华旁边来了句："人家放过你了，你嘴还硬。"

"就算时间再倒回去，这只假洋鬼子我还是照打不误。"毛头道。

"不怕死。"王曼华说他。

"有时候想想，还不如死掉算了，活着没啥劲。"毛头叹了口气。

"脑子进水了。"王曼华把头别向另一边，皱着眉。

我上了趟厕所，回来时，远远看见毛头和王曼华倚着栏杆，隔着一米距离，像说话，又像生闷气。毛头拿出烟，点上火，抽了两口，王曼华不知说了什么，他便把烟掐灭。看嘴形，两人像在交流，眼睛却又瞧着别处，自说自话似的。王曼华微低着头，风吹得她头发一阵阵扬起。一会儿，毛头凑近了些，与她说话。再隔几分钟，又凑近些。他握住栏杆的手，与王曼华的手只差几厘米——却终是隔了那么几厘米。王曼华的长发，扬起来飘到他脸上，他拿手去拨，只拨了几根，又有新的飘过来，怎么也拨不干净。王曼华拿出发卡，把头发捋成一团盘到头顶。毛头轻轻摇了摇头，又重新倚着栏杆。

两人的背影都有些瘦削。王曼华是苗条，毛头则多少显得单薄，高是高的，骨架子也摆在那里，可空落落的，完全靠衣服搭起来的。我看着他们，脑子里倏地蹦出一个词：可怜巴巴。也不知怎的，俊男靓女，又是青春好年华，竟会让人有种萧条的感觉。像走在深秋大街上，踩着满地落叶，鼻子里满是带着水门汀味道的冰冷的风，忍不住就想叹息。

我走近了，瞥见王曼华脸上隐隐有泪痕，神情倒是舒缓了许多。毛头说想吃"沈大成"的条头糕和鲜肉糯米团，问她，去不去？她说，你请客，为啥不去？毛头嘴角一撇，露出些许笑意：走，吃冤家，不吃白不吃。

　　一切都恢复到从前那样，像是什么事情都没发生。王曼华依然整天围着各色老外打转，而毛头也依然当她的中间人，把希尔顿的顾客介绍给她。我隔三岔五便溜出去与他们厮混，用各种理由搪塞父母，比如，到同学家做作业、同学过生日、去图书馆看书等等。母亲通常会盘问几句，但一般不深究。这主要还是父亲的缘故。多年来父亲始终在探索一种比较开明但有效的教育方针，针对我这样的乖小囡，因材施教，不轻易打骂，温和说教，借以培养我的自信心和高贵气质。这阵子父亲常对我说的一句话是，"你自己要晓得，你是不一样的"。他像放味精一样，把这话往我头上一撒，指望我这道菜能立刻提鲜，上个层次。我知道父亲在我身上寄予的希望，几乎是承前启后的，层层叠叠加起来便是一本历史书，有生不逢时，有委曲求全，还有展望未来。只是我看不出这与我偶尔出去闲逛有什么矛盾。那时已经开始流行"高分低能"的说法。我不想成为这种人。

　　王曼华与我谈过心。那次让我受宠若惊。可能相比毛头，我这个介于陌生人与朋友之间的家伙，能给她一些更客观的意见。她向我诉说她的童年，是在安徽度过的。她父母在合肥郊区的一家工厂上班，家里讲带安徽口音的上海话，外面讲带上海口音的安徽话。上海人在外地总有些格格不入，倒不是自己有什么想法，而是别人看你的眼光不同，害怕从低往高，便额外地昂起脖子，从高往低看你。骨子里忌惮着你，面子上压着你，嘴上还说你"老茄"。其实上海人真正是低调到极点的，哪里都不张扬，本本分分干活，老老实实做人。她说她父亲本来有机会升到科员，辗转了一圈，依然在下面车间打混。从二十来岁混到五十出头，还是个小工人。异乡的小工人。王曼华说她倒不怎么喜欢上海，"上海有什么好，房子像鸽子笼，马路又挤又窄，人又多，乱哄哄的"。她说"上海"在她父母这代人心中，已经不仅仅是"家乡"了，而是一座闪着金光的宫殿，因为离得远，便尤其觉得贵重，像凡人与天堂的距离。照她自己的意思，是想在安徽待一辈子的，倒不见得多么喜欢那里，而是与"上海"并无感情，从小便不在这里长大，爷爷奶奶、外公外婆、叔叔婶婶，讲起来是嫡亲的，但其实与陌生人也没什么两样。那种纯粹概念上的"亲戚"，是最要命的，相处起来完全是煎熬了。十六岁那年，她与许多知青子女一样，回了上海，落户在爷爷奶奶家。起初还好，没几年二老去世了，她跟着叔叔婶婶，那便有些艰难了。出国的念头，也是这时候一点点萌生的，先自己出去，隔几年等父母那边退休了，再把他们也带出去。"上海"对她而言，更像是块跳板，不是长久之地。

我说，挺好的。——这个时候，我发现自己还是个孩子，听她说了许多，只是感慨，却完全不会用言语表达。我朝她看，又加了句：真的，挺好的。

她笑起来，在我肩上一拍。我本能地身体一颤，脸都红了。她说，小鬼，你还小呢，是小鬼不是大鬼，等你变成老鬼的时候，就什么都懂了。我傻傻地来了句：其实我懂得不少。她哦的一声：说说看，你懂什么？——这话多少有些轻蔑的意思。我挺了挺胸膛：你问呀，看我懂什么。她便问我，你是不是喜欢我？我一怔，随即整个耳根都发烫了，一句话也说不出来。她嘿的一声，在我头上捋了一把，笑道，所以说呀，你还是小鬼呢。

比较出格的一次，我们三人去看通宵电影。一共四部电影，其中一部是《唐伯虎点秋香》，很有意思，我在影院里笑得前仰后合，毛头完全没反应，我朝他看去，见他搭着王曼华的手，两人虽是面朝屏幕，看神情却是心思不在上头。我忙把目光收回来。脑子里冒出"电灯泡"三个字，又有些不甘，酸溜溜的，故意拿出手帕，重重地擤了擤鼻涕，余光瞥见那两只手倏地分开了，忍不住暗自得意。这次着实有些夸张，我长到十七岁，从来没试过在外面过夜。借口是与两个同学去黄山旅游。着实有些风险，母亲若是较起真来，事情败露只是早晚问题。——这天是毛头生日，这家伙别出心裁想看通宵电影。朋友生日一年只有一次，冒着被母亲斥责的风险，也要相陪。

熬到第三部电影时，已经是支撑不住了。我耷拉着眼皮，见周围人皆是东倒西歪，哈欠连天。我应该是睡着了一会儿，再睁开眼时，电影里刚好放到一段安静的场景，台上台下俱是鸦雀无声。我下意识地朝旁边看——王曼华已是睡着了，头歪在毛头肩上。因为反方向的缘故，看不见毛头是睡是醒，只觉得他睫毛好像在动。接着，他缓缓朝一边倒去，只转头颈，身体却不动，机器人似的，这个动作有些别扭，我正纳闷他想干什么，忽见他凑近了王曼华的唇，似是想亲下去。我心扑地一跳，连忙闭眼。——并未完全闭合，留了一条线，见那两片唇相距半寸左右，便停止不动。王曼华的脸，白得像瓷器，没有一丝瑕疵。唇是淡粉色多褶皱，上唇尤其的薄，据说生这样唇形的人，都是口才极好的——他终是不敢亲下去，那个动作维持了足有半分钟。与其说是亲吻，更像是在研究她的脸。我等了半晌，索性真的闭眼。很快又沉沉睡去。再醒来时，天已蒙蒙亮。周围人都在伸懒腰，大梦初醒的模样。毛头说我和王曼华，票子一半被你们睡掉了，不划算。我脑子兀自不太清醒，张嘴便是一句"睡着了才好啊"。毛头一怔。我朝他吐了吐舌头，又朝王曼华笑笑："阿姐，你有没有梦到一只小狗舔你啊。"毛头应该是意识到了，堵我的嘴："小鬼，紫雪糕吃吗？"我说，吃。他便忙不迭地拉我的手臂，走，阿哥请你吃紫雪糕。

倘若那时的科技像现在一样发达，手机也能拍照，我一定会拍下那瞬。有无穷的意思，不只是面上那样。若是旁人看了，也许只想到

"吃豆腐"三字，可真正晓得那层关系的人，比如我，即便只是个孩子，也忍不住会叹口气，有话就在嘴边，却又不知该怎么说。如鲠在喉。心里又是别扭，又是难过。

接下去，王曼华连着大半个月没露面。我问毛头。他说她病了。我问什么病。他停了停，对我说是流产了，在家坐小月子。我怔了一下。这个层面的话题，我完全插不上嘴。毛头说，是前面那个英国赤佬的，这女人自己不当心，老鬼失匹。我似懂非懂。只是毛头的语气，平静得过了头，竟还带着三分笑。我有些骇然，那天他冲过去打堂哥之前，情形与这便差不多。我以为接下来会发生什么。——结果并没有。毛头还很贴心地提醒我，下次再见到她时，别提这事，省得她难堪。我拼命地点头，当然，当然。

后来我才知道，毛头之所以关照我别提，倒不是怕她难堪，王曼华也是老江湖了，不至于脸皮薄到这个地步。毛头是怕她伤心——医生对她说，这辈子怕是很难再怀孕了。这对于一个女人的打击是巨大的。等我知道这事时，已经是好几个月以后了，那时完全是另一番景象了。我曾经想过，这么私密的话题，王曼华倒是会与毛头探讨，性别不对，关系也不对。但再一想，毛头之于王曼华，其实像一棵树，随时随地能倚着靠着，像男朋友，又像女朋友，还有些阿姨妈妈的意思，为她张罗这个张罗那个。

王曼华或许流产不止一次了。这也是我后来自己瞎猜的，并没向谁求证过。要是问毛头，弄不好要吃拳头。我从少年的世界走进所谓成人的世界，最强烈的一点感受便是，人都是有多个层面的，比如王曼华，弹钢琴时完全是个公主，讲到她父母时眼里还蕴着泪水，可谁能想到她会因为流产而导致不孕；还有毛头，希尔顿里八面玲珑的一个人，私底下却又倔又痴，尤其对着女人。当我彻底脱离他们之后，曾经与父亲探讨过这方面的问题。父亲说，这很正常，否则就不是人了。言下之意，就是每个人都是矛盾体。

不久，毛头因为倒卖外汇被公安抓住，进了拘留所。公安通知了他的工作单位，他被希尔顿扫地出门。毛头在拘留所那几天估计想了很久，把未来好好地规划了一下，出来后，很快便另拓新路——先是卖盗版录像带，就在离他家不远的马路，别人下班他上班，一到天黑便出来活动，头子活络口甜舌滑是他的长处，没多久就积攒了人气，有了一批固定客户，赚了些钱。然而他并不满足，拿第一桶金买了辆小货车，又跑起运输来。风里来雨里去的，不到半年，小白脸便熬成了"闰土"，黑黑红红的那种。三七开的小分头也变得乱糟糟的，不打理，鸡窝似的。说话倒是底气足了许多，关键还是身体壮实了，中气上去了。一只手伸出来，青筋沟沟壑壑地浮在面上，手心里都出老茧了。我问他：

"是不是发财了？"

"发什么财，"他道，"混个温饱而已。"

事实证明他这是谦虚——他提出在希尔顿请我和王曼华吃饭。就在他原先工作的地方。多少有些衣锦还乡的意思。吃饭那天，他穿一套登喜路条纹西装，手拿LV的大哥大包，头发齐齐地向后捋去，涂了摩丝，光可鉴人。我是一套学生装上阵，王曼华却是精心打扮过的，一袭红色连衣裙，将身型勾勒得极好，鞋子和包都是配套的红色，头发烫成长波浪，垂在一边，戴米粒大小的钻石耳环，胸前是一条玛瑙吊坠项链。妆上得有些厚，嘴唇鲜红欲滴。走的是妩媚路线。毛头亲自为她拉开椅子，很绅士地，待她坐下，轻轻往里一送。这本是他驾轻就熟的。连脸上的笑容都刚刚好，少一分太冷，多一分则太假。牛排上来时，他拿过王曼华的盘子，熟练地将牛排切成小块，再递还给她。王曼华起身上卫生间，他抢在前头起来，为她挪开椅子。他聊着这阵子的见闻，挑有趣的加油添醋，逗王曼华高兴——他把王曼华当成过去的客人那样服侍，看家本领都拿出来了。其实越是这样，便越能觉出他的拘谨，像把什么东西一股脑往外端，都露出窘态了。

　　毛头放下刀叉，朝后一仰，说，在这里上了几年班，还从来没有坐下来吃过饭，感觉蛮好。他问我，照相机带来了吗？我说，带来了。他让我替他和王曼华拍照。我挑了个角度——镜头下两人真是很漂亮呢，王曼华捋了一下头发，动作优雅，下巴微微朝毛头那边倾斜，笑不露齿，嘴角上扬的弧度很美，亲切又不失矜持。毛头伸过手去，扶住她身后的椅背，看着像是揽住她的肩——我按下快门，

"咔嚓！"

毛头送了王曼华一件礼物——一副黑珍珠耳环。王曼华说声"谢谢"，把原先戴的耳环除下，戴上珍珠耳环，问我，怎么样？我说，蛮好看的。

那晚我们聊了很久。事实上，是毛头与王曼华聊了很久，他们说话的音量刚好让在场第三个人听得模模糊糊，只是几个词，无法凑成句子，"现在可以了"……"你自己考虑"……"不在乎"……我觉得我的地位有些尴尬，像跟着哥哥姐姐来蹭饭的小不点儿，又像随侍在旁负责拍照的助理，更像个摆设，放在那里给当事人提个醒，好好说话，保持风度，别激动别犯傻别无理取闹，省得给小鬼看笑话——我应该是很好地发挥了这种作用，所以那天两人谈话的气氛特别好，说话细声细气，自始至终都面带微笑。环境应该也有一部分原因。都是毛头的老同事，王曼华他们也是见过的，称得上半个熟人，就是硬撑也撑过去了。

但也有美中不足的地方——毛头后来喝得有点多。一瓶红酒几乎都是他喝完的，喝得又有些急，慢慢地，酒劲就上来了。好在是文醉不是武醉。他握着王曼华的手，正色道：

"这是第一次，我们两个到这么高级的地方吃饭，像谈恋爱一样。"

"小鬼也在呢。"王曼华想转移话题。

"小电灯泡一个。"毛头一锤定音，又问她，"——你怎么想？"

"什么怎么想？"

"你现在的想法。"

"现在？"她怔了怔，"没什么想法啊！"

"一点想法也没有？"他朝她看。

她摇了摇头。

"真的？"他有点急了，大着舌头鼓励她，"说吧，说出来没关系。"

"说什么呀？"她也有点急了，脸上还兀自镇定，"你想让我说什么？"

"你晓得的，我想让你说什么。"他的声音突然间变得异常温柔。

王曼华先是一怔，随即脸倏地红了。这是我第一次见她脸红。连眼圈也跟着红润起来，鼻尖那里亮晶晶的，反着光，喘气都有些不自然了。她飞快地朝我看了一眼，又别过去。

"绕口令啊——"她嗔道，"我又不是你肚子里的蛔虫，怎么晓得你想让我说什么。"

"你晓得的，你怎么会不晓得？"他摇头，"你嘴一张，那句话就出来了。"

"你既然晓得，为什么非要我说不可？——奇怪。"她不看他，反而朝我笑笑。

他叹了口气："你不说，我总不能拿支手枪逼你说。"

买单时，毛头将几张钞票交给侍应生，说声"不用找了"，去替王曼华拉椅子。王曼华一让，他扑了个空。

"好了，结束了。"走出来，王曼华忽地说了句，也不知是对谁。

毛头说，我送你回去。王曼华摇头，说，你醉了，我送你回去还差不多。毛头便笑起来，说，好啊，那你送我回去。

王曼华拦了辆出租，我坐前排，她和毛头坐后排。司机问，到哪里。她先说了我家的地址。我把头靠在椅背上，听见毛头嘴里絮絮叨叨，报了一连串的数字，初时有些纳闷，后来听清了，这是他这阵子赚的数目，卖录像带是多少，跑运输一天是多少，扣除路上的成本，赚多少，一月是多少，半年又是多少。他翻来覆去地对王曼华说"没问题的""没问题的"。王曼华始终沉默不语。一会儿，车子到了我家，我走下车，朝他们瞥了一眼，毛头坐得趴手趴脚，西装滑到一边，眼神迷离。王曼华的坐姿不变，模样也与来时相差不多。

"再见哦。"我对王曼华挥了挥手。

"今天是啥，到同学家做作业？"她开我玩笑。

"给校刊写稿子，还有，出黑板报。"我老老实实地回答。

出租车开走了。我转过身正要往前走，忽地，停下脚步。父亲站在路灯下。黄澄澄的光芒落在他脸上，像童年时看的旧连环画里那些人物，皮肤的纹理都扩大了，又是油浸浸的，比平日里显老不少。我脑子里嗡的一声，还没想好该怎么办，父亲已慢慢地踱过来，停顿一下，手朝我跟前伸来。我下意识地一避，以为他要打我。——他只是接过我背上的书包，嘴一努：

"兜兜。"说完，转身便走。

我哦了一声，跟上去。

印象里上次与父亲这么肩并肩地散步，好像还是四五年前的事。那时尚需仰视，现在完全不必了，我甚至比父亲还高出两三公分，加上年纪轻，站得直，更是显高。父亲说下午刘老师来家访过了。刘老师是我的班主任。我闻言，心跳加速。父亲说，别慌，人家没告你的状，说的都是好话，说你人聪明，有上进心，跟同学也合得来。

我兀自有些发怔。父亲随即又换了话题：

"大伯来了封信。"

"哦。"我不明白他为什么说这个。

"他说你要是去美国，他来办，问题不大。"

我很是意外。"去美国？我为什么要去美国？"

"你说呢，"父亲反问，"去美国不好吗？"

我犹豫了一下。这个问题有些深奥，很难回答。好像，从来都没往这方面想过。

　　我们往回走。快到家的时候，父亲把书包还给我："有股酒味。"他皱了皱眉头。

　　我忙解释，不是我喝的，是朋友身上的。父亲没再多说，只是关照我，下次放学后就直接回家。我应了一声。父亲好像还有话要说，我朝他看，他又停下了。我继续往前走，听见他叫我的名字："泽邦。"

　　我转过身，迎上他的目光。有什么东西从父亲的高度近视眼镜里透出来，经过折射，越发的曲折深邃，重重叠叠，几乎都把眼睛给遮住了。他的声音也像是从很远传来：

　　"你也晓得，我这代呢，是断档了，——希望你能接上去。"

　　我忘了自己是怎么回答的。只记得那晚回去后，我到父母房里坐了许久，聊到快半夜才回房睡觉。父亲从床底下翻出那些老照片，泛灰泛黄，一大家子的全家福，正中那个穿长衫戴眼镜的，眉宇与父亲有几分相似的，是我爷爷；旁边是他的正室夫人；前排靠边端坐的那个女人，瘦瘦小小，细眉细目，父亲说这是我奶奶；大伯站在第二排正中，那时他还是个七八岁的孩子，白衬衫背带裤，奶油小包头，两颊肥嘟嘟的。父亲扳着手指算日子，说拍这张照片的第三年，我奶奶就生下了他。之后不久便去了美国，留下奶妈把父亲带大。奶妈是宁波人，从小到大我一直叫她"阿娘"，直到她去世，墓碑上刻的也是"母亲大人"，落款是"子、媳"，跟着我父母的名字，还有"孙：泽邦"。关于那个家的所有讯息，几乎都是通过"阿娘"而获知的。

"阿娘"掉了几颗牙，说话有些漏风，含混不清，这更为说话内容增添了几分古老神秘的色彩。很长一段时间里，她叫我父亲"少爷"，叫我"孙少爷"，后来在父母的强烈要求下，才改称名字。"阿娘"其实是个很会生活的人，她识字，爱看书读报，喝茶只喝二道，吃锅贴只吃靠近馅的那层焦皮，定期去理发店弄头发，穿着得体，连母亲也时常向她讨教如何搭配衣饰。最艰苦的那段日子，亏得她操持，家里才得以维继。她生过三个孩子，却只活下来一个，是女孩，脸上有块指甲大的胎记，比父亲大两岁，"文革"时插队落户去了青海，在那里结婚生子，扎了根。"阿娘"去过她那里一次，回来便直呼"这如何是人待的地方"，眼泪止不住地流。印象最深的一次，她抱住我，让我好好读书，将来能过好日子。我问，怎么样才是好日子？其实我是有些明知故问的，以为她会说"吃得好穿得好"，便可以跟着索要一根绿豆棒冰。谁知她想了想，回答：做自己想做的事，不受外界的牵绊。——这话与我的想象有些远。那时我才六七岁的光景，听了便低头不语。"阿娘"的语气，有种催人入眠的魔力，让人不自觉地安静下来。"阿娘"见我这般，又补充了一句，其实就是开心，天底下开心顶顶要紧。这话顿时又让我活络起来，说阿娘，我想吃绿豆棒冰，吃棒冰顶顶开心。

我不知道那晚回去后，毛头与王曼华又聊到了什么地步，一个半醉的男人，一个装糊涂的女人，别又说僵才好。毛头其实把所有的东西都摆到桌面上了，他的人，他的钱，还有他的心。整个打包成箱，一股脑塞给她。连我都看出来了，王曼华自然更不用说。我不晓得女人心思，但总觉得，与其长途跋涉找一个外国人，不如嫁个知根知底的中国人。毛头的缺点，五根手指数得过来；毛头的优点，五根手指未必数得过来。这番话我很想替毛头说给王曼华听，但王曼华不见得肯理我，还有毛头也从没露过这个意思。在他眼里，我是小鬼，而且该怎么说呢，我们之间好像总隔着些什么，就算看着再亲再好，也越不过这道沟去。

又一年的暑假到了。我拿到了护照和美国的签证。大伯打来长途电话，关照说少带些行李，那边什么都有。我把护照拿给毛头看。之前我们已经有将近一个月没联系了，他没找我，我也没找他。他翻看护照的神情有些古怪，随即扔给我：

"哦，美国签证就是这样子的呀。"

我想着该如何搞个告别仪式，再叫上王曼华。他告诉我，王曼华也要去美国了。我听了一怔。他说她准备嫁给一个底特律的保险经纪人，手续都办得差不多了，过一阵就走。

毛头讲话的神情异常平静，好像在说一个无关紧要的人。我停了停，也不晓得说什么好。毛头说那个美国人他也见过，"四十多岁，长得不难看，人看着挺正气，不像坏路子。蛮好。"我再次朝他看去。他竟然还对我笑了笑。"早点晚点的事。——走了也好，省得我揪心。"我默然，觉得这好像是句实话。

"好啊，都要走了，奔赴远大前程去了。"他说，"替你们高兴。"

他说完，长长地呼出一口气。低下头，又笑了笑。我瞥见他脸上什么东西闪了闪，跟着掉落下来，他飞快地拿手拂去。一片湿。我立刻把目光移开去。

我到他家，向他母亲告别。也算相识一场。其实更重要的原因是想看王曼华。毛头说她这阵子一直在家。我过去的时候，她正在天井里晒衣服，冬天的大衣，黄梅天里积了一些淡淡的霉点，拿小板刷轻轻拭去，再晾起来细晒。她婶婶好奇地朝我看，问，你找谁？我说，我找阿姐。王曼华上前，对她婶婶说，我一个小朋友。她婶婶便嘿的一声，走开了。

毛头知道我找王曼华，缩在家里不过来。王曼华也不问，径直与我聊天。她说她这两日在整理衣物，平常不觉得，到这时才发现乱糟糟的东西实在太多，不可能都带走，扔掉又舍不得，到那边再买也贵。伤脑筋。她神情淡淡的，看不出心情好坏。旁边走过一个人，问："曼华，要去美国啦？"她便笑笑，点了点头："下个月就走。"那人道："灵光的嘛。"王曼华又笑笑："有啥灵光的，美国又不是没穷光蛋。"

说是告别，我却一句话也说不出来，就那样傻傻地边上看着。离乡背井，到另一个陌生的国度，将来如何还不可知。这情形多少有些心酸，也不知是为她，还是为毛头，抑或是为我自己。我忽然有种想哭的冲动。莫名地，被什么撩拨着，胸口堵得厉害，想找个无人的地方放声宣泄。我甚至想，早知是这样，当初不认识他们倒好了。

她说，现在她能体会她爸妈当年去安徽的心情了。我说，那是去安徽，你是去美国，不一样的。她点了点头，道，也是。我问她，你爸妈知道你去美国，是不是挺开心？她说，他们还不知道呢，等我晒完衣服就去弄堂口打电话。

我们又聊了一会儿，毛头依然是不出现。平静得有些突兀。

王曼华拿了钱包，预备去打电话。她问我去不去。我说不了，我找毛头去玩。她停了停，问我，他还好吧？我说，还可以。我们经过毛头家的时候，王曼华下意识地朝里望了一眼。我叫声，毛头，出来。她拦住我，问，叫他出来干吗？我说，去玩呀，让他请我吃油墩子。王曼华说，那我先走了。我问，你不吃油墩子吗？她摇头道，你们吃。

她刚走，毛头便从里面出来了。手插在裤袋里，趿拉着拖鞋，模样似没睡醒。我提醒他,王曼华刚过去。他哦了一声。我道,她去弄堂口打电话。他又哦了一声。我停了停,说,我想吃油墩子。他说,那走,去吃。

经过公用电话亭时,王曼华正倚着窗打电话。声音很轻,眼睛看着地下,嘴角微微上扬,蕴着些许笑意。电话那头此刻应该也是欢喜的。毛头悄无声息地走过去。她瞥见他,停顿一下,但只是两秒钟的工夫,很快又把话头接上去。眼神却有些不自在起来,拿舌头去舔上唇,一遍一遍地。又下意识地去摸耳朵——黑珍珠耳环散发出温润的光芒。

毛头给我买了两个油墩子,说,多吃点,将来到美国吃不到了。我说,我吃一个就够了,那个给王曼华。他朝我看了一会儿,说,随便你。

油墩子吃到一半,便听有人尖叫:"死人啦!"

我怔了怔。毛头停下咀嚼动作,朝声音方向看。

"死人啦!——花瓶落下来,砸死人啦!"

好几个人奔过来,脸上都是惊骇的表情。

"谁啊,砸死谁了?"有人问。

"王曼华,两号里的王曼华。"一人回答。

我呆住了,全身的血一下子冲到大脑,几乎站立不住。与此同时,毛头一把扔掉油墩子,便往弄堂里冲过去。我跟上去。老远便看见地上一摊血，旁边俯卧个人，长发散落，一动不动。周围已站满一圈人。毛头拨开人群，上前就要扳她身体。有人拦他，说"救护车没来，不好动的"，他重重一推，把那人推出五六米远。直直地，又要去扳地上那个身体。"毛头你做啥——"几个男人费了很大劲，才把他弄走。他喉头发出野兽般的低沉的音，一边挣扎，一边死死地瞪着地上那个身体。眼珠几乎都要迸将出来。

一只黑珍珠耳环跌落在角落里，离阴沟只差几厘米。我捡起来，放进口袋。

远处传来救护车的鸣笛声，一阵一阵的，与现场的嘈杂声融在一起，听着像一支杂乱无章的交响乐。还有雨声。不知什么时候，竟下起雨来，淅淅沥沥的，却掷地有声。世界瞬间笼罩在一片薄雾中。山水画的效果，放在镜头下就是加一层膜，多了些质感。

王曼华的追悼会上，我哭得一塌糊涂。毛头竟是一滴眼泪也没有，就那样木木站着。向遗体告别时，王曼华躺在那里，妆化得有些浓，两颊像生了癣那样红。看着都不像她了。大家排成队，依次过去。大厅里徘徊着低低的抽泣声。轮到毛头，他缓缓站定，看她。看了许久。后面的人跳开他，继续往前走。唯独他不动，也不哭。我注意到他的嘴，微微动着，像是念念有词，又像是颤抖，中风那种。接着，我发现他浑身都在抖，都听到牙齿打战的声音了。六月里的天气，他竟似冷得厉害。我上前，扶住他。

他问我，是第一次参加追悼会吗？我说不是，参加过"阿娘"的追悼会。我也想问他这个问题，好分散他些注意力，再一想，他自然参加过他父亲的追悼会。他说，人都有这么一天，早早晚晚的事，到了这个地方，就什么都想通了。他越是说得豁达，我便越是没底。我想起"阿娘"去世的时候，父亲说她"走得蛮顺当，没吃啥苦"，便搬过来劝毛头：至少她走的时候，是说着开心的事，她一直想出国，终于如愿了，没留啥遗憾。毛头不语。我又加了句，天有不测风云。——有些不伦不类。半晌，他朝天叹了口气：

"认识她这么久，一张合照都没留下来。"

我回到家，把照相机里的胶卷拿去店里冲洗，这里头有毛头和王曼华的合照，本想前一阵就去冲的，因为办美国签证，事情比较多，就耽搁了。

几天后，我带着冲洗出来的照片去找毛头。敲了半天门，没人应。邻居告诉我，他搬走了。我问，搬到哪里去了？邻居都说不知道。我打毛头拷机，也是不回。

一下子，毛头这个人就从我的生活中消失了。连个招呼也没有，就那样纵身跳出了我的世界。去美国的飞机上，广播里一直在放钢琴曲《致爱丽丝》。我微闭着眼，仿佛看见王曼华那双手在琴键上跃动，她的侧脸很美，轮廓柔和。笑起来像是罩着一层薄雾，看不甚清，便又添了几分想象空间。我猜出事那瞬，她正向她父母描摹出一片天，张着翅膀，朝看不见的远方进发。她那样铁了心地拒绝毛头，是不想留下来，又或许，太知根知底的人，她不敢接纳。她终究不是一个自信的人。毛头也不是。这么久以来，其实两人始终在较量、权衡着。倾慕心、自尊心、上进心、猜忌心……各种情感纠结。后来再大些，我觉得，毛头比她更惨。她走便走了，一秒钟的事——毛头的煎熬却是无休无止的，像香烛燃尽后那缕烟，苍白无力又延绵不绝，直看得人心头一阵阵凄楚，却又无计可施。

一行泪从我眼中慢慢滑落。邻座的美国老太太朝我善意地笑笑。我戴上眼罩，把自己投入到黑暗中，睡意终于渐渐靠拢。

二〇一三年秋天，我回上海举办个人摄影作品展。来去匆匆，只几天便要返回美国——新成立的摄影工作室还在起步阶段，离不开人。除了摄影展，也顺便帮父母整理行装，他们的绿卡已经办下来了，这次与我一同走。此外，还有个原因——去见毛头。

这些年我来回上海许多次，一直在寻找毛头，但始终未果。直到上个月，助理告诉我，有下落了。我按捺不住心头的激动。这几乎是我此行最迫切的事情。

临回美国前一天，我来到毛头的家。一个身材微胖有些谢顶的中年男人开的门，我愣了足有三秒钟，才认出他就是毛头。他显然也没有马上认出我来。虽然事先打过电话，我们依然需要一段时间适应彼此的生疏。都有些手足无措。他现在是一家小型旅游公司的经理了，据说经营得不错。他妻子长得十分温婉，为我泡了茶，还端来几碟干果。"随便吃吃。"她应该不太年轻了，声音却像少女一样甜糯，看人时先微笑一下，再低下头去，不与你目光直视，是小家碧玉的模样。我说，谢谢，阿嫂。这声"阿嫂"有拉近距离的效果。她看了看我，又道，这么年轻就是大摄影师，不得了啊。我连忙摇头，说，淘淘糨糊，淘淘糨糊。

毛头嘿的一声："小鬼，你人不在上海，上海话的切口倒还晓得啊。"

我笑笑。二十年没听他叫我"小鬼"了，像被点中穴道，又酸又麻，一时竟说不出话来。他应该也有些意识到了："喝点茶，"又替我剥了两个开心果，"没啥东西，招呼不周。"我说："哪里，已经很周到了，是我来得唐突。"——一时又客气得过了头。

一个十四五岁的少年从房间里走出来，见到我，微微一停。毛头唤他："小明，叫人。"少年便叫声"叔叔"。我朝他点头，说声"你好"。儿子的长相与毛头年轻时十分相似，是个俊秀的孩子。我给他带了见面礼，一支万宝龙金笔。少年望向他父母，毛头点了点头，他才收下，对我道声"谢谢"。看得出，毛头把儿子教育得很有礼貌。他说这孩子明年便要中考了，成绩在年级排在前五，重点高中是不在话下的，就看比分数线高出多少了。毛头的话里透着满满当当的自豪。一会儿，少年过来向他请假，爸爸，我跟同学出去打会儿羽毛球。毛头看墙上的挂钟，说，去吧，早点回来。少年应了，朝我微微颔首，开门出去。

"这孩子很乖巧，毛头，你好福气。"我捧场。

"马马虎虎——我们这种人，一生一世混日子，全指望小孩了。希望他能像你一样争气就好了，"毛头说着，也捧我场，"你爸妈才是好福气呢。"

接下去，我们絮絮叨叨聊些琐事。他问我，上海一年回来几次。我说，不一定，有时候多一些，有时候几年也不回来一次。他点头说，是啊，你现在是美国人了，事业都在那边，也不用常回来。我问他，你母亲身体还好？他回答，一年不如一年了，还算过得去。他又问我，成家了没？我说，有个同居的女友。他怔了一下，随即道，哦，蛮好。

谈话并非我之前想象中的气氛。二十年不见，似乎不该是现在这样。看着没有冷场，彼此也还亲切，但实际是有些乏味了。又坐了一会儿，我便起身告辞。毛头说送送我，我没有拒绝，是想找机会把照片给他。

我们一前一后走下楼梯，随意聊着闲话，我想着该如何把话题带到"王曼华"身上，否则突然间拿照片出来，有些突兀。又走了几步，他手机响了，他接起来，似是公司有事，需要长谈的架势。我只好说，毛头你接电话，我先走了。他很抱歉，示意有旅客投诉，比较麻烦："不好意思啊——下次再来上海，记得找我，我请你吃饭。"我连连点头："好，你来美国也是一样，找我。"我给他名片，很郑重地握了手。告别得很是仓促。

出租车上，我缩在后座，莫名地，情绪有些低落。那张老照片被我放在裤袋里许久，都焐热了。拿出来，只瞬间，腾云驾雾便倏地回到二十年前——王曼华一袭红裙，艳丽不可方物。相比之下，毛头虽然笑着，神情中却总有几分局促，倒不是因为希尔顿，而是因为她。在她面前，他永远露怯。那天晚上气氛已是难得的好了。毛头说得没错，他与她，这么煞有介事地吃饭，好像仅此一次。要是我不出席，那分数还可再高些。

刚才毛头问我成家的事，我说与女友同居。其实他不知道，我女友是韩国人，我与她一见钟情，若说她什么地方最打动我，那就是容貌——她酷似王曼华。后来处久了，我晓得她其实整过容，眼睛、鼻子，还有下巴，都动过刀。女友是个大大咧咧的人，她竟还拿她整容前的照片给我看。她问我介意吗，我告诉她没关系。我甚至还庆幸她整过容，否则我未必能碰到一个这么像王曼华的女人。我把那只黑珍珠耳环拿到珠宝店，配了副一模一样的，送给她。她戴上很漂亮。王曼华对我的影响力是一点一点显现出来的。我本以为自己很容易将她淡忘，但事情不是这样。这可能与她的逝去有关，如果她还活着，我不见得会一直惦记她。有时候想想也觉得有趣——我找了一个那么像王曼华的女友，而毛头，却完全按着我父母之前的教育方法，培养着他的儿子。

我觉得，毛头或许不再需要这张照片了。我甚至冒出个想法，可以把照片放在我的个人作品展上，下面注明：一段似是而非的爱情故事，一个挥之不去的人生定格。

车子在淮海路陕西路口停下，等红灯。我下了车。走过去不远。刚下过雨，难得凉爽的天气，不如散会儿步。旁边是"红房子"西餐厅。隔着橱窗，我看见一个八九岁的男孩在用刀叉吃牛排，他动作十分稚嫩，应该是才学不久，好几次牛排都差点被他弄飞。旁边一个四十来岁的女人，应该是他妈妈，不断地纠正他的姿势，后来也烦了，索性由他去。男孩拿手一把抓起牛排，大口咬下去。忽然，他触及我的目光，或许是觉得不好意思，便放下牛排，重新用刀叉吃起来。我朝他微笑，想起当年第一次在希尔顿吃牛排的情景，好像还是昨天的事情。

"小鬼！"有人叫我。

我回头。——二十多岁的毛头在朝我招手，登喜路的西装，头式清爽。旁边，站着一袭红裙的王曼华。王曼华的手，放在毛头臂弯里。两人都朝我笑。

"油墩子吃吗？"毛头问我。

我说不出话来，久久站着。竟是痴了。照片从我手中滑落，被风吹得轻轻飘起，越飘越远，像刻录岁月的明信片，随性得很，不知寄往哪个年代。

我的宝贝儿

我
的
宝
贝
儿

一

海老头是银行的保安，六十来岁，除了背有些弯，精神还不错。
每天上午九点到下午五点，是他的工作时间。他不怎么说话，见到脸
熟的人，也就是点点头，笑一笑。遇到别人有麻烦，比如，卡被机器
吃掉了，他就上前，指点他们该怎么做怎么做。偶尔碰上哪个老太太
不懂规程，没拿号在那里白等了半天，他便擅自做个主，把她安排到
前头去。谁也不会说什么。海老头做了七八年了，身上那件制服都洗
得有些发白了。老员工了。有时到了吃饭的钟点，他不用人提醒，会
自觉把客人安排到另一队去，腾出个窗口，让工作人员轮着吃饭。

最近，来银行的人越来越多，整日都排着长队——大多是来办银

证业务的。老股民要办银证转账，新股民要开户。银行隔壁便是证券公司。近水楼台，谁都想图个方便，少走几步路。海老头反叉着手站在门口，看进进出出的人，流水似的。银行的人再多，也抵不上隔壁的证券公司。九点半开市，大门一开，黑压压的人像蜂群那样"唰"地拥了进去，一大片一大片，连个缝隙也没有，厚厚实实的，都有些可怕了。

"搞不懂，里面有黄金还是怎的？"老李头常这么说。他是海老头的老邻居，无儿无女的，孤老，时不时地来陪海老头说话。他常说他看不起那些没头苍蝇似的股民，一点原则也没有。可过不了几天，他竟也办了个户头，炒起股来了。——这样的例子还很多，一拨一拨的，有老有少，有男有女，起初不以为然，可不知不觉，自己也成了股民。

"疯了疯了！"老李头一边说，一边摇头。是笑自己，也笑别人。

海老头不炒股，但有个股票户头——那还是上几个月，证券公司为了吸引客户，出了一条规定：只要存满五万元整，便可以在每个工作日的中午，到这里来领一份盒饭。一荤两素，有肉有菜。——海老头想也没想，便去办了个户头，存了五万块钱。

海老头这么做，倒不是为了自己。保安收入不高，但每天一顿饭，银行还是管的。谁都晓得——他是为了宝贝儿。

中午了。海老头走到银行门口，远远地看见一个人影，笑嘻嘻地朝这边走来。海老头本来脸上没什么表情，可一看到这人，脸上顿时活络起来，眉眼泛出了光。他急急地走出去，挥了挥手，摆动的幅度很大，像毛主席在天安门城楼上挥手的动作。海老头叫起来：

"宝贝儿！"

海宝贝一步三晃地走了过来。——她脸上始终是带着笑，痴痴懑懑的模样。三十来岁的人了，却扎着两根丫辫，还很显眼地系上粉红色的蝴蝶结。她穿一件格子呢上衣，有些偏小，显得身材很丰满。她是早产儿，出生时还不到五斤。为了好养活，也是朗朗上口，便取名叫"宝贝"——真正是父母的心肝宝贝。三岁时，宝贝的母亲去世了，海老头又当爹，又当妈，硬生生把女儿拉扯大。舍不得让她上学，怕受人欺负，便一直在家待着。曾请过一个退休老师教她，教了不到半月，人家连钱也没收，只丢下一句"爱莫能助"，便走了。其实人家的话在肚子里憋着呢——傻子怎么教得会，又不是大罗金仙。海老头便自己教她，一笔一画的，耐心十足。总算是识了几个字，勉强会写自己的名字。

"宝贝儿"——海老头是土生土长的南方人，连普通话都说不了几句的，单这三个字却是标标准准的北方口音，还带着"儿"音。"宝贝儿""宝贝儿""宝贝儿"……老头子干巴巴的声音，唯独叫女儿的名字，却是轻轻柔柔，还带上了三分嗲，像是小姑娘在叫自己的恋人。

"宝贝儿！"海老头眯着眼，又叫。

海宝贝手里拿着盒饭——是刚才在证券公司领的。她走近了，献宝似的把盒饭给海老头看。"喏！"她响亮地说。

熏鱼、红烧茄子、青菜。海老头看了，点头说："不错啊，慢慢吃。"

海宝贝便坐下来吃饭。海老头是不能坐的，上班时间，只能站着。他其实还没吃，早晨吃的泡饭酱瓜，到这会儿已经消化尽了。海老头饥肠辘辘，笑眯眯地看着女儿吃，比自己吃还开心。海宝贝一张嘴油光光的，呸呸地朝天吐鱼刺，毫不顾忌。旁边人皱起眉头，避让着。海老头见了，说："宝贝儿，鱼骨头不好瞎吐的，喏，吐在盒子里。乖。"

海宝贝哦了一声。算起来她已是三十四五的人了，脸上却光光洁洁，一条细纹也没有，加之五官本就生得秀气，像是才二十出头。海老头最听不得人家说——傻子不显老。谁要是这么说了，海老头非朝他翻白眼不可。海老头总是说，小姑娘没心事，没心事的人最有福了。别人听了，便在心里笑一笑：那是当然，傻子还会有心事吗？——这话却是无论如何不能说给海老头听的。海老头在这附近人缘不坏，况且跟个傻女儿相依为命，可怜见的，谁也不会故意去招惹他。

海宝贝吃完饭，便自顾自地走了。连招呼也不打。海老头奔出去，叮嘱道："宝贝儿，别在外面闲逛，早点回家。"

海宝贝摇头晃脑地走了。海老头站在原地，看了她好一会儿，正要进去，一瞥，见海治国从另一边走过来，手里拿着一挂香蕉。海老头暗叫一声"麻烦"，忙不迭地低下头，匆匆进去了。

海老头故意躲在角落里。海治国进来，径直走到海老头身边。带着笑，亲亲热热地叫了声："堂叔！"

海老头嘴角一歪，算是回答。

海治国响亮地说："堂叔，最近脸色越来越好了，红红润润的，蛮好蛮好。"

海老头嘴角又歪了歪。脸朝向旁边一人，看他填单子。海老头指点他："喏，喏，这里，身份证号，喏，这里签名——"海治国脸上笑容不改，耐心站着，等海老头说完了，又接着叫了声："堂叔——"声音拖得老长，还带着些颤音。

海老头心里骂："这烦人的东西！"

海治国说："堂叔，晚饭我请客，就对面的火锅城，你和妹妹一块来。啊？"

海老头没说好，也没说不好，眼睛四处转着，就是不看他。海治国的笑容越来越盛，都像朵绽放的花儿了。

海治国说："堂叔，晚上六点，位子都订好了。你们要不来，我就一直等下去。呵呵。"

晚上六点三刻，海老头带着宝贝儿，来到火锅城。

海老头原本没打算来，但想着海治国的爹，他的堂哥——小时候两人要好得跟亲兄弟似的，穿一条裤子，一块儿打麻雀，一块儿上学，连个油墩子也两人分着一块儿吃——海老头终是硬不下心，想想还是来吧，总归是亲戚，别让人家太难堪了。

海治国点了菜，啤酒饮料是送的。他给海老头和海宝贝倒了可乐，自己倒了啤酒。海宝贝一仰脖子，灌下去大半杯。海老头忙道："宝贝儿，喝慢点。"

海治国又给海宝贝倒满了，说："妹妹越长越漂亮了。"

海宝贝嘿嘿地笑，摸了摸自己的脸，说："我本来就很漂亮。我是双眼皮，高鼻梁，樱桃嘴。我本来就很漂亮。"

海治国笑了笑。海老头说："宝贝儿，人家夸你的时候，你要谦虚。别说话。"

海宝贝哦了一声。锅底汤开了，她去夹边上的羊肉，羊肉是冷冻的，还未完全烊开，筷子一松，一大坨肉落进汤里，溅得旁边都是。海老头说："宝贝儿，你别动，我弄给你吃。"海老头在汤里拨弄半天，把羊肉分散开，漂了漂，夹了一片放进她碟里。海宝贝蘸了调料便吃，有点烫，嘴里咝着气。

海治国扔了些鱼丸、牛百叶下去。海治国说："堂叔、妹妹，别客气，放开肚皮吃，不够再点——自己人，也难得在一起的。"

海治国一边说，一边朝海老头看。海老头不说话，脸色被热汤蒸得红通通的，泛着油光。海治国停了停，又说下去："堂叔，一家人不说两家话，我晓得你心里烦我，但我也不全是为了我自己。这么好的世道，几年才碰到一次，要是再不进去，就是自己跟自己过不去了——我是你侄子，都是姓海的，你信我，我说什么也不会把你坑了，堂叔。"

海治国脸上带着笑，把这番话说得贴心贴肺。

海老头眼睛看着锅底，将一块羊肉像漂衣服那样漂来漂去。他微蹙着眉，把羊肉塞进嘴里。沉默了一会儿，海老头说："要进你自己进，我不进。——我不是怕你坑我。我有我的打算，你也晓得的。"

海治国心里叹了口气。又是老话！

买单时，海老头抢着掏钱。海治国说："堂叔，说好我请的。"海老头说："你求我的事，我没答应，不能让你破费。"海治国说："堂叔，这是两码事。"海老头摇头说："我是长辈，该我掏钱——你把钱省着花吧，别老想着炒股，脚踏实地，想点该想的事，不该做的梦别做。啊？"

海治国嗯了一声。

高秀梅给海老头擦药。海老头躺在高秀梅那张大床上，四仰八叉地，受了伤的手却还不老实，不住地朝高秀梅胸前钻。高秀梅"啪"的一声，把他的手打掉，刚好打在他伤口上。海老头"啊"的一声。

高秀梅便笑起来："活该！"

高秀梅今年四十八岁了，嫁过三个男人，却没给她留下一儿半女。那三个男人，一个是病死的，一个外面有女人，离婚了，最后一个去西藏旅游，却从此不知所终，有人说他大概死了，也有人说他是偷渡出去了。高秀梅倒不是个悲观的人，想自己的命再不济，日子还得往下过。该干活的时候要干活，该找男人的时候要找男人。她是四十岁那年开始做钟点工的，也是那年认识的海老头。钟点工赚不了几个钱，但足够养活自己；海老头年纪大了些，也没什么根底，但总归是个男人，关键时候能靠一靠。高秀梅对自己还是有些自知之明的，长相一般，又没文化，当初跟着第一个男人从盐城上来，到现在一口苏北腔还是没完全改掉。

海老头的手上涂了厚厚一层金霉素眼药膏。他大剌剌地说："我现在动不了啦，吃喝拉撒都要你服侍了。"高秀梅说："好。"过了一会儿，海老头又说："我的腰有些痒，你给我挠挠。"高秀梅伸手给他挠。海老头说："往下一点。"高秀梅便往下一点。海老头说："再往下一点。"高秀梅又下去一点。海老头呼吸变得急促起来，说："对，就是这儿——多挠挠。"高秀梅拿眼瞟他。海老头的呼吸声越来越急促，与此同时，另一只没涂药膏的手环绕过来，抱住她的腰。

海老头和高秀梅并排躺着，看着天花板。

海老头说："治国那小子今天又来找我了。"高秀梅嗯了一声。

海老头说："那钱不能动，都跟他说了几百回了，这小子就是不死心。嘿！"

高秀梅没吭声。

海老头停了停，又说了一遍："那钱不能动。"

高秀梅先是不动，忽地，一骨碌爬起来，穿上衣服，直直地看着海老头。

她说："我晓得，你这话其实是说给我听的。"海老头说："没有。"高秀梅说："你别不承认，我晓得，你这话就是说给我听的。"海老头笑了笑，说："你多什么心——我说给你听干什么呢？"

高秀梅低下头，有些哀怨地说："你以为我是为了你的钱，对吧？"海老头摇头："没有。"高秀梅故意做出鄙夷的样子："你有多少钱？我要是为了钱，也不会找你。"海老头说："就是就是。"高秀梅说："可你为什么还像防贼似的防着我呢？"

海老头叹了口气，说："没有。我没有防你。"

高秀梅委屈得都有些想哭了。她说："那你把钱全部给我。我给你收着，保证不动你一分一毫。"

海老头又叹了口气。

过了一会儿，他说："我不是防你。我是没办法。你没儿没女的，不明白我的心情。如果你也有个三十多岁的傻女儿，你就会明白了。——我实在是没办法。"

二

　　顾倩想着给自己买一件皮衣。她的衣服其实不少，一个偌大的衣帽间，放得满满的。她喜欢清理衣服，有些不太穿的，或是有些过时的，她就送人。她把衣服拿出来，一件件地看，发现自己竟没有一件皮衣。顾倩的身材很棒，一米七二的个子，该胖的地方胖，该瘦的地方瘦。天生的衣服架子。然而她却没有一件皮衣。这让她觉得有些沮丧。

　　她在恒隆广场看中一件皮衣，三万八千块。

　　她问老头子要钱。老头子没有爽快答应，而是逗她似的说：亲爱的，还是夏天呢——等我这只股票涨到五十块，我就给你买。

　　顾倩其实不太懂股票，但她知道，老头子说得不会错。——股票会涨的。她的皮衣也会有的。这个老头子，他玩股票的手段，比他玩女人的本事还要强上几分。股票是他手里的橡皮泥，想怎么捏就怎么捏。

　　高秀梅每天到顾倩这里来两次。上午是打扫卫生。下午做饭。顾倩没有洁癖，脾气也算可以。几年来，宾主相处得不错。

　　顾倩喜欢狗，可老头子不许她养，说狗脏。其实老头子自己家里养了条德国牧羊犬，是他儿子弄来的。顾倩见过老头子手机里的照片，很高大很漂亮。顾倩羡慕得要命。可她不敢违拗老头子的意思。

"不养就不养，没啥了不起的——我就把他当狗，嘿，一只老狗。"

顾倩喜欢对着高秀梅说上海话。可她的口音一点儿也不纯，像掺了麦乳精的咖啡，很别扭。高秀梅便隐隐有了些优越感。这个妞，再怎么漂亮，再怎么有钱，总归是个外来户口。高秀梅自己也是外来户口，可她是住了二十几年的外来户口，老资格了，顾倩到底还太嫩。干得久了，彼此都知根知底了。有时，高秀梅会以一个大姐的身份，给这个小妹妹一些建议，比如，让那个老头子在房产证上加上她的名字："现在说得花好桃好都是假的，你要拿到一些实惠的东西才行。否则过几年，他玩厌了，把你一脚蹬开，你什么也捞不到。"高秀梅说这番话的时候，是真心真意地为顾倩考虑。她就是这样的直肠子。然而顾倩往往不领情。这种不领情，倒不是看不起高秀梅，而是有些恼羞成怒，被她说中痛处，难堪得很。顾倩还击她："你还是先顾好你自己吧，你比我还不如呢。"高秀梅也伤心了，直截了当地说："我不是为了他的钱，我和你不一样。"——顾倩便无言以对了。

顾倩坐在沙发上涂指甲油，电视开着，播股市行情。高秀梅拖地板。拖到沙发那里，便叫她抬抬脚。顾倩很配合地抬起脚。

那只股票已经涨到四十八块了。顾倩哼着歌，很轻快的模样。高秀梅问她："能涨到多少？"顾倩回答："老头子说了，最起码六十。"

晚上，高秀梅去和海老头说，也买些试试。她说："我们也不用涨到六十，到了五十四五就抛掉，一点风险也没有。"海老头反问："你怎么晓得没风险？股市是你家开的？"

高秀梅说："她男人是庄家，手里握着千把万股呢，不会有错。"海老头摇头："那我也不买，买股票总归没存银行保险。"高秀梅急了，说："你也不看看外面的行情，都说这样的世道再赚不到钱，就是傻子了。"海老头咧嘴一笑，露出一口黄黄的蛀牙，说："那你就当我是傻子吧。"

高秀梅一愣，嘴边那句话没忍住，一下子就滑了出来：

"你放心，你就算股票亏了，没钱了，成了穷光蛋——将来我也不会少你女儿一口饭的。"

海老头听了没吭声。半晌，他道："我知道。——我不是信不过你。"

这天晚上，高秀梅没让海老头睡她那张床，径直把他赶了出去。海老头敲了几下门，没反应，叹口气下楼了。高秀梅从窗口望下去，海老头微弓的身体，一步步走得很慢。路灯照在他背上，镀了一层锈黄色。高秀梅差点想把他叫回来，这个老头子，也作孽兮兮的。顾倩那个也是老头子，可那个老头子比这个老头子潇洒多了。高秀梅都有些可怜他了。但同时又可怜自己。高秀梅伤心地想，他终究还是信不过她。

海治国来找高秀梅。他开门见山地说："我是把你当婶婶看的。"——这话让高秀梅差点落下泪来。海治国说："我堂叔是个老派人，想法太守旧，不开通。钞票存在银行里，等于就是把钱往黄浦江里扔——婶婶你说是吧？"

高秀梅没有说话，只笑了笑。她当然晓得他的来意，他要把她往一条船上赶。高秀梅倒矜持起来了。她吃不准他到底是怎样的人。高秀梅不想让海老头吃亏。

海治国说："我也不怕跟您明说，婶婶，我是个穷光蛋，除了一套三十几平米的老房子，一分钱没有。——我人虽然穷，志却不短。我不会做那些坑人的事情，就算要坑，也不会坑自己人。堂叔要是肯借钱给我炒股，我就算全输光了，卖房卖血也会还他的。我可以打包票的。"

高秀梅嗯了一声。还是没说话。

海治国掏出一个首饰盒子，打开，里面是一条白金手链。

海治国咧开嘴，笑着道："18K的，不是什么值钱货，一点心意。别嫌弃啊。"

高秀梅愣了愣。手链很细，的确值不了几个钱。但好歹也是件首饰。这些年来，海老头都没有买过一样首饰给她。她这么想着，便有些怨气慢慢升上来。莫名地。她问海治国：

"你什么意思啊？"

她这话的口气陡然变得生硬。海治国有些发愣。赔着笑朝她看，心里没底。

高秀梅怔了一会儿，把手链往他面前一推："拿回去！"

海老头回萧山老家了。老家有个表侄女结婚，他赶回去喝喜酒。乡下结婚不像上海，吵吵闹闹要忙上几天才罢休，再加上难得回趟老家，亲戚间也要走动一下。海老头向银行请了一周的假。本来还要带上宝贝儿，可宝贝儿感冒了，发烧到三十九度，出不了远门。

高秀梅给海宝贝熬粥。海宝贝躺在床上看电视。高秀梅把粥端到床边，一勺一勺地喂她喝。海宝贝像个大洋娃娃那样斜靠在枕头上，一动不动地，任凭高秀梅把她嘴角的粥渍擦去。海宝贝喝完了，打了饱嗝，说声"谢谢阿姨"，便不管不顾了。高秀梅说："宝贝儿，别躺在床上看电视，眼睛会坏掉的，哦？"

海宝贝盯着电视屏幕，没一点反应。

高秀梅朝她看了一会儿，进厨房了。她想自己也实在是多管闲事，三十多岁的人了，眼睛早就定型了，又不是小孩。

收拾好碗具，高秀梅匆匆赶到顾倩家。

打开门，顾倩斜躺在沙发上，手里抱着一桶薯片，在看财经新闻。高秀梅想，怎么到处都是躺着看电视的人。也不理会，进了厨房。水池里堆满了油腻腻的碗碟。高秀梅戴上手套，打开水龙头，往碗里放洗洁精。

洗到一半，便听到顾倩的尖叫声。高秀梅吓了一跳，忙不迭地走出去，见顾倩已站起来了，一张俏脸因为激动而泛着红光。她对着高秀梅欢呼：

"到五十了！——我的皮衣到手啦！哈哈！"

高秀梅扳手指算，这只股票从四十涨到五十，还不到两个礼拜。高秀梅看着顾倩欣喜若狂的模样，怔怔地，心里便有些不是滋味。她卡着喉咙说："看你高兴成那个样子——又不是一套房子，一件衣服而已。"

顾倩嘿的一声，坐下来，朝她看。

"你怎么不买一点呢？"顾倩问，"老早跟你说了，你要是买个一两千股的，也能赚上好几万。"

高秀梅反问："我哪来的钱，抢银行啊？"口气硬邦邦的。顾倩倒是一点儿也不生气，耸耸肩，笑眯眯地看她。

"有的是机会。你抓紧时间买一点吧，还会涨的。"

高秀梅轻轻哼了一声。

从顾倩家出来，高秀梅又回到海家。开门进去，海宝贝睡着了，打着小鼾。高秀梅停顿了一会儿，便去翻五斗橱抽屉，找出海老头的存折。活期一本通。还有海老头的身份证。高秀梅心跳得很快，打鼓似的。她看向海宝贝。海宝贝的口水流到枕头上，湿了一大片。

高秀梅手心出汗了，不知不觉地，呼吸有些急促，伤风似的，带着些"吸溜吸溜"的声音。头也有些发涨。高秀梅呆在原地，怔怔地，又打开存折看，一个"5"，后面是四个"0"。五万块。她咽下一口唾沫，下意识地捋了捋前额的刘海，开门走了。

海老头回上海那天，天气特别好，晴空万里，一丝云也没有。海老头下了车，哼着小调，旅行袋没有拉严，一只母鸡的头露在外面，咯咯叫着。海老头一路上都在盘算这只鸡该怎么吃。按说正宗土鸡烧鸡汤最好，可宝贝儿不爱喝鸡汤，嫌有股腥气，宝贝儿喜欢红烧，可这么好的鸡，红烧实在是可惜。海老头想来想去，决定还是烧鸡汤。不能太惯孩子，土鸡汤是好东西，加点当归黄芪，女人吃了最好。海老头又想到了高秀梅。也该让她补一补。这女人太瘦，跟排骨似的。海老头喜欢胖一点的女人，身上要有点肉，摸上去手感才好。

海老头回到家，高秀梅和海宝贝在吃午饭。油煎带鱼、番茄炒蛋、鸡毛菜土豆汤。海老头见了，说："小菜不错嘛。"

高秀梅问他："吃饭了吗？"他说："没有。"高秀梅便又去拿了副碗筷。海老头坐下来，问女儿："想爸爸吗？"

海宝贝嘴里含着饭，头一仰："想！"

高秀梅要把老母鸡杀了，海老头说："不急，到晚饭前再杀，新鲜。"

海老头扒了两口饭，又问："宝贝儿今天没去拿盒饭吗？"

海宝贝还没回答，高秀梅已抢着道："拿什么盒饭呀——盒饭哪有家里的饭菜好？"海老头说："不是说家里的饭菜不好。盒饭不要钱的，不拿白不拿。"

高秀梅说："盒饭不卫生。"

海老头说："人人都吃，吃不死人的。——再说，我存了钱的，不吃人家会笑我是傻瓜。好几块钱一份呢。"

海宝贝插嘴道："我这个礼拜都没去拿盒饭，天天在家里吃的。阿姨烧的菜比盒饭好吃。"她的声音清清脆脆。

海老头听了一愣。高秀梅也是一愣。两人对视一眼，高秀梅飞快地把目光移开，站起来，拿碗去添饭。她低着头，步子有些乱。海老头用筷子挑了两粒饭，若有所思地。一会儿，高秀梅走来，坐下。海老头瞥见她脸上表情有些僵，很不自然了。

吃完饭，高秀梅收拾碗筷。海老头坐在沙发上，拿牙签剔牙。海宝贝说："爸爸，我想出去玩一会儿。"

海老头很爽快地答应了："去吧，早点回来。"

海宝贝刚出去，高秀梅便走过来，一边擦手，一边在海老头身边坐下。她给他削苹果。海老头"呸"地吐掉牙缝里的食物残渣，朝她看。高秀梅依然是低着头。苹果削完了，她递到他手上，随即站起来，打开五斗橱抽屉，拿了张存折出来。

"我晓得，你肯定是猜出来了，——你这老头子心眼多，我才懒得跟你斗呢，"高秀梅故意重重地把存折扔在他身上，"你自己看，变成多少了？"

海老头翻开存折，看了看。一怔。

"多了一千？"他问她。

高秀梅斜眼瞥他："一个礼拜，多出一千，不好吗？"

海老头想了想，问她："那他呢，他赚了多少？"

高秀梅白了他一眼。

"你脑筋转得倒快——他赚了两万多三万不到，说本钱是你的，总要意思意思，不能白拿你的。"

海老头嘿的一声。

高秀梅说："这还算赚得少的，要是听那个小女人的，买她姘头那只股票，至少能多赚一倍。——现在是什么行情？天上在掉金子，大家都在捡。"

海老头点头，说："是呀是呀，天上在掉金子，那大家也不用干活了，只要拼命捡就行了——"

高秀梅叫起来。

"我是这个意思吗——你这个老头子只会跟我抬杠——我是说，只要抓牢机会，就肯定能发财。当年发行认购证，天上就是在掉金子。你想想，翻了多少倍啊，怎么不是在掉金子？你没买是吧，嘿，你要是买了，现在也不住在这里了，世茂滨江都买几套了——喏，现在机会又来了，十几年才轮一次，这次你要是再不抓牢，这辈子都不晓得还有没有机会呢。"

海老头没说话。

高秀梅停下来，朝他看了一眼，随即又道："现在晓得了吧？没人想揩你的油，都在想方设法帮你赚钱。——拎不清！"

海老头站起来，把存折放回抽屉。他坐回沙发上，怔怔地。一会儿又朝高秀梅看，咧开嘴笑。

高秀梅瞪眼："笑什么笑？——谁跟你笑？"

海老头嘻嘻笑着，凑近了，手往她身上腻，喘着气说："宝贝儿出去了——"

高秀梅避开了，皱眉说："出去就出去，你想干什么？"

海老头赔笑着，又凑近了，拿嘴去触她的脸颊。同时，一只手包抄过去，搂住她的肩。喘着气。

"你说干什么？呵，你又不是不晓得——"

三

几周后，海治国又来找高秀梅。——依然是为了借钱。

高秀梅让他自己去跟海老头说。"你们的事情，我不管。这跟我有什么关系，害我夹在当中做歹人，倒像是我在盘算他的钱似的——我不干。"

海治国赔笑："我要是能跟他说通，还来找婶婶你干吗？堂叔那个人，是块石头，不开窍的。"

高秀梅说："你再去说说看，这次不一样的。他尝了一千块钱的甜头，兴许想法就变了。"

海治国笑笑，停了停，又叫："婶婶——"

高秀梅说："你走吧，我帮不了你。"

"婶婶——"

高秀梅别过头，不知怎的，竟有些烦躁起来：

"好了，别一口一个婶婶了。我又不是你真的婶婶——你婶婶早死了，都死了三十多年了！"

高秀梅说完，便觉得心头那里酸酸的，有什么东西在往上涌，一大股一大股，压都压不住。

高秀梅撂下海治国，转身便去找海老头。海老头正在银行门口跟人聊天，见她来了，那人立刻识趣地离开了，临走还不忘调侃一声：

"你们聊你们聊，不妨碍你们。"

高秀梅走到海老头面前。海老头问她："你怎么来了？"

高秀梅朝他看，反问："我不能来吗？"

海老头愣了愣，道："怎么不能来——心情不好？有事？"

高秀梅哼了一声，没回答，径直告诉他：

"海治国又来找我了，想跟你借钱。我跟他说，要借钱直接找你，别找我。免得你又以为我在打你钱的主意。"

高秀梅把这番话讲得飞快。

海老头又是一愣，随即哦了一声。

高秀梅停了停，又道："这小子上次要送我一条手链，我没拿——亏得没拿，拿了就更说不清了——想想也是丢脸，跟了你这么久，手上、脚上、头颈里都是光秃秃的——这小子还一口一个'婶婶'，像真的似的，什么屁婶婶，叫得我脸都红了——"

海老头看着地上，把一块小石头碾来碾去，不说话。

高秀梅越说越激动，远远地瞥见海宝贝拿着盒饭走来，便停下不说了。海宝贝走近了，嘻嘻笑着，叫了声"爸爸"。旁边有几个相熟的人，都朝她打招呼："宝贝儿，吃饭啊，今天吃什么？"

海宝贝很大方地把盒饭打开，让他们参观。

高秀梅不说话，走了。她刚走出两步，海老头赶上去，拉她的手臂。高秀梅挣脱了。海老头碍着旁边有人，不敢再拉，只得让她走了。

下午，海治国真的来银行了——果然是借钱。海老头没好气地把他打发走了。

"说了一百多遍了，别让我浪费唾沫。我的意思，早就跟你说清了。再说下去，亲里亲戚的，大家都尴尬。"

顾倩穿上新皮衣，在镜子前晃来晃去。价格牌还没拆掉，跟着她的身体一起欢快地晃着。

高秀梅在拖地。从客厅到房间，再到书房，低着头。几次顾倩都朝她看，想让她给点意见，但高秀梅就是不抬头，没看见似的。

"喂！"顾倩终于还是忍不住问她，"你看怎么样？"

高秀梅只瞟了一眼，便又低下头拖地。

"蛮好——价钱摆在那儿，能不好吗？一件衣服够我买一辈子衣服了。"

高秀梅说到这里，顿了顿，觉得不该这么说。虽然在别人家里帮佣，她还是有着自尊心的。不该说得这么泄气。

高秀梅又朝那件衣服瞟了一眼。

"好是好，就是妖了些。穿着不像良家妇女。"她故意这么说。停了停，索性又加了句："——像狐狸精。"

顾倩咯咯地笑起来。

"是吗？你也这么觉得？——我也觉得，好像有点太过了。本来就长得漂亮，应该低调点。这下倒好，活脱一个仙女下凡，太招摇了，是不是？"

高秀梅偷偷笑了笑。

"我说是狐狸精，你偏说是仙女下凡。——随便你，仙女就仙女吧，反正都差不多。"她说。

顾倩笑眯眯地脱卜皮衣，放进衣橱。

"老头子说了，这只股票要是升到一百，就给我买套别墅。古北那边的。"

高秀梅朝她看了一眼。"真的，还会升？"

顾倩撇嘴说："老头子是做什么的，他说的会有假？他说能到一百，只怕一百还不止——"

晚上，高秀梅把顾倩的话说给海老头听。

"不管你买不买，反正我已经开了个户头，过几天就买。把钱都投进去，全部投进去，能买多少就买多少，一分钱也不剩——"

她几乎是恶狠狠地说这番话。

海老头说："蛮好蛮好。"

高秀梅说："等我发了财，我就一生一世不睬你了——像你这么傻乎乎脑子不开窍的老头子，还要你干什么？"

海老头笑笑，没吭声。

高秀梅道："你就牢牢地守着你的钱吧，像孵小鸡一样，看看会不会孵出钞票来——五万块，你以为是五百万啊，一生一世都用不掉的吗？"

海老头嘿的一声："当然用得掉，谁说用不掉？——别说五万，就是五百万、五千万，也照样用得掉。"

高秀梅说："你少跟我犟。你这个人呀，脑子不开窍，嘴巴倒是老三老四的——随你的便，我反正是下定决心了。已经晚了，不能再错过了，错过要懊悔一辈子的。"

海老头不语。怔怔地。一会儿，幽幽地道："股票又不是包赚钱。要是包赚钱，我早买了。"

高秀梅冷笑了一声。

"天下有什么事情是包赚钱的？有风险才有收益。——你这大半辈子啊，讲得难听点，都活到狗身上去了。"

海老头听了，心里有些窝塞。愣了半晌，干巴巴地笑了笑，讪讪地道：

"说我是狗，你又有什么开心？"

老李头炒股赚了钱。他请海老头吃饭。两个老头儿找个便宜的小馆子，点了几道简单的菜，再叫了瓶黄酒。

老李头只喝了半杯，便上头，脸红得关公似的。一半是量浅，一半是兴奋。他翻来覆去地向海老头诉说炒股的心得：

"其实也没什么，关键就是要胆大，这个，豁得出——还要有决心，不达目的不罢休的决心，进去两万块，不到十万块坚决不出来——"

海老头听着，笑笑。

"不要笑，你不要以为我在跟你开玩笑——这是很严肃的事——"老李头几年前骑车，摔了一跤，把两颗门牙给摔掉了，舍不得配假牙，一直耽搁着。因此讲话漏风，尤其是"shi"的音，靠旁边几颗牙配着舌头艰难地说出来，听着怪怪的。海老头瞥见他庄重的神情，没忍住，扑哧笑了出来。随即连忙道歉：

"对不起对不起，是我不好，你继续讲继续讲——"

老李头也劝海老头买股票。他说："稍微弄一点，小来来，没关系，"随即又自己否定自己，"不过小来来也没啥意思，又赚不了几个钱。归根到底还是要胆大。这年头，胆子小发不了财。"

海老头微笑："你老兄发财就行了。我看你发财。"

老李头摆手，说："我也是小来来，财是发不了的，赚几个小菜铜钿。偶尔请老朋友下个馆子咪点小酒，蛮好。我要求不高，比银行利息多一点就行了。你晓得，我这人心脏不好，一激动就要吃苦头。坐在证券公司里，麝香保心丸都是随身带的。呵呵。"

海老头想劝老李头悠着点，犹豫了一下，还是没说。多说反而惹人笑话。海老头晓得，现在不时兴啰里啰唆瞻前顾后的人了，大家都是该出手时便出手。海老头总觉得有些别扭，可又不晓得别扭在哪里。到底是人家别扭，还是他自己别扭。海老头不能多想这个问题，一想就头痛。他是个想法简单的人，年轻时也没为前途啊事业啊考虑过什么，现在年纪大了，更加不愿意伤脑筋。

高秀梅开始炒股后，每次过来，话不说几句，便坐到电脑前。上网，看股票。兴致好的时候，她也愿意跟海老头说上几句，告诉他怎么看股票的业绩，有没有除过权，走势怎么样，日K线，周K线，这个指标，那个指标……

高秀梅准备了一个小本子，把买的股票记下来。每天的价格都写在上面。其实这些数据电脑里都有，但她还是愿意拿笔记下来。她把小本子放在电脑旁。有时她过来，会看见小本子隐约有翻动过的痕迹。高秀梅晓得是海老头。——这个老头子，嘴上死倔，心里还是活络的。

隔了几天，股市又是一阵大涨。像骤然下了场春雨，一夜间百花齐放。疯了似的。高秀梅给海老头买了一件T恤。左胸口上印个鳄鱼图案。高秀梅告诉他，这是外国牌子，打完折还要一百多。海老头说："买什么外国牌子，都是老头子了，穿那么好干什么？"高秀梅却说："越是老头子越要穿得好，否则不真成糟老头子了？"

高秀梅本子上的股票一下子涨了好几块。那几天，高秀梅很开心，海老头却有些心神不宁，恍恍惚惚的，高秀梅让他去买把葱，谁晓得他竟拿了把韭菜回来。失魂落魄地。到了晚上，海老头打开电视看财经频道，听主持人分析股市。接着，又看高秀梅那个记股票的本子。眼睛眨也不眨，怔怔地。

他看了一会儿，对高秀梅说："不错啊，赚了不少。"

高秀梅笑笑，故意道：

"没多少，也就刚赚了你大半年的工资而已。"

她说完朝海老头看。海老头嘿的一声："你厉害啊——"

高秀梅说："没你厉害。"

海老头说："你厉害。"

高秀梅说："还是你厉害。"

两人这么你一言我一语地，海宝贝在一旁听得咯咯直笑。海老头只好闭嘴。高秀梅也不睬他。两人僵持了一会儿。高秀梅一屁股坐到沙发上，调了个台，看电视剧。海老头先是不动，继而也挨着她坐了下来。眼睛盯着屏幕，却一句话也没听进去，空白一片。海老头朝高秀梅看，欲言又止地。半晌，终是没忍住，咽了口唾沫，推推她，有些羞涩地：

"那个——真的能升到一百块？"

海老头站在银行门口，和路边卖报的小贩聊天。银行里有免费的水供应，海老头时常拿纸杯盛了水，给小贩喝。小贩叫他"老伯伯"，对他很客气。有时海老头要看报纸，小贩便拿一份给他。海老头要看《证券报》，小贩就很为难，因为《证券报》卖得很好，一眨眼工夫便没了。只有遇到下雨天，生意稍差，才会剩下一份两份，也是湿答答的。海老头拿着，站在那里看，小心翼翼地，并不翻乱，看完了，再完完整整地还给他。

小贩问："老伯伯，也买股票啊？"

海老头摇头，朝他笑笑。

海宝贝最近常向海老头抱怨，说证券公司的盒饭越来越难吃。"有股馊掉的味道。"她这么说。

海老头尝过，其实也不是馊，只不过天气热了，多少有些不新鲜。海老头便把银行里的饭给女儿吃，自己吃那份盒饭。海老头一边吃，一边朝女儿看。海宝贝穿一件淡粉色的短袖衫，胳膊露在外面，肉嘟嘟圆滚滚。海宝贝皮肤白，眼睛大，头发有些微黄，像个洋娃娃。海老头想起她小时候，瘦瘦的小老鼠似的模样，便有些感慨——没心事是好啊，心宽体胖，这话真是一点不假。海老头想，自己要能像她那样就好了。但这怎么可能呢？又不是傻子。海老头脑子里闪过"傻子"这个词，心便不自觉地揪紧了。

早几年，海老头动过脑筋，想为宝贝儿找个男人。银行里那五万块钱便是嫁妆，够那男人做点小生意，卖卖茶叶蛋、开个书报亭什么的。海老头的人选倒也不少，有小超市的收银员、水站的送水员、小区保安，甚至连附近工地的民工也考虑过。海宝贝长相不差，倒也真有些娶不到老婆的男人跃跃欲试。可挑来挑去，海老头终是下不了决心，舍不得。怕这些男人等他一死，便把宝贝儿一脚踢开。外头人总归靠不住，好多人劝他，什么都是假的，只有钞票最真。海老头也晓得这个道理。可钞票再真，就那么几张，也抵不了什么用处。海老头真的有些悲哀了。

海老头坐在电脑前，看股票。高秀梅在一旁看他。

高秀梅瞥见他专注的神情，心里偷笑。海老头皱着眉头问：

"今天怎么跌了百分之五？"

高秀梅说："那是庄家在震盘，吓退散户。明天也许还会跌，下周肯定拉起来。——这叫搭平台。"

海老头朝她看一眼："你懂得倒多。"

海老头又看了一会儿，认认真真地。一抬头，瞥见她站在边上，有些不好意思了。便站起来，说："你来你来。"

高秀梅说："没关系，你看吧。"

海老头说："有什么好看的——我是随便看看，你才是专业人士。"

高秀梅嘿的一声："你老客气的——随便看看，一坐就是一个多小时？"

海老头被她说得有些窘，拿起茶几上的水杯，喝了一口。

高秀梅坐下来，拿鼠标随意点着。一边点，一边说：

"我又补了两百股。小女人说了，现在是补仓的好机会。这只股票业绩好，盘子又小，现在不补，只怕一生一世都等不到这样的价格了。"

她故意说得漫不经心。透过旁边五斗橱的镜子，她瞥见他若有所思的模样。高秀梅心里清楚，他肯定瞒着她，偷偷买了——她太了解他了。这老头子胆子小，一开始肯定是小来来。她猜他明天也许会补一点。

高秀梅不说破。——说破了，怕这傻老头恼羞成怒，把股票抛个精光，那就没意思了。

顾倩的老头子来了。

高秀梅给顾倩做了两三年，总共也没见过这老头子几次。其实也不是很老，六十岁应该还不到，除了头顶有些微秃，样子还过得去。男人是要靠派头撑的，三分长相七分做派。老头子胡子刮得干干净净，皮鞋擦得锃亮，领带的颜色很跳，配他的年纪，倒不觉得古怪，反而有种别样的精神。

更重要的是，——老头子给顾倩带了一个新皮包，高秀梅不懂名牌，只瞥见红红绿绿的花纹，像是英文字母，看着也不觉得多么出众。顾倩欢天喜地地接过，在老头子脸上亲了一口，嗲嗲地说：

"谢谢你哦！"

老头子上厕所时，高秀梅忍不住问顾倩，这个皮包很贵吗？顾倩耸耸肩，说："还好吧，一万多两万不到。"高秀梅吐了吐舌头。

晚上，高秀梅洗完碗，正准备回去，老头子甩手给了她一百块钱，说，辛苦了。高秀梅道声谢，离开了。

高秀梅走在路上，口袋里揣着那崭新的一百块钱，心想有钱人就是不一样，出手实在大方。高秀梅这么想着，倒也不觉得沮丧。别人有别人的福气，她有她的福气。高秀梅不贪心。顾倩有她的老头子，她也有她的老头子。不就是老点丑点穷点嘛。高秀梅想，你们赚你们的大钱，我们赚点小钱就行了。

这几天，那只股票又是一阵疯涨。高秀梅一边走，一边算账。不光算她自己的，还有海老头的。她乐呵呵地想，哪怕这傻老头只买三四百股，也赚不少了。高秀梅哼着小调，经过小超市时，进去买了两瓶古越龙山。她想人家老头子股票赚钱，一出手就是一两万块的皮包，自己非但拿不到包，还得倒贴给他买酒。

"前世欠了他的，欠了他的——"高秀梅摇头。

到了海老头家，高秀梅把酒往他面前一放，说：

"喏，请你吃老酒。"

海老头说："买这么好的酒干吗？我喝零拷的，味道也差不多。"

高秀梅说："偶尔喝两瓶，没啥。"

她停了停，又道："反正股票赚钱了，是吧？"

高秀梅逗他似的，朝他看，促狭兮兮地笑。

海老头说："是呀，反正你股票赚钱了，吃你两瓶老酒也说得过去。"

高秀梅嘿的一声，撇嘴说："又不是我一个人赚钱。"

海老头点头："是呀，现在这个世道，天上在掉金子，人人都在捡，人人都赚钱。"高秀梅白他一眼："死老头子，学我的话。"海老头呵的一笑。

过了一会儿，高秀梅又道："那个股票已经七十多了。"

她说着，拿眼角瞟他。海老头嗯了一声，没搭腔。

高秀梅忍着笑，问他："赚不少了吧？"

海老头朝她看。一副茫然的模样。

高秀梅好笑，心想你装什么装，死相样子。"说说又没关系，我又不会抢你的——说说看，赚了多少？"她笑着问。

海老头愣了愣，半晌，道："什么呀——我又没买。"

高秀梅嘿的一声："好好好，你没买——就当我没说。"

海老头朝她看了一会儿，停了停，道：

"我没买，真的没买——不骗你。"

高秀梅也朝他看。狐疑地。"真的没买？"

"没买。"

"真的？"

"真的没买，我骗你干什么？我干吗要骗你，一大把年纪了，又不是小孩——骗你我就不是人——说了不买就不买，我又不是那种变来变去的人，说了不买肯定不买——"

海老头说得很响亮，宣誓似的。他似是觉得有些滑稽，还笑了笑。

高秀梅先是不动，停了半晌，她霍地站起来，噔噔噔朝外走去。

海老头拦住她："你干什么？"

高秀梅一把推开他，力道有些大。海老头没提防，朝后踉跄退了几步。

"我怎么会认识你这种——"高秀梅拔尖了喉咙，话到一半，却又像被什么堵住似的，没说下去。

两人僵在那里。海老头想去挽她的手，犹豫着，不敢。高秀梅眉头蹙着，眼睛看着地上。半晌，她一字一句地道：

"不买就不买，用不着跟我赌咒发誓。"

说完，推门出去了。

海老头听到楼梯上一阵沉闷的脚步声，渐渐轻了。他愣了半晌，回过头，见海宝贝愣愣地朝自己看。海老头失魂落魄地，问女儿：

"爸爸是不是有点傻？"

海宝贝咯咯笑了两声。很欢快地。她还没回答，海老头手一摆：

"算了算了，我怎么会问你这个问题——我大概真的傻了。"话一出口，才发现自己的声音干干涩涩，都带着痰音了。

"没事了。——睡觉吧。"

四

车间里，机器声轰隆隆地响。只有零星几个人在干活，其余的都凑在旁边聊天，抽烟。墙上贴着"不许抽烟"的标志，他们却不理会，兀自吞云吐雾。车间主任走过来，见了，劈头盖脸骂一通。骂完了，前脚刚走，这些人便又把香烟拿出来。

他们聊得最多的是股票。你一言我一语的。其实他们买的并不多，几百股，充其量也就一两千股。赚钱的人把战绩夸大几倍；亏的人不提亏钱，只说自己赢钱的那段。车间的工作枯燥无趣，只有聊天的时候，大家才有些兴致。

"干脆不上班了，天天炒股算了！"一个人叫起来。

另一人泼冷水："那要是亏了呢？"

"再怎样总归比上班强，累死累活才那几个钱！"

"就是。恨只恨没本钱，要是有本钱，买它个几万股，赚一票就走，一生一世吃不完了！"

"哪来的本钱，总不见得去偷去抢？"

"怎么不能去偷去抢，把我逼急了，就去偷去抢。这年头，不捞点偏门，一生一世受穷！"

海治国在一旁看股票机，并不参与他们的谈话。那个讲得最狠要去"捞偏门"的，是他的徒弟小石头。二十出头，天不怕地不怕的。海治国常骂他是"死鸭子嘴硬"，就横在一张嘴上了，其实什么都不懂。海治国自己也是老油条，可他像小石头这个岁数的时候，还是很勤恳的。海治国看不惯现在的年轻人，最好什么活儿也不干，就等着天上掉馅饼——当然这也不能全怪他们，世道也是个原因。

海治国的股票机是新买的。一千多块。为的是方便，上班时也能看行情，手指头按一按，就尽在掌握了。前阵子赚得不错，本钱翻了两番，借的钱还了，还有盈余。海治国快四十岁的人了，一直没成家，他想着趁势再赚些钱，找个外来妹把事情办了。

要结婚，就要房子。海治国那套老房子，才三十来平米，小得可怜，墙壁上满是青青绿绿的霉点，像长了癣。海治国算来算去，即便股市永远涨下去，一直不跌，凭他那点本钱，也要好几年才能买上新房。海治国长相不差，鹰勾鼻子略显凶相，粗看倒也有几分帅气。他常去的那个发廊，好几个女人都对他有意思。他看中了一个叫"阿兰"的四川妹。有时候兴致好，海治国也愿意搂着阿兰，憧憬他将来的人生——股票上赚一笔钱，安定下来，做点小生意，买房买车——海治国这么想着，豪气干云，抚着阿兰的香肩，渐渐地，又化作柔情万种。

黄梅季节，忽冷忽热的，容易生病。海治国跟几个同事吃夜宵，小龙虾伴冰啤，越吃越来劲，最后干脆脱掉衣服赤膊上阵，回到家就发烧了。

第二天去医院，海治国在领药窗口遇见海老头。证券公司的盒饭不新鲜，海老头是急性肠胃炎，上吐下泻了一晚上，脸刷白刷白的。

海治国让他坐着，帮他排队拿了药。

海老头接过，说："谢谢。"

海治国劝他，以后别吃那些盒饭了，对身体不好。"你想省钱，结果还要花钱看医生，不是更不划算？"

海老头说："道理我懂，可好好一份盒饭，让我倒掉，我就是舍不得。你也晓得我这个人，一辈子省惯了。"

海治国点头，道："堂叔你和我去世的老爸一样，都想不穿。自己苦，别人看着可怜。其实这样过日子没啥意思。"

海老头说："你别说没啥意思，我们这代的人，都是这么过来的。现在条件好了，可日子还得节省着过。今天要为明天打算，不能想着什么就是什么。"

海治国笑笑，停了停，道："你这些话是讲给我听的。我晓得。"

海老头摇头："也不是说给你听——我年纪大了，说的话你别放在心上。其实将来的事情谁晓得呢，老观念行不通了——不说了，说多了让人笑话。"

从医院出来，海治国陪海老头走了一段，到了三岔路口，海治国说声"堂叔再会"，两人便分开了。海治国走出几步，回头看海老头蹒蹒跚跚的背影，怔了怔，终究没忍住，叫道：

"堂叔，不新鲜的盒饭还是少吃——"

海老头听见了，却不转身，伸出手，半空中挥了两挥。

高秀梅连着几个星期，都没去海老头那里。电话也不打。海老头也没找过她。高秀梅晓得这傻老头是觉得没脸，不好意思。

顾倩说要替她介绍男人。说了好几个，其中一个听着条件还不错，五十来岁，中学教师，有两套房子。高秀梅不置可否，说："你认识的男人倒是不少。"说完便有些后悔，人家是好心，不该这么说。

高秀梅最终还是去了。一起吃了顿饭，又散了会儿步。老教师人挺好，说话也温柔，细声细气的。最后他提出要带高秀梅去他家看看。高秀梅婉拒了。离开时，高秀梅对他说"再见"，心里竟没有一点遗憾。顾倩骂她是"猪脑子"——说来也怪，现在两人关系已经好到可以骂人的地步了。顾倩说，那个海老头有什么好，你这个猪脑子！

高秀梅嘿的一声，说："我从来没觉得他有什么好。"

顾倩说："那你对他死心塌地的！"

高秀梅说："谁对他死心塌地了？"

顾倩哼了一声，不说话了。

临走时，顾倩把一大包旧衣服扔给高秀梅。"下午整理了衣柜——你看看，要是喜欢就留着，不喜欢就替我扔了。"

高秀梅大包小包地，走下楼梯。一边走，一边寻思这些衣服该怎么处理。高秀梅顿时想到了海宝贝。海老头平常都在自由市场给她买衣服，男人本来就不懂打扮，加之海老头更是个木讷的男人，把个海宝贝弄得像乡下妞似的。高秀梅想到这里，便觉得有些可惜。如果海宝贝是她女儿，她肯定会把她打扮得漂漂亮亮的。

高秀梅这么想着，不知不觉走到海老头家楼下。

她停下脚步，往上望。海老头家的灯光亮着。高秀梅还没想好是不是上去，旁边走来一个面熟的人，叫一声"高阿姨"，说："你怎么不上去啊？"那人开了防盗门，用手撑着，朝她看。高秀梅只得跟着进去了。

高秀梅上了楼，在海老头家门前站着。正犹豫间，门开了。海老头拿着一袋垃圾走出来。

他瞥见高秀梅，一愣。高秀梅也是一愣。海老头说："你来了？"高秀梅嗯了一声。海老头摸了摸头，随即又道："我——下去倒个垃圾。"

高秀梅说："你去吧。"

海老头把门敞开，说："你先进去，我马上就上来。"

高秀梅说："不用了，我也没什么事——喏，这些衣服给宝贝儿。"

她说完，把那个包往地上一放，下楼了。

到了楼下，高秀梅不停留，径直往前走去。海老头匆匆忙忙倒了垃圾，急急地跟上去。两人的影子一前一后，被路灯拉成了一条直线。海老头追上她，喘着气，问："这么快就走了？"

高秀梅脚下不停，说："又没什么事。"海老头说："没事也坐一会儿嘛。"高秀梅说："你家又不是皇宫，有什么好坐的？"

海老头一怔，随即道："不是皇宫，就不坐了？"

高秀梅不理他，加快脚步走了。

海老头停下来，愣在那里，怔怔地看着她的背影。

黄梅天过后，依然还是下雨。只是不像前阵子那样淅淅沥沥，落不尽似的，叫人心烦。近几天是阵雨，冷不丁兜头浇下，雨点落在伞上，像打鼓，一阵强似一阵，听得人心惊肉跳。

大约是天气的缘故，股市连着几天都跌。

高秀梅后来补的那两百股，已经套牢了。总账勉强还不亏。她去问顾倩，顾倩又去问老头子。谁晓得老头子去日本出差了，手机打不通。高秀梅有些急了，到处找人咨询。相熟的一些股友，有人说会涨，有人说要跌。她也不晓得听谁的好。就这么一犹豫，又连着几天大跌。她那只股票，只跌剩一半价钱了。

高秀梅方寸乱了。算算老头子该回国了，她又催着顾倩去问。顾倩打了几个电话，都是忙音。联系不到人。顾倩也急了，不敢打他家里电话，只偷偷地打听。不打听还好，一打听就傻了。——老头子移民了。两天前就上了去加拿大的飞机。他老婆、儿子，还有那条德国牧羊犬，一起走了。

顾倩站在阳台上抽烟。高秀梅在一旁陪她。顾倩一支接一支地抽。只一会儿工夫，脚下全是烟蒂。两人从黄昏到晚上，没挪过地方。高秀梅几次想去烧饭，但看她的神情，又不大放心，二十七层的阳台，可别做什么傻事。

一会儿，顾倩开口说："你走吧，下班了。"

高秀梅说："我陪陪你。"

顾倩挥了挥手，道："你走吧——我不会跳楼的。"

高秀梅说："你不跳楼，如果吃安眠药怎么办？——我晓得你床头柜上那瓶是安眠药。"

顾倩说："我也不会吃安眠药。"

高秀梅说："厨房里有菜刀。你要是想死，有的是办法。"

顾倩朝她看："我真是脑子坏了，找了你这么一个啰里啰唆的钟点工。"

高秀梅笑笑。"我不是啰唆，是为你好。"

顾倩点头，道："我晓得你是为我好。你放心，我这人很想得开——就当这几年瞎混了呗，反正也不是白混，名牌包包和衣服也捞了不少，够本了——你回去吧，我晓得这阵子你也不好受，都是肉里分，攒了一辈子的辛苦钱。你去找你那个海老头，让他好好安慰安慰你。"

高秀梅给顾倩做了晚饭，放在桌上，叮嘱她一定要吃。

径直又来到海老头家。

海老头坐在沙发上，一边看电视，一边叠衣服。见她来了，海老头放开手里的衣服，要去倒茶。高秀梅说："倒什么茶，又不是客人。"她坐下，拿过一件衣服也叠起来。

电视里在放股市行情。高秀梅低着头，不看屏幕。海老头也不说话。过了一会儿，高秀梅叹了口气，说：

"还是你聪明——最会保身家。"

海老头一怔："什么？"

高秀梅说："我在表扬你呢，别装糊涂——你最厉害了，一点不碰。你看指数跌成那个鬼样子，做股票的人都套牢了——你得意了，是吧？"

她咬着嘴唇，朝他看。愤愤地。

海老头先是有些茫然，随即笑笑。他搔头，头皮屑唰唰地落下来，下雪似的。他叠衣服的动作有些僵，一件衬衫怎么也叠不好，袖口那里总是拱着，他叠了几遍，到后来都有些不耐烦了，把衬衫重重地往旁边一放，拿过一条内裤，却是海宝贝的，粉红色印着卡通图案。海老头拿起来，又是一扔。

"晦气!"他骂了声。

高秀梅朝他看,"干吗?"

海老头不答。他怔怔地朝电视屏幕看,眉心那里蹙得紧紧的,眼珠定定的,都有些斗鸡了。他又搔头,使劲地搔,似是存心要把头皮搔破。半晌,他停下来,轻声说:"我也买了。"

高秀梅没听清,"嗯?"

海老头整个人陷在沙发里,声音像被人抽了筋:

"我说——我没忍住——半个月前,最高点进的。"

他说完,竟还笑了笑。笑容僵在脸上,像蔫掉的没了水分的花。

五

老李头进了医院。心脏病突发。幸亏发现得早,没什么大碍。只是人瘦了一圈,其实也不是瘦,只是脸色不好,青里发黑,映衬着五官都黯淡了,只几天工夫,便似老了十几岁。

海老头去医院看他。买了水果和糕点。老李头有些过意不去,说:

"干吗破费,你自己也亏了钱——"

海老头说:"亏了钱,日子还得过。老朋友还得看。"

老李头叹息:"早晓得就早点把钱拿出来了,现在倒好,像玩滑

186

滑梯，一下子就溜了下去，连钞票什么样都没见到，伤心啊——"

海老头嘿的一声："早晓得？'早晓得'这种话说了没啥意思——早晓得我当年就借高利贷去买认购证，买它个几千几万张，现在不是赚翻了？——嘿，早晓得，早晓得我当初就不结婚了，一个人清清爽爽也蛮好，无牵无挂的——"

海老头说着笑笑，摇了摇头，给老李头剥了个橙子。

"都是命，"他道，"都是注定的，——生来就是倒霉的命，怨不得别人。"

老李头说："你倒是想得开。我不如你。"

海老头还是笑笑。

回家的路上，海老头不坐车，走着回去。大热天，知了在树上叫得人心烦意乱，马路上似是冒着白烟，都发烫了。海老头走得很慢，低头看着地上，一步步，像在沉思着什么。马路边明明有树荫，他偏不走，整个人暴露在阳光下，脸都晒出油了，亮光光的。他却似没察觉，依然缓缓走着。

海老头走到证券公司门口，进去了。他随身带着资金卡。塞进交易机，输了密码，屏幕上便跳出一个金额——是当前的市值。海老头蹙着眉头，越蹙越紧，成了个"川"字，像用刀刻的。海老头足足看了有五分钟，不认识似的。嘴角抽动了一下，眼皮也微微抖了一下。

海老头把资金卡拿出来，手一颤，卡差点掉在地上。

从证券公司出来，海老头又去了菜场。买了一把鸡毛菜，一斤毛豆，还有两条小鲫鱼。他听到旁边两个老太婆在谈论股票，说了不到两句，便都叹气。一个说，本来还想买点肋排烧个糖醋小排，再一想，弄点五花肉烧个粉蒸肉算了，省一点。另一个说，你还有粉蒸肉吃，我现在连肉都不敢买了，喏，买了两斤螺蛳，回家炒一炒，还能吮半天，蛮好。

海老头拎着菜篮，走到附近一个卖电脑游戏的小店。门口小黑板上写着：模拟股市游戏，完全仿真操作，寓教于乐，老少皆宜。海老头停下来看。老板叼着香烟，凑上来，说："老伯伯，买回去玩玩，蛮好的。"

海老头朝他看了一眼，摇摇头，离开了。

海老头在厨房烧菜。海宝贝帮忙剥毛豆。海宝贝说："爸爸，河鲫鱼汤要放一点胡椒粉才好吃。"海老头说："是啊，没错。"海宝贝又道："坏掉的有虫的毛豆不能要，吃到肚子里会生病的。"海老头说："是啊，没错。"一会儿，海宝贝把剥好的毛豆，满满一碗，端到海老头面前。她说："我很能干的。"海老头微笑了一下，说："是啊，没错。"

海老头炒鸡毛菜。油锅开了，鸡毛菜放下去，哗的一声，冒起一阵油烟。海老头翻炒着，一铲一铲。海宝贝怔怔地看着，半晌，忽道：

"爸爸——"

海老头朝她看。

海宝贝咽了口唾沫，停了停，说下去："——我想吃盒饭。"

高秀梅和那个老教师约会了几次。老教师姓侯，儿女都在国外。高秀梅本不想再见面的，可老教师连着打了几次电话，还托顾倩拿了两张美琪戏院的戏票过来。高秀梅倒也不好拒绝了。她想，自己算什么东西，又不是二十出头的黄花闺女，篷扯得不能太足了，不能给脸不要脸——高秀梅这么想着，倒也不觉得怎么难为情，只是有些空落落的，像片叶子在水上漂啊漂，没根没底的。

高秀梅和老教师在西餐厅吃饭。高秀梅还是第一次吃西餐，不会用刀叉。起初还勉强硬撑，到后来干脆不用了，问老教师，这里有筷子吗？老教师先是一怔，随即便笑了。老教师说，筷子大概是不会有的，我来帮你吧。老教师说着，把高秀梅的盘子拿到自己面前，把牛排切成一小块一小块，再还给她。

那一瞬，高秀梅是有些感动了。她把牛排放到嘴里的时候，动作都不协调了。她想，人跟人真的是不一样的。她从来没想过，会有这么一天，和一个文质彬彬的男人一起吃西餐，那个男人还帮她把牛排切好，端到她面前。

顾倩搬家了。原先的住所是老头子租的，上个月就到期了。顾倩新找的房子也在附近，一室一厅。高秀梅过去帮她一块儿收拾。房子小了，许多东西都放不下，便打成一个大包，扔在旁边。高秀梅替她打扫房间。扫地抹灰。

顾倩说，我现在请不起钟点工了。高秀梅说，我晓得，我不会向你收钱的，你放心好了。顾倩笑笑，又问她，跟侯老师发展得怎么样？高秀梅说，有什么怎么样。顾倩朝她看，笑道，别不好意思啊。高秀梅说，谁不好意思了？是真的没啥好说。

顾倩找了份推销保险的工作。她让高秀梅劝侯老师买两份保险。"我可是你们的媒人，买我两份保险也说得过去，对吧？"

高秀梅笑笑。但对着侯老师，一次也没提及。侯老师其实是顾倩一个大学同学的老师，两人都没见过面的。高秀梅不好意思开口。再者，好像也没到那个份上。高秀梅倒是想到了海老头，想让他帮忙买份保险，也算是还顾倩一点人情。但转念一想，海老头又怎么会买保险？——那个倔老头！

高秀梅想到海老头，心便不自觉地揪了一下。有一阵没见他了，也不晓得他怎么样。高秀梅猜海老头会觉得她很绝情，可她自己知道，她不是那种人。不知怎的，这几天，她常想起刚认识海老头的那阵，两个人到小面馆吃面，海老头点一碗阳春面，给她点一碗大排面。她要把大排分他一半，他死活不肯，说牙齿不好，吃排骨会塞牙。她晓得他是省钱，有些感动，又有些不舒服，觉得这男人鸡鸡狗狗的。所以到后来，她索性也不吃大排面了，说自己胃不好，吃大排

190

不消化。海老头也不勉强，于是两个人都吃阳春面，清汤寡水，吃得脸色也是寡寡淡淡的。那时高秀梅年纪还不算太大，打扮起来也有些许姿色，有时候就难免觉得自己吃亏，找了那么个老头子，别的东西请不起，天天吃阳春面——高秀梅想起这些，便有些好笑，又有些感慨。

高秀梅晓得，股票跌了，海老头那笔钱缩水了，不到五万了。

有时中午经过证券公司门口，高秀梅会下意识地停住脚步，朝里看。人少了许多，零零落落的。偶尔有人从里面拿着盒饭出来，骂骂咧咧说菜色越来越差了。高秀梅站在一旁，想看看有没有海宝贝。——可惜没有。

海治国去房产中介转了一圈，想了解一下他那套老房子能卖多少钱。中介告诉他，大概三十万左右。海治国说，这附近新房子都要一万多一平米，怎么我的才值这么点钱？中介说，你也晓得人家是新房子？你这套房子是什么时候造的？八几年的老房子了，不是马桶堵住，就是水管漏水，天花板的油漆一块块往下掉，你指望能卖多少钱，一百万好不好？

海治国有些沮丧。他原先准备拿这笔钱付个首付，再买套新房子的。看样子差远了。股市里的钱也指望不上，只剩下零头了。阿兰最近又找了个新户头，是附近菜场里卖水果的，东北人，四十多岁。海治国有些生气，可又横不下心去找她。怕丢人，——怕被人说，堂堂一个上海人，连外来妹都看他不上。

车间里现在谈股票的人少了。都蔫了，没劲了。只有小石头一张嘴巴还不闲着，成天说要去捞偏门，捞笔大的。大家起初还嘲他两句，听久了，也懒得搭理了。小石头老家在黄岩，每年到了橘子上市的季节，总会从老家捎几筐蜜橘过来，拿给同事们吃。小石头对海治国这个师父不错，每次都送他一筐。

海治国骑车，把橘子送到海老头那里。

海老头不好意思，说："你留着就行了，又何必给我送过来？"海治国说："我一个人住，吃不了这么多。"海老头说："吃不了榨橘子汁也好啊。"海治国笑笑，说："榨什么汁啊，没那么多闲工夫。"

海老头留海治国吃饭，进厨房做菜去了。海治国看海宝贝在电脑上挖地雷。瞥见电脑旁有一盘游戏光碟《模拟股市》。他问海宝贝："妹妹，你玩这个吗？"海宝贝摇头，说："是爸爸在玩，他一天到晚玩这个，老是跟我抢电脑，讨厌。"

一会儿，饭做好了，海老头招呼海治国上桌，还开了瓶黄酒。叔侄俩随意聊着，天气、身体什么的。海治国朝海老头看，想说什么，犹豫着没说。过了一会儿，两杯酒下肚，没忍住，问："堂叔，听说，你也买股票了？"

海老头点头，说："稍微买了点。"

他说完，笑了笑。

海治国也笑笑，说："小来来，没啥。总归会涨的。"

海老头嗯了一声。

两人没再说话，各自低头喝了口酒。

海老头走到电脑前，拿出那碟光盘，塞进光驱。一会儿，游戏主屏幕便跳了出来。花花绿绿的。海老头拿鼠标点了"开始"键。

海老头的原始资金设定为五万块。

他买了几个蓝筹股，业绩和成长性都很好，还有丰厚的分红。几天工夫，市值就翻了一番。赚钱时，屏幕里会有无数张钞票从天而降，雪花似的，还有敲锣打鼓的声音，许多动画小人在那里咧开嘴笑，蹦蹦跳跳的，热闹极了——海老头很享受这一刻。

海老头每天都会玩到深夜。他觉得这样会影响女儿睡觉，索性把电脑搬到自己房间。海宝贝很不满意，说："爸爸，大人都不玩游戏的。"

海老头头也不抬地说："爸爸不是在玩，是在做正经事。"

海宝贝嘴巴撇了撇。

海老头眼睛不离屏幕，继续道："你不要以为爸爸是在玩，其实爸爸很紧张的——炒股票能不紧张吗？稍不留神就要输钱的，一步都不能错，你晓得吗？——唉，你不懂，讲给你听你也不懂——"

海宝贝嘿的一声。

海老头在键盘上一阵敲击，随即盯着屏幕，自言自语："这只股票是有点风险的，市盈率已经快两百了，不过题材好，业绩也好，应该会涨——啊！"他忽地停下，随即发出一声欢呼，"涨了涨了——你看是不是，涨停板！涨停板——爸爸的股票涨了，是不是——涨了——"

海老头激动地挥舞着双手，脸上泛着红光。

海宝贝皱着眉头朝父亲看了一会儿，打了个哈欠，离开了。

高秀梅在马路边的熟食店遇到海宝贝。海宝贝买了一根红肠、半斤腐竹花生，拿塑料袋包了，正要走，被高秀梅叫住："宝贝儿！"

海宝贝告诉高秀梅，家里没菜，她只好过来买熟菜。

高秀梅有些意外，海老头从来不在外面买熟菜的。"爸爸为什么不烧菜？"

"爸爸不是不烧——他炒个咸菜毛豆子，自己泡饭吃。他不让我吃，让我去拿盒饭。可是盒饭老早就没有了，爸爸他又不是不知道——"

高秀梅带海宝贝去菜场，买了肉、带鱼、鸡蛋，还有一些蔬菜。接着，两人一起回到家。海老头在电脑前玩游戏。高秀梅走进去，他微微一怔，说声"你来了"，又继续玩游戏。

高秀梅走进厨房，烧了红烧肉、清蒸带鱼、番茄炒蛋、苦瓜肉片。端出来，放在桌上。海宝贝拿起筷子便吃。高秀梅招呼海老头：

"哎，过来吃饭。"

海老头头也不抬："你们吃，你们吃——"

高秀梅走到他身边，说："吃饭。"海老头抬头看了她一眼，说："我晓得，你们先吃，我有要紧事。"高秀梅说："什么要紧事，打游戏是要紧事？"海老头嘿的一声："你怎么跟宝贝儿一样？——我这是打游戏吗？我跟你讲，我是在办正经事。你晓得我的五万块现在变成多少了？整整三十万了！三十万！"

高秀梅朝他看了一会儿，"啪"的一声，把电脑屏幕关了。

海老头先是一愣，随即又把电脑屏幕打开。

高秀梅板着脸朝他看。他头也不抬，鼠标嗒嗒地响着。半晌，高秀梅说：

"你就玩吧，宝贝儿的饭你也别管——"

海老头说："宝贝儿有盒饭。"高秀梅嘿的一声："哪里有盒饭，天上掉下来的？"海老头说："我存了钱的，不吃白不吃。"高秀梅哎哟一声，说："你脑子坏掉了？你股票还剩多少钱，不到五万哪里有盒饭吃？"海老头说："我有三十万——"

高秀梅有些惊诧了。

海老头指着屏幕，自顾自地说下去："喏，你自己看，是不是三十万？今天已经有点跌了，昨天还不止——"

他得意地朝高秀梅瞟了一眼。

高秀梅张大了嘴，朝他看。不敢置信地。她继而又朝海宝贝看去。海宝贝正津津有味地吃一块红烧肉，嘴上油光光的。高秀梅忽然觉得头有点疼，闷闷地疼。她使劲晃了一下头，看到电脑屏幕左上方那个六位数的金额。

海老头又玩了一会儿，心满意足地站起来，关掉电脑。

他瞟过桌上的菜，从厨房拿了个杯子，还有酒。自己倒了半杯。他夹了块番茄炒蛋，正要放进嘴里，眼睛瞟过一旁的海宝贝。忽地，海老头叫起来：

"呀，宝贝儿！——怎么不去吃盒饭？！"

海宝贝吓了一跳，差点把一块红烧肉生吞进肚。

海老头显得很气恼：

"跟你说过多少遍了，爸爸是存了钱的，不吃白不吃——要是不去拿，人家就会笑我是傻子，人家会说，海老头啊海老头，你简直是天下第一大傻瓜！——明天，明天一定要去拿，听见没有！嗯？"

六

很快便是冬天了。今年的冬天来得特别早，还不到阴历十一月，西北风便夹着枯叶呼啸而来，气势汹汹地，让人有些猝不及防。天地也倏然变了颜色，成了冷冷的水门汀的色调，好像只是一夜之间，被人拿刷子刷了上去。

高秀梅天天都到海老头家来。通常是上午，买了菜过来，烧好弄好，叮嘱海宝贝吃完后洗碗，吃剩下的菜盖上纱罩，晚上热一热，又是一顿。

海老头现在是离不开电脑了。除了吃喝拉撒，都坐在电脑前面。他的"账户"里已经是上千万了。海老头打游戏非常认真，那副架势，即便是天塌下来，也照样不管不顾。偶尔遇上游戏的间隙，他停下来，看一眼旁边的海宝贝，问：

"宝贝儿，去拿盒饭了吗？"

海宝贝说："拿了。"

海老头还不放心，又问："真的？真的拿了？"

海宝贝便有些不耐烦了，说："拿了就是拿了——骗你干什么？"

海老头嘿的一声，说："越来越没规矩了。"便又低头打游戏。

高秀梅隔几天便去社区医院拿药。——是海老头的中药，每天两服，要连喝一个月。有时碰到熟人，瞥见她手里的药，便会叹口气，说："怎么父女俩都——"高秀梅打断这些人的话头，说："老头子是一时糊涂了，吃两服药补补脑子就好了。"那些人笑笑，不说了。

偶尔还有人多嘴，问她跟侯老师的事。她便说："什么跟什么呀，侯老师都快结婚了，别瞎说。"

侯老师是真的又找了个对象。高秀梅向他明说——海老头要人照顾，她得每天给他做饭，还得照顾他那个傻女儿。侯老师很惊讶，说："你们并不是夫妻呀！"高秀梅说："不管是不是夫妻，我都要照顾他。"

侯老师看着她，半晌，点了点头，说："我晓得了。"

顾倩很想不通。"我从来没见过像你这么傻的女人，"她骂高秀梅，"你是不是喝过那个老头子的洗脚水了，把胃口喝坏了？否则你怎么会喜欢他那种一无是处的糟老头子？"

高秀梅笑笑。她现在还是每隔几天便到顾倩这里来一次，替她收拾屋子，扫地抹灰。顾倩给她钱，她不肯要。"等你以后有钱了再给我。"高秀梅晓得她做保险不容易，磨破了嘴皮子也做不成几单生意。每次过去，地上都是烟头和空啤酒罐。高秀梅想劝她，又不晓得该怎么说。

电视机开着，在放股市行情。高秀梅瞥一眼，便转过头不看。顾倩调了台，嘿的一声，说："再这样下去，上吊的都有。"高秀梅没吭声。

"你有什么打算？"临走时，顾倩问她。

高秀梅摇头。"小百姓一个，能有什么打算？走一步算一步呗。"

这天晚上，高秀梅带海老头父女俩去看电影。是一个东家给的票子，正好三张，本来预备一家三口去看的，临时有事，便把票给了高秀梅。

是美国大片《全民超人汉考克》，乒乒乓乓热闹得很。海宝贝看得挺开心。海老头却不甚起劲，眼皮耷拉着，哈欠一个接一个，像是要睡着了。高秀梅推推他，在他耳边说："要睡回家睡去，你晓得现在电影票多少钱一张？"海老头便干咳一声，坐得端正些。但撑不到一会儿，又是无精打采了。

从电影院出来，高秀梅说海老头：

"你自己看看你自己，活像个大烟鬼。——看电影呀，又不是让你受罪。"

海老头又打了个哈欠，说："走，回家，回家睡觉。"

公共汽车上，高秀梅和海老头坐一起。海老头朝着窗外，一声不吭地。两人都不说话。过了一会儿，高秀梅拿手肘轻轻撞他。

海老头转过身，问："怎么？"

高秀梅先是不答，看了他一会儿，忽道："我问你——你的生日是几号？"

"阴历二月初十。怎么了？"

"宝贝儿的呢？"

"九月三十日。"

"那我的呢？"

海老头想了想，说："你从来没说过。也不过生日，我怎么晓得？"

高秀梅笑笑，舒了口气，说："还好。"

海老头朝她看，道："我不傻。"高秀梅道："我没说你傻。"海老头道："那你还问东问西？"高秀梅笑笑："年纪大了，怕你得老年痴呆症。"

海老头嘿的一声："我清醒着呢。"高秀梅说："你清醒？好，我问你——现在股票多少点，你晓得吗？"海老头愣了愣，说："我不晓得，反正好得很。"高秀梅问："怎么个好法？"海老头说："只只股票都涨，我的股票尤其涨得好。"

高秀梅朝他看，心一横，道："宝贝儿的盒饭老早没了，你晓得吗？"海老头霍地看她，半晌才道："怎么没了？我存了钱的——"

高秀梅打断他，清清脆脆地道："不到五万了。不到五万就没盒饭了。"

海老头张大了嘴，朝她看，一句话也说不出来。脸上又是惊讶又是委屈，眼眶都有些微红了，硬憋着。高秀梅瞥见他额头的白发，被风吹得轻轻扬起，便不忍心，道："算了算了，不说了。"

车子到站。三人下了车，高秀梅和海老头父女是两个方向。

高秀梅走出几步，回头看，见海老头蹒蹒跚跚的背影，搀着个傻女儿，两人走路都有些外八字，腿分得很开，像鸭子踱步。路灯把两人的影子拖得老长，一会儿，又缩成一个点。这么长长短短的，不停地变化。

高秀梅看着，不觉叹了口气。

海老头在银行门口站着，看对面的证券公司。人越来越少了。卖报纸的小贩生意也冷清了许多。中午吃饭时，海老头去了证券公司一趟，把资金卡塞进交易机，输了密码。屏幕上跳出一个数字。

海老头把卡拿出来，面无表情地。继而缓缓走了出去。

海治国几天没见到小石头了。车间主任接到公安局的通知，说小石头在银行前抢了一个女人的包，被拘留了。大家午休时，聊起这件事，都说小石头一直吵嚷着要捞偏门，原来是真的。这小子，真是疯了。

小石头判刑那天，海治国到法院听审。小石头剃了个光头，真的像块石头了。审判长宣判时，小石头的脑袋耷拉着，脸上没什么表情，不知是傻了，还是早有心理准备。那一瞬，海治国忽地想起小石头刚进厂时青青涩涩的模样，心里不由得一阵发酸。

几天后，海治国接到高秀梅的电话。——海老头病倒了。是中风。

海治国赶过去，海老头躺在床上，不能说话不能动。只剩眼珠子在转，嘴里"咿咿呀呀"不知说些什么。高秀梅顺着他的目光看去，是五斗橱——上面放着一张资金卡、一张银行卡。

高秀梅送海治国出去，走到楼梯口，忽道："你有多少钱？"

海治国一怔。高秀梅飞快地说下去：

"我的钱全在股市里，剩下不到两万，你要是有钱，就借个一万两万，加上老头子的，应该能凑到五万——"

海治国惊讶地朝她看。

"其实也是存银行，不会少你一分钱，就当做好事——积德的。"

高秀梅说到这里，笑了笑。随即低下头去。

海宝贝去证券公司拿了盒饭，回到家，给海老头看。海老头身体不能动弹，眼睛却很尖，看到宝贝儿手里的盒饭，眼里顿时便有了光芒。

高秀梅在一旁道："所以说呀，股票这东西就是考验人的耐性，只要捂得住，总有一天会翻本。你看是不是，才几个礼拜工夫，就涨上去了。"

海老头朝她看。

高秀梅道："怎么，你不信？"

海老头眨了两下眼睛。

高秀梅道："你要是不信,我就带你去看。"

高秀梅把海治国叫来。海治国背海老头下楼,到了楼下,高秀梅借来一辆轮椅,扶海老头坐上去。两人推着海老头,来到证券公司。把资金卡塞进交易机。海治国问:"堂叔,密码是不是妹妹的生日?"

海老头眨了眨眼睛。

输了密码。屏幕上跳出一个数字。

海老头有些看不清楚,很着急。高秀梅便扶着他,凑上去看。海老头瞥见那个数字,一时间,眼里的光芒更盛了。高秀梅说:"看,是涨了吧?"

海老头嘴角歪了歪。他应该是想笑的,但肌肉僵着,有些吃力。海治国和高秀梅都看着他笑。海老头似是有些不好意思,眼睛看着地下,头微微侧着,扭扭捏捏的。像个孩子。

高秀梅写了张借条给海治国。海治国不肯收。高秀梅说,亲兄弟明算账,这不能乱的。海治国说,又不是十万八万,穷光蛋一个,写什么借条。高秀梅说,就是穷光蛋才要写,你要是百万富翁,我肯定不写了,赖掉了。

两人都笑了笑。

高秀梅问他,怎么还不结婚?海治国嘿的一声,说:"谁嫁我?连外来妹都嫌弃我。"他说着,耸耸肩,吸了吸鼻子。

高秀梅说:"我觉得你挺好。"海治国说:"那就给我介绍一个，到时候十八只蹄髈少不了你的。"高秀梅说："介绍没问题，就怕你看不上。"海治国道："我会看不上？再这样下去，就是母猪我也要了。"

海治国说完，嘿的一笑。随即又摇了摇头。

高秀梅说："你这是缘分没到。"海治国加上一句："还有财运，也没到。"高秀梅笑笑，说："不光是你，我也没到。"海治国叹了口气，说："人人想发财，可惜财神菩萨来了就走，谁也不给面子。"高秀梅说："就是呢——其实再想想，亏的也不止我们几个，全国这么多人呢，也就心平了。"

过了一会儿，海治国道："还是老话说得好，天上不会掉馅饼。"

冬去春来。又是一年了。

顾倩又找了个"老头子"。五十多岁，矮矮胖胖的，肚皮像怀孕七个月的女人，前额全秃了，模样不及前面那个精神，但也很有派头，夹个大哥大包，皮鞋踩在地上噔噔地响。

顾倩又搬家了。她如愿搬到古北的一套别墅。这回房产证上加了她的名字。

顾倩似是觉得有些难为情，翻来覆去地对高秀梅说："你晓得的，我就是这样的人，吃不起苦，也挨不得穷——"

高秀梅说："我晓得我晓得。各人有各人的福气。只要你觉得好，就好。"

顾倩让高秀梅跟她走，吃住都在一起，每个月一千两百块。高秀梅推辞了，顾倩拗不过她，说她是牛脾气。

高秀梅替她收拾东西。老头子的黑色奔驰就停在楼下。高秀梅帮她拎包，两人缓缓地下楼。到了楼下，顾倩忽地转过身，道：

"高秀梅，你是个好人。"

她这么认真地说来，高秀梅倒吓了一跳，不好意思了："什么呀——"

"真的，你是个好人。"顾倩又说了一遍。

顾倩走了，留下一堆不穿的衣服给她。高秀梅拿袋子包了，照例又捧到海宝贝那里，说："宝贝儿，你先挑。"

海宝贝嘻嘻哈哈地挑了几件颜色鲜艳的。

海老头躺在床上。这阵子他已好了很多。身体也能微微动弹了。高秀梅帮他把枕头垫高，扶他坐起来。又把窗帘拉开，打开窗户。

"看呀，今天天气不错。"她道。

海老头侧头，朝外看去。

"有没有闻到栀子花的香味？"高秀梅问，"你闻，是不是？很淡很淡，跟着风一起飘进来的。"

海老头鼻翼微动，似是在努力地闻。

高秀梅冲了杯蜂蜜水，坐在床边，一勺一勺舀给他喝。

"总是躺着不动，要多喝蜂蜜水，大便才会畅通。"

海老头看着她，眨也不眨地。

高秀梅与他目光相接，微微一笑。

海宝贝在一旁试穿衣服。一件接着一件。兴致勃勃地。海老头和高秀梅看着她。海宝贝头上的蝴蝶结，在镜子前欢快地跳动着，夹着空气里栀子花的香味，真像一只蝴蝶了。海宝贝瞥见镜子里的自己，很满意，随即咯咯地笑了。

海老头看着，也跟着笑。他的笑，在脸上慢慢聚拢来，随即一点一点漾开，抖抖地，露出两排微黄的牙齿，万分吃力地，却又是充满希望地。

又见雷雨

又
见
雷
雨

　　清晨六点，阳光从窗帘缝里漏进一缕，延伸开来，先是窗台，
再是地板，随即又爬上张一伟的脸，从额角到下巴，细细长长，像粉
笔画的一道。认识他八年了，郑苹还是第一次离他这么近，看得这么
仔细。男人长了张圆脸，皮肤又白净，多少缺些英武气。所以他留了
络腮胡子。过了一夜，胡子越发浓密了。郑苹起身拿来剃须刀，涂上
泡沫，替他刮胡子。小心翼翼地，连下巴与头颈接缝那样难处理的地
方，也刮得干干净净。他动也不动，任凭她摆布。刮完了，她又拿自
己的润肤露，替他薄薄打上一层，免得皮肤发涩。

　　她朝他看。这么一番折腾，他依然是不醒。

　　"是睡着了，还是昏过去了？"她凑近他，往他耳里哈着热气，
手指在他脖子上轻轻挠着。他没忍住，扑哧一笑，随即一把抓住她的

手。她另一只手去搔他腰眼，他呵呵笑着，将那只手也抓住。随即在她嘴上亲了一下。她朝他看，忽地，很严肃地道：

"过来，让我吃一记耳光。"

他一怔："什么？"

"这些年，你让我受的委屈，一记耳光便宜你了。"她正色道。

他把脸凑过去，"打吧。"

她举起手，高高扬起，轻轻落下，嘻的一声，按在他脸上，捋了捋。"算打过了，"她自说自话地点头，"——以后不可以了，晓得吧？"

他看了她一会儿，那一瞬忽有些心酸，抓过她那只手，放在自己掌心里，"其实我不值得你这样，"他道，"你是个好女孩。"

"这年头，好女孩都喜欢坏男人，"她叹道，"没法子的事。"

吃早饭时，郑苹接到维修铺小弟的电话，说手机修好了，让她有空去拿。郑苹答应了，说今天就去。挂掉电话，兴冲冲地告诉张一伟："我爸那只手机修好了。"张一伟道："那么老的手机，还能修？"郑苹道："修是不难的，就是利太薄没人肯修，亏得老耿有个亲戚在手机店。蛮快，前天刚送过去，今天就修好了。"张一伟替她庆幸："好险，这个手机要是修不好，难保你不去跳黄浦江。"郑苹在他背上拍了一下，嗔道："没那么夸张。"

手机是父亲的遗物。八年来郑苹一直用这个手机。她曾把手机里的视频给张一伟看——父女俩在草地上搭帐篷，因是刚买的帐篷，不怎么会弄，两人嘻嘻哈哈折腾了半天，郑母在镜头这边数落他们"笨手笨脚，有这工夫，人家房子都造好了"。那天风很大，图像有些抖，呼呼的风声，比说话声还大。这是郑苹与父亲最后一次合影。之后不到两周，父亲就去世了。手机摔过几次，有点故障，上不了网，视频和照片都导不出来，郑苹只能把手机带在身上，想念父亲的时候便拿出来看。手机上了年头，隔三岔五便出状况。但通常是小毛病，凑合着能用。这次大修是因为前天跟周游吵了一架，激动时随手拿起手机便朝他抢去，砸在墙壁再掉下来，摔个稀烂。

"没跟他拼命？"张一伟问。

"他贱命一条，宰了他我还要抵命，不值得。"

"为了什么？"他朝她看，"还动手？"

"社里的事，你也晓得，搞艺术和满身铜臭的人，总归说不到一块去，"她岔开话题，"昨晚的事，——后悔吗？"

他笑起来，"这话应该男人问女人才对。"

"我不后悔，这你八年前就该晓得了。"

"女人都不后悔，男人说后悔就忒不上路了。"

"主要是昨晚大家都喝醉了。否则我也不问了。"

"酒醉三分醒。"

"那又怎么样？什么意思，我不懂。"

"再说下去就少儿不宜了。"他一把搂住她的肩膀。

郑苹不喜欢他说话的语气。人还在床上呢，就算撇清，也该有些过渡才是。没一句话超过三两，都是轻飘飘的。——其实也是意料之中。她和他之间，始终是隔了些什么。八年前，同一天，同一个殡仪馆，她的父亲，还有他的父亲。那是郑苹第二次见到张一伟。她也不知道怎么会踱到那里。一间间过去，哭声是会重叠的，这边已入尾声，渐渐隐去，这边又掀起一阵，原先那些还未退尽，低低和着，又过一阵，又不知哪里的哭声掺杂进来，衬托得这边更加层次分明。哭声不同笑声，笑的人一多，便觉得烦，自顾自的节奏；哭声却是往里收的，一两个人哭不成气候，哭的人多了，悄无声息地蔓延开，是另一种沉着的气势。郑苹到的时候，张一伟父亲已经推去火化了，张一伟母亲被几个亲戚拥着坐在一边。一个十八九岁的少年站在角落里低声啜泣。郑苹之前与他见过一面，是周游父亲安排的，请两位遗孀出来相谈。那天郑苹与张一伟面对面坐着，大人在桌子那边谈事，他们静静坐着。有人给他们倒上饮料，郑苹喝了一口，张一伟碰都没碰。车祸是由于张父过马路闯红灯，周父开车送周游去学校，经过时避让不及，车冲上非机动车道，又把骑车的郑父撞倒。郑父当场死亡，张父送到医院急救无效，当晚去世。走路的、骑车的，都死了，按法律规定，即便事故原因与周父无关，机动车司机也必须承担相应责任。周父花了些工夫打点，很快便全身而退。至于两家的赔偿金，他开出了一个相当不错的数目。郑母不作声。张母还未开口，张一伟已站起来："我不要钱，把爸爸还给我。"说完走到周父面前，霍地亮出一把水果刀，直直朝他胸口刺去。周父没提防，竟被他刺个正着。送到医院急救，医生说再往左边偏半寸，命就没了。追悼会上，周父给两家都送了花圈，人没到场。那天张一伟倒是表现得很平和，郑苹在门口静静看了他一会儿，想，这人和自己一样，都没了爸爸。郑苹看到他的眼泪，始终在眼眶里打转，却不落下来。本已平息下来的悲恸，那瞬间又被勾起来。替自己，也替这个少年。

窗台上放着一罐纸鹤。是郑苹八年前叠的。花了整整一周的时间，在张一伟十九岁生日那天送给他，里面还附了张卡片："做朋友好吗？"——结果被张一伟连东西带卡片退了回来。那天恰恰是郑苹动身去英国读高中的日子，行李都搬上车了，当着郑母和周家父子的面，张一伟放下东西就走。郑苹也不说话，面无表情地把纸鹤塞进包里。这事后来被郑母一直挂在嘴上，说郑苹你这样的人还会叠纸鹤啊，不像你的风格，做手榴弹土炸药倒还差不多。

他看见纸鹤，先是一怔，应该是想起了当年的事。随即瞥见郑苹的目光，停顿一下："现在送给我，行吗？"郑苹摇头："送给你不要，现在又来讨。"他笑笑："男人都是贱骨头。"郑苹嘿的一声："喜欢就拿去吧。"停了停，又问他，"现在，你当我是朋友了吗？"

"不是朋友是什么？"他反问。

"不晓得，"她老老实实地道，"我总觉得你一直都挺恨我。"

"就算恨，也是恨周游他爸。恨你干吗？"

"因为我妈嫁给周游他爸了，所以你恨我也不是一点没道理。"

"那，就算是爱恨交织吧。"他想了想，"其实，应该说是'同病相怜'更恰当。——同一天成了没爸的孩子。"

"所以啊，我们更要对彼此好一点，"郑苹一本正经地，"我们都是受过伤的小孩。别人不疼我们没关系，我们要自己疼自己。——天底下没有比我们更合适在一起的人了。"

有八年前的教训，她故意扮傻大姐，把真话说得像傻话。这样即便被他弹回去，也好少些尴尬。她以为他听了会笑。谁知他只是低下头吃盘里的煎蛋，像是走神了。她等了他一会儿。女孩子这么说，男人一点表示没有。多少有些难为情。郑苹打开收音机，尖锐的女声陡地跳出来，"我爱他，轰轰烈烈最疯狂；我的梦狠狠碎过却不会忘——"

吃完早饭，张一伟先走了。郑苹奔到阳台，本想喊他回来带把伞，今天说是有雷阵雨。但这男人走得匆忙，连背影也是义无反顾。郑苹便有些气不过。老夫老妻也就罢了，怎么说也是第一次留下过夜，一步三回头也在情理之中。可他的脚步毫无留恋。直到他走出小区，郑苹才回屋。收拾一下，上网看微博。

照例在搜索栏里打入关键词"郑寅生，雷雨"。一条条看下去。大多都是老话，"民营话剧社进驻上海大剧院小剧场""场景漂亮，演员演技好"，也有人说"一张票送一大盒费列罗，差不多就值回一半票价了。人家亏本赚吆喝，我们乐得捧场"。往下翻，有人说："那个演鲁贵的演员，长得像唐国强，好像以前也有点名气的，怎么会让他演鲁贵？"下面跟着一长串评论，有人说："没错，这人一看就是正义凛然的那种，演鲁贵看着真别扭，他每次低声下气地跟在周朴园边上说话，我都想笑，感觉他像个潜伏在资本家身边的地下党。反倒是那个演周朴园的，看上去獐头鼠目，一点也不像大资本家。也不晓得是怎么选的角！"也有人反驳"谁说长得像唐国强就不能演坏人？好人坏人从脸上能看得出来吗？再说周朴园也不是好人啊。照我说，让他演鲁贵才好呢，老是本色出演有什么意思，反差越大越是能考验演技"。又往下看了几页，与前阵子一样，许多微博说的都是"鲁贵"，一边倒地认为这演员与以往的"鲁贵"似乎有很大不同。

上月《雷雨》刚上演时，有记者采访郑苹，说作为一家民营话剧社，能入驻大剧院演出实属不易。而且在营销上别出心裁，比如母亲节那场送康乃馨，凭票根参加抽奖，有咖啡券、电影票、联华OK卡、双飞自由行……特等奖甚至是一辆小轿车。"网上有您亲自颁奖的视频。您觉得，这次话剧演出之所以大获成功，是否与这些营销手段有关？还有，成本预算方面，您是怎么控制的，说得更明确些，您不怕亏本吗？"记者口气里难掩好奇。郑苹回答得很简单："说句实话，我办这个话剧社，不是为了赚钱，至于亏本，大家也不必替我担心。我有赞助。那些营销策略，都是别人替我想出来的，我只管排话剧，其他事情统统不管。"记者又问起骆以达："有趣的是，十年前在上海人艺演出的那场《雷雨》，骆老师扮演的是周朴园。时至今日，他竟然演起了鲁贵，来了个一百八十度大逆转。请问，您是如何请到他加盟的？又为什么想到让他来扮演鲁贵？是一种噱头吗？"郑苹没有正面回答，只是笑笑："你说是噱头，——那就算是吧。"记者最后问："你们话剧社叫'郑寅生话剧社'，请问，'郑寅生'是谁，以他命名有特别意义吗？"郑苹如实相告："郑寅生是我父亲，他生前也是个话剧演员。"

关于抽奖的事，郑苹很早就对周游表示了不满："玩得太过了，连公交车上都是《雷雨》的广告，你看过哪个话剧搞这么大？送电影票、咖啡券也就算了，你还给我弄辆小轿车出来，怎么不送别墅送游艇？"周游说："我就是怕搞得太大，所以才没这么干。别墅有现成的，你要是答应，下次我就直接去三亚买游艇了。"郑苹无语，对付这样的纨绔子弟，话一定要往狠里说，"我非常不喜欢这样，"郑苹明确告诉他，"别学你爸捧戏子，他那是老一代的做派，八百年前就过时了。"周游说："我不捧戏子，我只捧你。你是戏子吗？你是艺术总监。"郑苹道："我不是我妈，别说游艇，你就是买飞机也没戏。"周游照例笑笑，不妥协，也不跟她真吵。八年来，两人像亲戚，又像朋友。周游跟她同岁，月份稍大些，初见面那阵客客气气，有些半路兄妹的味道，后来熟了，就比亲兄妹还随便，说话行事游离于自己人和外头人之间，好起来无所顾忌，狠起来又是剥皮拆骨。当然这主要是郑苹单方面对周游，尤其是郑母刚嫁给周父那阵，面上看着无异，心里只当他是半个仇人，眼神都是夹枪带棒。说起来还是周游难得，待郑苹就不用说了，对郑母也是不错，按理说十几岁的少年，对后母要些刁也在情理之中，偏偏他这层看得极开。他曾对郑苹半开玩笑地说，我爸是多情种子，这点我随他。郑苹只当听不懂："你爸讨三个老婆，你也随他？"他道："就算讨三个老婆，你也是最后白头到老的那个。"郑苹嘴上照例又是一顿揶揄，心里晓得这话不假。她在英国读书那几年，他每隔两个月便飞去看她。她回国办话剧社，是他给她张罗，人脉上资金上，料理得妥妥当当。连话剧社门厅正中那幅山水画，也是他周少爷的真迹。"换了别人，一百万求我一幅，我都不肯。——你自己要拎得清。"周游从小习画，这几年因为跟着父亲学生意，便搁下了。在别人面前，他是少东家太子爷，唯独对着郑苹，就成了喽啰跟班。抽奖那事，连他父亲都有些看不下去了，吃饭时半真半假地训他，说："总经理我另外找人当，下次调你去营销部，看你是把好手。"以郑苹的性格，贴心贴肺的朋友不多。周游算是仅有的一个。愈是这样，说话便愈是不讲究，心里想的便是嘴里说的，一点不加工。也亏得他才忍受得住。他也惯了，好的坏的，中听的不中听的，都当补药吃。从不与她较真。唯独前天那次，他不知怎的，竟动了真性子。话越说越僵。

"张一伟要是真的喜欢你，我把头割下来当球踢。"

"他不喜欢我，干吗跟我在一起？"

"说了你要生气。"

"我不生气，你说。"

"其实我不说你也晓得，这些年他明里暗里搞的小动作，加起来都有一箩筐了。在检察院当了个小办事员，就人五人六起来。他也不想想，我爸要真跟他顶真，单凭八年前那一刀，他早就进大牢了。"

"这跟我有关系吗？"郑苹打断他，"说重点。"

"怎么没关系，你妈嫁给我爸，你就是半个姓周的，在那家伙眼里，你跟我们是一伙的。"

"那又怎么样？"郑苹好笑，"所以他想要始乱终弃，或者，先奸后杀？"

周游叹了口气，"郑苹你就装傻吧。智商135的人，装35，不累吗？非要我把话说得那么明白是不是？那好，我一条条列给你听。先说那个姓王的女人，是他介绍进来当会计的吧？你也真是到位，二话不说就把老刘给辞了，给人家腾地方。他是变着法子来查账，你不知

218

道吗？亏得现在是没事，要是真有些什么，我爸、我，还有你，统统都要吃牢饭。"

"你都说了没事，那怕什么？"郑苹冲他一句。

"还有他妈，淋巴癌晚期，是你自己说的，三个礼拜化疗一次，每次打两支'美罗华'，一支两万多。丙种球蛋白，营养针，五百多一支，两三天就要打一支。八年了，他早不找你，晚不找你，偏偏挑这个时候找你。为什么？难不成找人要结婚冲喜？本来这也没什么，男人玩女人要花钱，女人玩男人当然也要花钱，我找个小明星睡一晚几十万，你给他妈住贵宾病房，大家都是花钱找乐子，什么玩不是玩，是吧？可你要是来真的，就没意思了。"

"还有呢？"郑苹朝他看，"说下去。"

"是你让我说的，"周游犹豫了一下，没忍住，"也好，索性我给你兜头浇盆冷水，让你彻底清醒——男人嘛，就那么回事，追了他那么多年，顺风篷也扯得差不多了，见好就收。你长得不难看，身材也过得去，又是自己送上门，这么便宜的事，不要白不要。"

手机就是那个时候砸坏的。周游的额头也撞出个桂圆大小的包。事后郑苹多少有些后悔，吵就吵了，还动手，又不是小孩子。况且愈是这样，便愈显得自己心虚。该一笑了之才是。一股邪气因那人而起，竟全出在周游身上。郑苹又想起前一日晚上，她和张一伟都醉了，他先送她回家，到了她家门口，她邀他进去坐坐。他没拒绝。

两人坐在沙发上看电视，他伸手去解她的衬衫扣子，她问："你喜欢我吗？"两人都醉得很厉害，脑筋跟不上手，耳朵跟不上嘴。她完全不记得他是怎么回答的，怎么想也想不起来。只记得墙上的挂钟"嗒嗒"地走着。是时间流动的声音。此刻不知怎的，那句话忽然一下子从某个角落蹦了出来。——那时，他大着舌头，贴着她的耳朵，轻声道：

"我说喜欢你，你信吗？"

上午九点，郑苹来到社里。"郑寅生话剧社"位于卢湾区与徐汇区的交界处，闹中取静的一条街道，二层楼的小洋房，门前铺了满地的梧桐叶，车马不兴。阳光从密密的树荫漏下来，过滤掉表面那层焦灼，硬生生拉下几分热度，也不觉得十分难熬。与陕西路口的环贸广场只隔了两条马路，那边人声鼎沸，这边却静得仿佛另一个世界。连踩在梧桐叶上沙沙的声音，也似透着几分空灵，隐隐有回声。

桌上放了豆浆油条，照例又是老耿买的——就是《雷雨》里演周朴园的那位。老耿去年签的约，其他演员只有排练时才来社里，他则是天天准时报到。在路口的点心铺吃完早饭，再替郑苹带一份。初时郑苹让他演周朴园，他只当自己听错了，及至剧本送到手里，才知是真的。老耿今年五十多岁，演了三十年的戏，从没台词的小龙套，到现在依然是面熟但又令人觉得陌生的配角，心态倒也不坏。他早年离婚，一直没再娶，无儿无女，回到家也是孑然一身，倒不如在戏台上混，短短一两个小时，便历尽人生，白云苍狗，那些生活里没尝过的滋味，戏台上全尝了个遍。演过儿孙满堂，也演过人间帝王。角色虽说是假的，投入的感情却是真的。演戏的时间加起来也有小半个人生了，老耿想得很穿，就算活八十年，实打实的二十年在台上，那假的也成真的了。台下倘有五分不如意，与台上那些凑一凑，便可减去一两分。

郑苹边吃早饭，边与老耿聊天。晚上是最后一场《雷雨》。"耿叔这段时间辛苦了，总算能休息一阵了，"郑苹捧了个场，"您演得好。"老耿摇头："千万别这么说，我都觉得对不住您呢，看网上那些评论，我都恨不得找个地洞钻下去。"

"演得再棒，也不可能人人都说好。"

"形象差太远。周朴园要是长成我这样，四凤她妈和繁漪就是两个近视眼。"

郑苹笑起来："那也不一定。剧本上又没说周朴园长得有多英俊，关键还是要靠演技。"

"我知道您的想法，是想辟条新路子，其实偶尔玩个新鲜还行，时间一久，什么角色该什么人演，还是有一定路数。演戏就是演戏，天生一张主角的脸，就得演主角，配角也是一样。都说人不可貌相，可这世上，以貌取人的多了去了。久而久之，就成道理了。"老耿是正宗上海人，可一口京片子抑扬顿挫，甚是好听。

"别老是称呼我'您'，我比您小了两轮都不止。"郑苹道，"我看过您的简历，您一九五九年生的，比我爸还大三岁。"

"我知道你爸，以前市里开会碰到过两次。挺可惜。"老耿叹道。

郑苹沉默了一下。"那天采访我的记者，他知道骆以达，说十年前骆以达演的是周朴园，可他却不知道郑寅生是谁。其实当年那张《雷雨》的海报上，就有郑寅生的名字——我爸演的是鲁贵。"郑苹说到这里停下来，瞥见老耿并不意外的神情，便有些后悔说这个。笑笑，拿起杯子，让老耿："耿叔您喝茶。"

老耿换了个话题："您母亲今晚上场，准能掀个小高潮。"

"十年前的繁漪，谁还记得？"郑苹嘿的一声，"都是周游爸爸想出来的噱头，说把这一场的票房收入全捐出去，再请些社会名流捧场。其实就是给自己挣名气，没意思。"

"您还年轻，不晓得您母亲当年的风头。说是'风华绝代'也不过分啊。"

正说着，郑苹手机响了。她接起来，是周父："苹苹，过来帮你妈挑旗袍，晚上穿的。"郑苹答应了。走到外面，有些起风了，夹杂着热乎乎的黏人的湿气。天气预报说有雷阵雨，看样子不假。路上很顺，一会儿便到了。走进去，郑苹在换衣服，周父坐在沙发上看报纸。郑苹叫了声"周伯伯"，瞥见店员一旁候着，手里拿着几套旗袍。

郑母穿着一袭墨绿色的旗袍走出来。五十来岁的人了，身材依然保养得当，薄施脂粉，长发松松地扎起来，在顶上盘个髻。见女儿来了，照例是懒懒的神情，眼角一夹，并不停留。在周父面前转了个身，问他"怎么样"。周父连声称赞："这套比刚才那套还要好。"随即对郑苹道，"我还有个会，你陪陪你妈，差不多就定下来，反正她穿什么都好看。"郑苹还没说话，郑母已是轻轻哼了一声："男人就是这样，嘴上功夫。"周父笑道："怎么是嘴上功夫呢，我可陪了你半日了。——苹苹，"又转向郑苹，"挑完衣服再陪你妈去恒隆逛一圈，卡地亚或是宝格丽，把晚上的首饰也定一定。"

店员送上茶水。郑苹坐下来，挑了本画报。郑母也坐了下来："怎么样？"郑苹头也不抬："不是说了吗，你穿什么都好看。"郑母不作声，喝了口茶，拿出化妆盒，补粉。

"昨晚留那姓张的过夜了？"她拿粉扑在脸上轻按。

郑苹一怔，还未开口，郑母径直说下去："不是周游说的，别冤枉人家。"

"那是谁？"郑苹问。

"没人说，我就不知道了吗？"郑母收好化妆盒，"下午把人叫过来，跟我再对一遍。"

"昨天不是排过了？"

"十年没演了，还是再排一遍的好。省得丢你的脸。"

"你怎么会丢我的脸呢？"郑苹似笑非笑，"您可不是一般人。"

郑母淡淡地："你走吧，该干吗干吗去，我不用你陪。"

"好，"郑苹停顿一下，"要我打电话把骆以达叫过来陪你吃午饭吗？"

郑母朝女儿看了一眼。"我自己会打。谢谢。"

"有一阵子没去他那儿了，怎么，吵架了？还是他毒瘾太大，看不下去？"郑苹叹了口气，"其实妈你也该劝劝他的，前天跟他见面，一条手臂伸出来，全是针眼，让人看了多不好。台上化了装不觉得，面对面站着，瘦得跟个骷髅差不多。啧啧，也作孽。他这副样子，再过一阵，连鲁贵都演不成了。只能演赤佬（鬼）。"郑苹说完，拿起茶喝了一口。

郑母目光投向窗外："不用你操心。"

"我怎么能不操心呢？"郑苹叹道，"你是我亲妈又不是晚娘，妈在外面找相好的，做女儿的多少也要出点力。我也算是不错的了，又给他工作，又给他钱，隔三岔五还去看他，上个月生病了还陪夜——亲生女儿都没我这么道地。"

"差不多了。"郑母提醒她。

"其实有时候想想，真的挺有意思。撞死我爸的人，成了我的后爸。我妈的姘头，我好茶好饭地侍候着，一口一个'叔叔'，叫得比自己老爸还亲。下午有人夸你是'风华绝代'，想想还真是这样。要不然这么复杂的关系，除了妈你，还有谁可以处理得这么一团和气，你好我好大家好，跟一家人似的。我爸在天上看了，肯定也特别欣慰。"

"别总是一副欠你多还你少的神情，"郑母说女儿，"你也不是天使。"

"我知道，但至少不是狗屎。"

"那张照片是谁拍的？"郑母朝她看，忽道。

"又来了，"郑苹嘿的一声，"说了很多遍了，不是我。"

"你爸去世没几天，照片就到了他领导手里。你逼得他走投无路，工作没了，老婆跑了，每个人都戳着脊梁骨骂他。你把他逼到绝路上了，他才会去吸毒——那时候你才几岁啊，二十岁都不到，郑苹你才不是一般人。"

"你是他什么人？"郑苹不客气地问母亲，"你替他抱屈，那我爸呢，谁来替他抱屈？姓骆的再怎么样，总归还活着，可我爸死得那么惨，是谁害的？"

"你说是谁害的？"郑母摇头，"我本来不想跟你吵的，可你这个小神经隔一阵就要发作一次，比来例假还准时。"郑母冷冷地看她，"是谁打电话让你爸去城隍庙买小笼包？他要不是特地跑去买小

225

笼包，能走那条路吗？他不走那条路，会撞上车祸吗？啊？"

"我为什么要打那个电话？"郑苹望着母亲，一字一句地，"因为，你和姓骆的在床上做不要脸的事，我怕他见了伤心，才故意让他绕路去买小笼。如果我知道走那条路会遇到车祸，我怎么可能会打电话给他？就让他回来看见你轧姘头吧，哪怕再伤心，至少不会送命。"

郑母把茶杯重重一放，水泼出来，沿着桌角流下去，滴滴答答。

店员上前擦拭。母女俩沉默着。店员退下去。郑母先是不语，随即幽幽地说了句"看样子恋爱谈得不太顺利"，走进更衣室。再出来，郑苹已不在了。

郑母缓缓走到镜子前，望着里面的自己。旗袍将身形衬得极好。她腰细，但髋部有些大，穿别的衣服一般，唯独旗袍是最合适的。所以正式场合她通常是穿旗袍。家里的旗袍加起来，不下二十件。她记得初时与他交往时，他便说她"天生就该演繁漪"，说她是那种民国女子的气质，中西合璧、内外兼修，静若处子，动若脱兔。他说了一连串的成语，惹得她笑个不止。她与他，还有郑寅生，是大学同窗。毕业后都分到人艺。八十年代，看话剧的人多，最鼎盛的时候，她走在路上，都有人叫她"繁漪"，那时的粉丝还比较含蓄，通常是叫一声，便在旁边看着，恭恭敬敬的。她与他，被人称作"金童玉女"，台上搭档，台下也是搭档。她以为嫁给他是早晚的事。但结果不是。

他妈妈不喜欢他找个圈内的妻子,反对得很厉害。他要做孝子,便跟她分了手。他很快结了婚,办喜事那天,她喝了农药。遗书上写"我先走了,来世再给你一次机会,如果你还是这样,那来世的来世,就不用见了。"她就是这样的脾性。农药分量下得很重,差点就救不回来了。嫁给郑寅生,一是因为这男人从大学时便对她用心,鞍前马后的,二来鬼门关走了一圈,多少有些心灰意冷,想着人生不过数十载,得过且过吧。婚后第二年,便有了郑苹。她以为自己会怨他一辈子,最恼的那阵,单只听到"骆以达"这三个字,便要绕道行。爱得愈深,恨起来也愈深。但后来的事,让她晓得恨与爱一样都不容易。恨他的那个,是嘴上的她,可心里的那个她,依然是爱得他入心入肺。他身上有磁石,与她刚好是正负极,只要过了安全距离,自然而然便会吸在一起。这是她的命。让她顾不上去考虑是对是错。床照那事捅开后,他和她走到哪里,背后都有人指指点点,都是有家有室的,更何况她还刚死了男人。照片拍得很露骨,脸和身子都清清楚楚。那阵子,在众人的眼里,她与他,就是潘金莲与西门庆。她不理会,对他道:只要你一句话,我马上就嫁给你。他有些抖豁:你不怕?她道,只要你不怕,我就不怕。她说这话时,其实已经猜到了他的答案。果然,他又一次退缩了。她这次倒是表现得很平静,连一滴眼泪都没落。几个月后便嫁给了周父。她与他是缘分,可谁又能说她与周父便不是缘分呢?那几年什么都变得快,今天这样,明天便是那样，心思分分钟都在活动。戏台上那些小精彩，渐渐便打动不了人心了。进剧院的人少得可怜。可只要有她的戏，台下人数总是能保证的。那男人是她的超级粉丝，放在过去，就是包她的场，往台上扔金戒指的那种人。她都不晓得他在她身上到底花了多少心思和金钱。嫁给他后，她甚至还问过他："我男人不会是你故意撞死的吧？"他瞥见她认真的神情，一时竟不知说什么好。"这就是缘分。你是演员，台上演的就是无巧不成书。难道还不信这个？"

郑苹车开出一段，便停在路边。下车抽了支烟。读大学时抽过一阵，后来戒了，不太彻底，但至少瘾是没了。可此刻，她迫切地需要一支烟。头疼得厉害。从英国回来后，她便搬出去独住，借此减少与母亲见面的机会。到底是成年人了，老是吵架不合适，不吵又忍不住，索性不见面干净。记得上次吵架，还是一两个月前的事了。母女俩吵架有固定的路线图。话题不管是什么由头，走向都是一样的，三言两语，七拐八绕，总会到达那个点。——那个要命的点。

空中传来一阵阵闷雷声，眼看着要下雨了。八年前，也是这样的天气。那天她在楼梯口给父亲打电话，闪电一道接着一道，响雷就像打在人的头顶。她回家换衣服，恰恰看见了母亲和骆以达在床上的那幕。她第一反应就是，不能让父亲见到。她给父亲打电话，问他在哪里，父亲说二十分钟后就到家。她谎称想吃松鹤楼的小笼，让父亲去城隍庙买。——郑苹每次想到这些，心里便会一阵抽紧，疼得整个人都要散架似的。母亲说得没错，如果没有那个电话，父亲不会死。她无数次在梦里把那天的情景重演，她没有回家，也没有看见母亲和骆以达，没有打电话，父亲也没有死。她整夜整夜地做梦，一会儿笑，一会儿哭，醒来时整个人都是空的。这些年，她对母亲有多恨，其实便是对自己有多恨。

旁边驶过一辆公交车，缓缓靠站。车身上是巨幅的《雷雨》海报，浓墨重彩的色调，"繁漪"占了大半的位置。端坐着，红唇雪肤，细眉入鬓，眼神冷傲中带了三分漠然。郑苹与她对视了一会儿。随即将半截烟往地上扔去，拿脚踩灭。

中午十二点，郑苹与张母坐在饭店靠窗的位置，远远看见张一伟走进来，便朝他挥手。张一伟走近了，坐下："怎么突然想着一起吃饭了，还把我妈拉出来？"

"伯母偶尔也该出来逛逛，吃顿饭喝个茶什么的，"郑苹叫服务员上菜，亲昵地替张母把餐巾铺好，"伯母这阵气色不错，蛮好。"

"好什么呀，过一天算一天了。"张母摇头。

"别这么说，医生都说化疗效果很理想，您身体底子又好，这么下去，笃笃定定能活到一百岁，"郑苹笑吟吟地，转向张一伟，"没影响你上班吧？"

"没有，反正中午本来就要吃饭。"张一伟道。

郑苹邀张母晚上去看话剧："是最后一场,结束后有个慈善酒会,还能抽奖。您就当凑个热闹,给我捧个场。"张母忙说不用:"我这种土包子,上不了台面,去了反而给你丢脸。"郑苹说:"怎么会,您是一伟的妈妈,也就是我的妈妈,别人不到没关系,您是一定要到的。"张母求救似的朝儿子看去。张一伟道:"妈你就去吧,也难得的。"张母这才不作声了。

"衣服我都给您准备好了,"郑苹拿过旁边一个纸袋,递给她,"我拿您旧衣服去比照的,尺寸应该不错。"张母接过,有些局促地说:"这个,真是的。"郑苹又给她一张名片:"您下午去做个头发,再做个脸,就这家店,钱我付过了,您人过去就行。"张母更加不安了:"这辈子都没做过脸。"郑苹笑道:"您先试试,要是合适,我再帮您办张卡,以后每个礼拜都去一趟。到您这岁数,再不对自己好点,做女人就太亏了,是吧?"

吃完饭,郑苹先送张母去美容院,再送张一伟去单位。路上,两人都不说话。张一伟朝她看:"怎么我妈一下车,就没声音了?"她道:"你不是也没声音?"他道:"我是不敢发声音。"她嘿的一声:"为什么?"他道:"做错事了。"她问:"做错什么了?"他道:"其实应该我把你妈请出来才对。请吃饭、送衣服、做美容,这些都应该让我先来——男人不主动,被女人抢了先,就是做错了。"他说完笑笑。

郑苹不作声。半晌，道："张一伟，我觉得你变了，跟以前完全不同了。"

"哪里变了？"他问。

"说不上来，反正变得不伦不类，文不文武不武的，像整容没整好，豁边了，走样了。"她不客气地评价。

"哪个更好？"他又问。

"你说呢？"她反问。

一会儿到了。车停在路边。他道："晚上我和我妈一起过去。"她嗯了一声。他下了车，朝她挥手。她摇下车窗，也朝他挥手。踩下油门，反光镜里见他站在原地不动。心里莫名酸了一下。停了几秒，见他依然伫立着不动，便又把车倒回去。

"怎么不进去？"她问他。

"没什么，就觉得挺对不起你的。"他朝她看。

她嘿的一声："莫名其妙。"停顿一下，"知道对不起，那就对我好一点。"

"再好，也比不上你对我好。"

她哑然失笑，"演戏吗？早知道今晚让你上台了。"

他在她脸颊上轻轻一捏："我进去了，晚上见。"

"晚上见。"

郑苹径直去了电脑城拿手机。维修铺的小弟很客气，说还让你专门跑一趟，不好意思。这人是老耿的远房表亲，一口本地话呱啦松脆。郑苹看了，果然视频和照片都在，便放下心来，"下次叫上耿叔，一起出来喝茶。"小弟答应了。

心情顿时好了许多。手机握在手里，便觉得踏实。父亲用了四五年，放在那时都是旧款。前几日周游还说："拿着这个，跟你出去谈业务，都觉得底气不足，阿诈里（骗子）似的。现在连民工都不用这种老古董了。"周父也说过一次，"苹苹很节省啊——"郑苹猜他其实是知道的。他那样的生意人，大处精明，小处也不会糊涂。看在母亲的面上，这些年只把她的好挂在嘴上，坏处半分也不提。有时候郑苹也觉得自己是有些过分了。八年前，母亲再婚那天，郑苹去找了骆以达，说我妈请你喝喜酒。骆以达当然是拒绝了。郑苹不依不饶，说我妈说的，如果你不去，就让你们团领导来请你。骆以达不跟小女孩计较，只是劝她回去。郑苹一不做二不休，又以骆以达的名义包了个红包和一束鲜花，叫快递送到喜宴上。亏得酒席上人多事杂，郑母敷衍过去。郑苹到底是没有再出现。周父也不提这茬，反过来劝郑母，这个年纪的女孩，是难弄些。话剧社成立后，那时骆以达已是个不折不扣的烟鬼，演不了戏，靠老房子收租度日。她晓得他缺钱，吸毒的人瘾上来，便是让他去偷去抢，他也做。她高薪签下他，却不让他演主角，单单挑些不起眼的小配角给他，就像父亲当年演过的那些。父亲临死都不知道妻子和这个男人在床上的龌龊事，郑苹是在替他报仇呢。有些秘密是藏不住的。"郑总和骆老师有仇。"话剧社里大家私底下都这么说。连周游都提醒过郑苹了——"别做得那么明显。"关于这种桃色新闻，每个人的神经都是异常敏感，只需一鳞半爪，便能将现场还原个清清楚楚。郑苹猜周父也是知道的，但他从来不提。郑母是他的第三任，大家都不是白纸。周游的生母是高干子弟，周父靠她才发的家。之前好像还有一位。郑苹隐约听周游提过，但她不太在意。郑母也不在意。她一直是这样的人。郑苹从记事起，便觉得母亲整日都是一副淡漠的神情，对什么都不上心。周游对郑苹说过，"你妈是冷美人。"郑苹想，你是没见过她跟骆以达在一起。当然这话不能说出来，否则就真是过分了。对于骆以达，郑苹其实也已经谈不上多么恨了，更像是一种惯性，八年来只存着一个心思，便是要把骆以达弄得灰头土脸，要多狼狈有多狼狈。

车子到社里停下，周游变戏法似的蹦出来："哈啰！"

她吓了一跳："作死啊！"瞥见他额头那个包还未全消，便有些内疚，"还疼吗？"

"早不疼了，"他指着自己胸口，"就是这里还有点疼。——伤了头，问题不大；伤了心，就比较麻烦些。"

郑苹嘿的一声："我有创可贴，待会儿给你的心包扎一下。"

周游没吃午饭，办公室有方便面，郑苹替他泡了一碗。郑苹坐在对面，看他吃得香甜："怎么来了？"他回答："你妈说要换人。"

郑苹一怔："什么？"他道："你先冷静，听我说——你妈想让骆以达演周朴园。"郑苹一拍桌子："胡说八道！"

"就知道你会这样，所以我才过来，"周游道，"我爸特意叫我关照你一声，就让骆以达跟老耿换一下角色吧。"

"晚上就要演了，这时候换人，开玩笑啊？"

"姓骆的演了那么多年周朴园，稍微整理一下就行了。那个姓耿的，以前也演过鲁贵，问题应该也不大。反正待会儿还要再排练，就着重排他们两个的，不就行了？"

郑苹不语，拿起电话要拨号码，被周游拦下："别弄得大家不开心。你也晓得，晚上那个酒会，我爸是很看重的。你别让他下不来台。"

"我就是怕他下不来台，才一定要打电话。再说排这戏花了我不少心力，我说什么也不能让它毁在这最后一场。"她说着去拿手机。周游一把抢过，嗖嗖几下，又把座机的线也全拔了，"是你妈又不是你仇人，老跟她对着干，不累啊？"

郑苹去抢，抢了半天没抢到，索性拿过桌上的车钥匙，"我当面去跟她说。"周游抓她手臂，她挣脱不掉，有些急了，一口咬下去。好在他早有提防，一让，她扑个空。

"那个要不是你妈，就算你们抢菜刀，我也不管。我是为你好。"他恳求的口气。

234

她到底是没去成。两人走到楼下，倚着树抽烟。一会儿，她说要喝酒，他不敢动，怕她又要走。郑苹道："我真要走，你以为你拦得住？"他飞也似的去便利店买了半打啤酒回来。两人也不上楼，就坐在台阶上喝了起来。算起来，两人好久没这样喝酒了。最嚣张的是刚认识那阵，一个高三，一个大一，时不时地便去酒吧喝到深夜。统一口径，对爸妈只说是温习功课。郑苹初时的想法，是听周游诉说车祸时的细节。父亲去世的那一瞬，只是短短几秒，她央求周游，仔仔细细地，把这几秒拉长、放大。再拉长，再放大。父亲是从哪里骑过来的，骑在哪条道上，靠里还是靠外，当时路上行人是多是少，父亲是一下子就去了呢，还是挣扎了一阵，他脸上表情如何，说了什么话，等等。周游是被这女孩吓到了。倒不是嫌烦，而是诧异于她这个年龄，居然那样冷静地谈论生死，不带任何感情地，只是单纯想知道那时的情形。她隔几日便求他说一遍。他说的时候，她眼睛微闭，眉心稍稍攒着，手心也捏着，虔诚的神情。她听得那样仔细，以至于偶尔他说错，她会立刻指出他的前后不符。后来两人渐渐熟了，他会开玩笑地问她："你小时候听'百灵鸟'少儿广播，是不是晚上听一次，第二天中午再要听一次重播？"她说："有时候我真想杀了你爸爸——就跟他一样，在你爸胸口捅上一刀。"周游知道这个"他"是谁："那为什么不捅？"郑苹停顿一下，沉吟道："是啊，我为什么不捅呢？——非但没有捅他一刀，还和他成了一家人，吃他的用他的。我恨我妈嫁给他，可我为什么也要跟过来呢？我是成年人了，有手有脚，就算扔在大街上也不至于饿死。我要是再有骨气一点，还可以跟我妈断绝母女关系——所以有时候，我自己都不知道自己是个怎么样的人，心里在想些什么。"周游听了便有些黯然："我爸也不是故意的。"郑苹感慨："所以这就是最尴尬的地方了，谁都不想故意做错事，但就是有人受伤害。"周游是第一次听到十几岁的女孩这样说话。"如果有一天我喜欢上你，不是因为你漂亮，也不是因为你聪明，而是因为，你太奇怪了。"

半打啤酒很快喝完。郑苹还要喝，周游不让："准备待会儿打醉拳吗？"她嘿了一声："我妈练过铁布衫，一般外家功夫根本没用。"他坏笑："那我陪你练玉女心经，就杨过和小龙女练的那个。"她白他一眼："你先把葵花宝典练好再说吧。"

他笑起来，问她："还是跟我在一起更自在吧？"她知道他的意思，没接口。他又道："劝你一句，别老跟你妈过不去。我爸跟我妈离婚那阵，我也特别恨我爸，觉得这老家伙不是东西，可后来再一想，他就算坏到天边去，总归是我爸，杀又杀不得，打又打不得，既然这样，索性好好过吧。"

"那是因为你妈现在还活得好好的，"郑苹道，"漂亮话人人会说，没轮到自己头上，说什么都是假的。"

"那也不见得非得死个爸或是死个妈才有资格来劝你吧？"

"不用劝，劝了也没用。我和我妈，这辈子就是冤家对头，不可能好的了。"

"说了你又要怪我多管闲事，可把你爸的死全怪在你妈头上，也不公平。这世上真的好人和坏人都不多，绝大部分都是中间地带。你、我，还有你妈，我爸，都属于这个范畴。做人嘛，就那么回事，没必要太执着。——你那个张一伟，又是什么好东西了？"

"干吗又扯到他头上？"郑苹皱眉。

"我爸就算是为富不仁，他也不见得是出淤泥而不染，"周游嘿的一声，"摆出一副替天行道的模样，伪君子，我见了就想吐。"

"少借题发挥，"郑苹提醒他，"我现在是热恋阶段，智商30以下，听不进。"

"没关系，"周游豁达地，"我这人有耐心，别说你们才刚开始，就算你和他结婚了，我也等着你们离婚的那天。不是我触你霉头，早早晚晚的事。"

"你就胡诌吧。"郑苹摇头。

他笑笑。停了停，忽地问她："你妈预备和我爸离婚，你知道吗？"

郑苹一怔，有些吃惊："啊？"

下午两点，社里排练《雷雨》。话剧社二楼是排演室。将原先的主人房、书房连同小茶厅打通，家什统统搬走，空荡荡的一大间，不算很正规，但也过得去了。每隔几天，演员们便到这里排演。导演是当下炙手可热的红人，靠周游出面，好不容易才将他请到。起初周游劝她自己当导演："你在英国学的不就是戏剧编导嘛。"郑苹不肯，说学编导不见得就能当编导，我名片上印"艺术总监"已经很难为情了，如果再当导演等于是寻大家开心，拿您周少爷的钱开玩笑。周游郑重地表态："我的钱就是你的钱。"这话郑苹早听惯了，只是笑："少豁胖，你的钱是你爸的钱。"周游涎着脸："我爸也是你爸。"这话让郑苹不舒服："我爸在天上。"周游只好自找台阶下："你爸先走一步，早晚都能碰头。"

"周朴园"和"鲁贵"到底是换了角色。跟老耿打招呼时，郑苹都不晓得该怎么开口，觉得挺不好意思。倒是老耿想得穿："没啥，本来就该这样。演了一个月的周朴园，算是尝了个鲜，也够了。"郑苹还是抱歉："临时换角，怎么都讲不过去。"

导演挺窝火，不好意思对女人发作，拉着周游数落半天。周游对付郑苹没辙，但对付别人，场面话加实话，软的硬的真的假的，很快便平息下去。一会儿，郑母姗姗来迟，见了导演说一句"抱歉，来晚了"，随行的小助理递上纸巾，她轻轻按着妆面，嘴上对着导演，眼睛却瞟过不远处的骆以达。也是不落痕迹的。导演是80后，资历上差了一个辈分："没事，也才刚开始，还没到您呢。"周游亲自把郑母迎进去，恭恭敬敬地，一口一个"阿姨"叫得贴心贴肺："阿姨今天气色真不错，晚上肯定是个满堂彩。"郑母不答，见郑苹背对着自己，只当没看见似的，也不在意，径直走到一边坐下。

……

"你怎么还不去？"

"上哪儿？"

"克大夫在等你，你不知道吗？"

"克大夫，谁是克大夫？"

"跟你从前看病的克大夫。"

"我的药喝够了，我不预备再喝了。"

"那么你的病……"

"我没有病。"

"克大夫是我在德国的好朋友，对于妇科很有研究。你的神经有点失常，他一定治得好。"

"谁说我的神经失常？你们为什么这样咒我？我没有病，我没有病，我告诉你，我没有病！"

"你当着人这样胡喊乱闹，你自己有病，偏偏要讳疾忌医，不肯叫医生治，这不就是精神上的病态吗？"

"哼，我假若是有病，也不是医生治得好的。"

……

这段"繁漪"和"周朴园"的对手戏，郑苹从小到大不知看过多少遍，隔了十来年，"周朴园"老了、瘦了，两颊那里瘪下去，与胶原蛋白一起消逝的，是一去不回头的好年华，流水似的，稍不留神便没了踪影。"繁漪"依然是旧模样，妆化得浓，灯光一打，竟似比当年更艳丽了几分。这些年养尊处优，台上台下都是贵太太，气场也更接近了。

　　"繁漪"先下场。助理送上茶水，她喝了一口。导演道："您演得到位。"她笑笑。一会儿，"周朴园"也下场了，与她隔了两个座位。郑苹远远站着，见"繁漪"撩了一下头发，脸朝他那边转去，不说话，很快又回到原位。他眼神微微一转，其实是与她打了个照面的，但不动声色。——有时候郑苹也想，若是她与他真的结婚了，只怕未必有多么恩爱。反不及眼下这么若即若离似有似无，"求而不得"或许是男女间的最佳状态，夹缝里生出的那朵花最是撩人。郑苹心里叹了口气。是替父亲，也替自己。

　　目光不经意间与骆以达相对。郑苹微微欠身，做了个"骆叔叔"的口形。骆以达点头。表情多少有些尴尬。除去陈年旧事那段，上周他还问她预支了八万块薪水。不是第一次了。每次都是旧账未销，新账又来，一笔叠着一笔。他也实在是狼狈。银行信用记录是零级，亲戚朋友也不管他，走投无路了。只好问郑苹借。郑苹是有求必应。心想着就看你能走到哪一步。八年前床照的事，已经让他身败名裂了，吸毒的事小圈子里大家也是心照不宣。再说花的也不是自己的钱。周游都说过她几次了，"把我当死人？"郑苹说："不是把你当死人，是当好人。"周游说："你就欺负我吧。"郑苹说："钱等于是我妈问你拿的，她不方便出面，只好我来。是她欠你人情，跟我没关系。"周游道："你们母女俩，合起来欺负我们父子。"嘴上这么说，脸上却做出撒娇的神情。郑苹想起以前张一伟说的一句话——"逼债的和欠债的团团坐，一屋子祥和。"他嘲讽地说，天底下每起车祸要是都能这么和谐地解决，那法官和警察就统统没事做了。

　　骆以达坐着不停地打哈欠，鼻子揉了又揉，都红了一片。他瘾是越来越大了。一双手伸出来，鸡爪似的，指甲倒是还修剪得整齐——他年轻时也是个相当注重仪表的人。郑苹听父亲说过，他读书时与骆以达一个宿舍，睡上下铺，骆以达每天都拾掇得山青水绿，而父亲则不修边幅，穿了一个礼拜的衬衫，领口都发黄了，身上一披，照样大摇大摆地走出去。那时两人是关系很近的好友。很长一段时间里，逢年过节，郑苹都会收到骆以达的礼物和压岁钱。那时郑苹去得最多的地方就是剧团，坐在角落里看排练。骆以达通常是站在居中的位置，灯光最亮。然后某个不经意间，郑父上场了。——"鲁贵"佝偻着身子，因为惶恐而有些结巴："老、老爷，客、客来了。""周朴园"道："哦，先请到大客厅里去。""鲁贵"道："是，老爷。"腰弯得越发低了，正眼也不敢瞧一眼。——郑苹那时总是对母亲抱怨，爸爸在台上一点儿也不像他。"是演戏呢,"郑母向女儿解释,"台上那不是你爸爸,也不是骆叔叔,是另外两个人。"小郑苹便很想不通,私底下关系那么好的两个人,到了台上,原来可以演成那样。灯光一打,脸和身形还是和原先一样,人就成了另一个。"演戏"两字,在郑苹心里是另一层概念,有些像"变了"的意思——人没变,心变了。是含着些伤感的成分的。所以渐渐地,郑苹就不喜欢看话剧了,说不上来为什么,就是不喜欢。即便不进去,站在剧院门口,也隐隐觉得难受。及至父亲与骆以达下了台,见到他们卸了妆的模样,还是不舒服。郑母常说这小姑娘有些奇怪。"看个热闹罢了,"她道,"没必要想太多。台上有人富贵有人倒霉,台下也是如此——你索性别念书,出家当尼姑算了。"

手机响了,拿出来看,是张一伟发来的短信:"排练得怎么样?"

她回过去:"还行。"

"快下雨了,带伞没?"

"开车,不需要。"

他接着便没声音了。她猜他或许调了个闹钟,差不多时间便动静一番,纯粹礼节性的。

那罐纸鹤,他到底是没拿走。应该是忘了。她听他那样说,倒是重新擦拭了一遍,瓶盖有些生锈,拿钢丝球擦了半天,才又锃亮了。

当年那张卡片，她也拿出来放在旁边。那句"做朋友好吗"，看着竟有些好笑了。当年青涩的小丫头，明明额头上写着"屁都不懂"，偏偏还要故作老成，脸是板着，眼里的殷切却是怎么也遮不住。被他那样拒绝，眼泪都涌到鼻尖了，强自忍着，一口一口咽回肚里。

导演冲到台上骂人。那个演四凤的女孩子，叫刁瑞，不是科班出身，因为认识周游，有些公关手段，便也挤了进来。脸蛋是一流，演技连三流也轮不上。导演都跟郑苹说过几次了，这人不行。郑苹再去跟周游说。周游回答得也很实在："我的人，你替我罩一罩。四凤嘛，只要漂亮就行，要不然怎么周萍和周冲都喜欢她？"郑苹又好气又好笑。有时候周游对她疯话说多了，她便拿这些触他的霉头："别的不说，光我社里的女演员，跟你好过的，加起来五个不止吧？"他扳着手指："不止，算上刁瑞一共七个——不玩女演员，我砸那么多钱办话剧社，吃饱了撑的？"郑苹点头："大实话，我喜欢。所以啊，你玩你的，少来惹我。"他恬不知耻："玩归玩，老婆还是你。"郑苹摇头无语。他说下去，"这么多女人，我只给你画过肖像。"他指的是她二十岁生日那天，他硬逼她坐着不动，给她画了幅素描。那时她还留着一刀平的厚重刘海，鼻子上有颗青春痘，唇线不太清晰，脸颊比现在要丰润些。他把这些特点更加重几分，让她看上去显得有些傻乎乎。她不满意，作势要把画扔了，他不答应，死活让她收起来，"等你老了，回想起来，我是第一个替你画肖像的男人。"他说这话时，眼里没有一丝开玩笑的意思，神情一本正经得像个孩子。

被导演训了几句，"四凤"求救似的转向周游。周游扭头不看，瞥见郑苹似笑非笑的神情，耸了耸肩。"刁瑞"用上海话念与"貂蝉"是同一个音。郑苹常取笑周游，"找了个貂蝉，绝世美女啊——"周游说刁瑞这个人挺难弄，"姓刁的，一听就不好对付。"前阵子她居然怀孕了，拿着检查结果找他要说法。他被逼急了，只好搞了张已结扎的医生证明，把她吓了回去。郑苹笑笑说："四凤都演上了，怀你周少爷的孩子还不是早点晚点的事？"周游摇头，"没意思，到这份儿上就没意思了，胃口太大，弄不好吃进去的全部吐出来。"

导演气吼吼地下台来，对郑苹说："马路上随便拉一个过来，都比她强。"郑苹笑笑，没接口。吃这碗饭的女孩，心思一半在台上，一半在台下。刁瑞属于没掌握好比例的那种。有些失调。平时见了她一口一个"阿姐"，叫得很是亲热。郑苹劝她有空可以去读个戏剧表演课程，补一补台词功底，还有走位什么的。她也只是敷衍。郑苹办话剧社，本意是想替父亲出个气，圆个梦。进来了才晓得，原来之前听说的那些，十之八九都是真的。做人的套路，台上台下都差不多，台下是浩瀚的人生，台上是浓缩的世情。想得到的，想不到的，分分钟都在发生。剧本讲究的是"情理之中，意料之外"，现实每每也是如此。

排练中场休息。郑苹坐着看手机，一条短信跳出来："六小时内本市将有雷电灾害性活动，请市民留意。"再随意翻看。——照片和视频果然是都还原了。当初手机交给老耿时，郑苹千叮咛万叮嘱"别的无所谓，那些照片和视频，一定要给我留住。"老耿说："放心，你和你爸的回忆丢不了。"她眼圈顿时就有些红，不自觉地低下头："我这人有些傻——"老耿看着她，叹气："这不叫傻，最多是痴。"

照片一张张飞快地翻过去，忽觉得不对，再翻回来——脸色不由得一变，下意识朝旁边看去，把手机合上。原地怔了几秒，思路有些跟不上。猛地站起来，撞到旁边椅背上，跟跟跄跄朝前冲了几步，差点摔倒。快步上了楼，走进办公室，把门锁上。脑子兀自是嗡嗡的，做梦似的。手机握在手里，都不敢碰了。过了片刻，才又重新拿起来，翻看。

——手机里的视频与照片，都是熟得不能再熟了。几乎都能背下时间地点。只是突然间多了一张，时间久了画质不甚清晰，但依然能看清是一男一女在床上，正是郑母与骆以达。郑苹怔怔看着，大脑起初是一片空白，像被人撞击了一下，渐渐地，思路一点点理顺了。看照片的存档时间，正是车祸前几日。——手机是父亲的，照片自然是他拍的。将照片发去团领导那里的人，也只能是他。领导有他们的考量，收到照片后未必马上动作，或许拖了几日，事情因此在父亲死后才爆发。这些都是有可能的。父亲将照片发出后，应该是立刻便删除了。只是他万万没想到，店员在修复手机的时候，竟然将已经删除掉的文件也统统还原了。当年陈冠希也是由于这个原因，才引出一场"艳照门"。——郑苹觉得额头有些凉，一摸，竟然全是汗。手脚有些发麻，紧接着，全身不自禁地颤抖起来。眼前闪过"鲁贵"那张因为堆笑而有些扭曲的脸，躬着身，嘴里叫"老爷"，因为脸上作得厉害，人又矮着，便看不清眼里的神情。——郑苹拿过一瓶水，咕噜咕噜灌下半瓶。喘着气。重重地甩了一下头，像要把什么东西狠命甩出去。细想一下，中午那小弟的神情是有些异样，想笑又不敢笑似的。——不该是这样。她心里一遍遍地说。不该是这样。

回到排练室，周游见到她，吃了一惊："脸色这么差，不舒服？"她摇头："没事。"坐着继续看排练，然而只见到台上人影在动，什么也没看进去。一会儿，一人在旁边座位坐下，她侧目看去，是老耿。"累了吧，"他说她，"看你眼睛都直了。"郑苹勉强笑笑，瞥见老耿神情与往常无异，猜想他或许不知道这事。又有些吃不准，按常理，那小弟是他远房亲戚，手机该他拿回来才对，而让她亲自去一趟，似是有故意撇清的嫌疑。

郑苹指着手机："修好了，谢谢耿叔。"他道："小事情。"她道："都没收钱，挺不好意思。"他道："你平常那么关照我，这点小事再收钱，我也别做人了。"郑苹道："话不能这么说，亲兄弟还要明算账呢。"边说边留意他的反应，并不觉得有什么。想或许是自己多心了。老耿又劝她："换个手机吧，一个时髦大姑娘，拿着这个怪别扭的。"郑苹不语。老耿又道："等到了我这岁数你就明白了，世上没什么是放不下的，你这么放不下，苦的是你自己。想开点，你才几岁啊。"

去卫生间洗了把脸，站在镜子前半天。莫名地，有些害怕。不敢出去，不敢开口，不敢面对别人。像半夜做个噩梦，一脚踩空，醒来有些无所适从。郑苹走出来，到阳台抽烟。见到一辆黑色小轿车缓缓驶近，停下，司机匆匆出来开门——周父从车里走下来。便怔了怔，想，他怎么也来了？抽完烟，回到排练室，周父已坐在那里。郑苹上前叫了声"周伯伯"。周父笑吟吟地在她肩上一拍："苹苹辛苦了。"导演指着旁边两箱饮料："周总给我们发补给来了。"周父道："今天晚上结束后，夜宵我请。"众人都鼓掌。郑母坐在边上不动，静静地看剧本。骆以达也不动，依然与她隔了两个座位。周父主动与他打招呼，叫声"骆老师"。骆以达要站起来，他做了个往下按的手势："您坐您坐——天气热，大家辛苦了。"骆以达道："房间里有空调，倒还好。"周父道："总归辛苦的。骆老师最近怎么样？"骆以达道："蛮好。"周父点头："瘦了，不过精神看着倒比上回好些。"骆以达嘿的一声："好什么，都五十好几了，老了。"

周父道："骆老师就算到八十岁，气度风采还是在的。——您呀，是人不老、心也不老。"说着笑起来。骆以达停顿一下，也笑了笑。

周游哧的一声。郑苹旁边听见了，问他："怎么？"他耸耸肩："没怎么——鼻子有点痒。"郑苹道："有话就说。"他停了停："要是你嫁给了我，再跟那个姓张的搞七捻三，我可做不到我爸这样。"郑苹摇了摇头，没作声。周游又道："我要是女人，也喜欢骆以达。"郑苹问："为什么？"周游回答："不知道，就是有这种感觉。男人看男人，其实更准。讨女人喜欢的男人，男人一闻就闻出来了。"

周父重又回到郑母身边，坐下。"真人比海报更漂亮。"他递给郑母一张塑封的海报，是这一场《雷雨》的特别版。郑母接过，看了一眼："PS得都不像我了。"周父笑道："你也知道PS？"郑母嘿的一声："我是外星人，连PS都不知道？"周父便笑着转向郑苹："你瞧你妈，越来越懂经了。"又说预备把晚上这场的收入全部用于慈善："你看怎么样？"他问郑母。郑母道："你都定了，还来问我？"周父去揽她肩膀："要夫人拍板了才行——"

这边说说笑笑，那边骆以达一人独坐着。手里拿着剧本，也是看看停停。郑苹见周围无人留意，便走过去，从口袋里掏出一样东西塞到他手里，骆以达接过一看，竟是一根针管，顿时张口结舌起来："这——"郑苹道："落在走廊里，我捡起来的——小心点，给人看见总归麻烦。"骆以达涨红了脸，把针管收好，嗫嚅着："苹苹——"郑苹道："下月排新戏，《茶馆》。"骆以达停了停，"黄胖子还是刘麻子？"郑苹一句"庞太监"在嘴里打了个转，瞥见他鬓角与胡须泛着雪白，心头涌上一丝酸楚，犹豫着："——再看吧。"

黄昏五点，雨还没落下来。天色已是难看得很，像顶着口锅盖。风一阵接着一阵，越来越凌厉，将窗帘吹起九十度角，仙人掌的刺针都在沙沙抖动。老天爷憋着劲，似是要把这铺垫做到最足，才肯爽爽气气地落一场。

周父站在窗边，眉头微皱，似是不太满意这天气。旁边一人问他："周总不喜欢下雨天？"他笑笑："那倒不是，只不过今天是大日子，下雨总归烦心些。"那人凑趣："周总见惯大场面了，还怕这点小雨？"周父便嘿的一声："你不晓得，人跟什么东西较劲都可以，唯独不能跟天较劲。人在老天爷面前，就跟个小蚂蚁没两样。说一个人'天不怕地不怕'，那要么是假的，要么就是傻子。"

排练结束后，郑母说想去附近走一走。周父道："七点半开场，时间有些紧，况且天气也不好。"郑母道："只走一会儿，用不了多久。"周父拗不过，只得随她："我待会儿还有事，苹苹陪你吧。"郑母想说"我不用人陪"，郑苹已接了口："好。"不禁有些意外，朝她看去。郑苹到抽屉里拿了把伞："顺着襄阳路走到复兴路，从那头再绕回来。"

母女俩缓缓走着。这一段因为毗邻陕西路、淮海路，也算得半条主干道，虽规定了单行道，但马路窄，还是显得逼仄。郑母的高跟鞋，室内走得漂亮，室外走就有些辛苦。一路"叮叮"地过去，一脚高一脚低，自己受罪，旁人看着也难受。郑苹道："一会儿要是下雨，你这双鞋就废了。"郑母道："习惯了，在外面不穿高跟鞋就跟没穿衣服似的。"郑苹嘿的一声："累不累？"郑母道："做人哪有不累的？"郑苹道："那你索性踩高跷吧。"郑母摇头："又来了，你累不累？"郑苹道："不是说了，做人哪有不累的？"

郑母停下来。郑苹瞥了一眼她脚踝处，都磨红了。从包里拿出创可贴，蹲下身子，替她贴上。站起来，与母亲目光相对。郑母停顿一下："随身还带这个？"郑苹道："以防万一。"郑母道："你倒是周全。"郑苹道："天底下的事情，今天保不准明天。全靠自己当心。"

母女俩复又向前走去。

"和那男人怎样了？"郑母问。

郑苹停了停，没有正面回答，而是问母亲："男人对你是不是真心，怎么看得出来？"

郑母思忖一下："有时候得凭感觉。讲不清的。"

"他呢？"郑苹问，"是不是真心？"

"谁？"

"明知故问。"

郑母沉吟着："应该是吧。"

"那我爸呢？"郑苹没头没脑地来了句。

郑母怔了怔，还不及回答，郑苹又问：

"我爸是个怎么样的人？"

"你爸，对我不错。"

"你和骆以达的事，我爸知道吗？"郑苹径直问下去。

郑母又是一怔："还是到此为止吧，晚上有演出，大家都别坏了心情。"

"我没想跟你吵架，"郑苹踢着脚下一块小石头，"就是有点好奇。"

"你爸那个人，就算知道了也只会憋在肚子里，不会声张。"郑母停顿一下，"他是个老实人，其实挺有才气，就是运气不好。"

郑苹不语。过了片刻，又问："听说你要离婚？"郑母诧异地："周游说的？"郑苹学她之前的口气："没人说，我就不知道了吗？"

一辆助动车从后面驶来，郑苹将母亲朝里推些。郑母觉出这动作有些反常的亲昵，心头一暖："你说——我下半辈子要是跟他过，怎样？"

"你哪里还有下半辈子？最多三分之一了。"

"所以啊，"郑母并不以为忤，"三分之二都浪费了，再不抓紧，就来不及了。"

"我无所谓，你开心就好。"

"都这把年纪了，也不是为了开心——安心还差不多，"郑母道，"他都落魄成那样了，再撇下他，实在说不过去。"

郑苹不吭声。瞥见母亲的侧脸，颊骨与下巴连成一个圆润的线条，睫毛颤着。五官也是柔和至极。母女俩许久没离得这么近聊天了。风愈来愈大，将她前面一绺刘海吹得不断扬起，她拿手去捋，刚捋上去，又落下来。捋了几次，便索性不管了。

"有事？"郑母朝女儿看。

郑苹一怔，把表情做得更自然些："没事。"

"今天有点奇怪。"

郑苹嘿的一声，掩饰地："在你眼里，我一直是奇怪的。"

回到话剧社，司机已等在路边。郑母上了车。郑苹到办公室去拿包，经过排练室时，见门虚掩着，里面似是有人。走进去，见骆以达一人坐着，动也不动。老僧入定般。连她推门进来也未察觉。

"骆叔叔。"郑苹叫了声。

他一震，猛然醒觉："哦。"

"怎么还不走，一个人坐在这里？"

"啊，这个——"他似是还未回过神来，霍地站起来，"我马上就走，马上。"

郑苹见他脸色发白，整个人竟似在发抖，不禁吃惊："您没事吧？"

"没事，没事。"他朝外走去，脚不知被什么绊了一下，险些摔倒。郑苹扶住他，说声"小心"，摸到他手心一片冰冷。他勉强笑笑，出去了。

老耿也没走，在阳台抽烟。郑苹问他："刚才我和我妈出去那会儿，没发生什么事吧，怎么骆以达脸色难看成那样？"老耿表情有些微妙："没什么，就周总拉他聊了一会儿。"郑苹没再多问，心想周游爸爸这就有些失分寸了，晚上还要演出呢，兴师问罪也不该挑这个时候。拿出手机要给母亲打电话，让她安抚一下。想想又放下了。这当口多一事不如少一事。老耿还在说刚才排练的事："老骆演周朴园，到底是不一样。"郑苹嗯了一声。老耿又加了句："你妈也是，功架在那儿，原先那个完全没法比。"郑苹有些心不在焉，只是笑笑。

正要出发去剧场，忽然接到导演的电话，火急火燎的声音：

"刁瑞的事，你知道吗？"

郑苹一愣："怎么了？"

"这小女人，莫名其妙给我发了条短信，说她晚上不演了，让我另外找人。"

郑苹诧异极了："怎么回事？"

"谁知道，下午还好好的，突然说不演就不演了，她要早说倒还好，我老早就想把她换下了。可现在这个时候，让我上哪儿找人去？"导演气急败坏地，有些口不择言，"今天是怎么了，一会儿是换角，一会儿又给我玩人间蒸发，老的小的，存心想把我弄疯是不是？"

郑苹说声"我来想办法"，挂了电话，立刻便给周游打过去。

"你们家貂蝉怎么回事？"她问。

电话那头停顿一下，有些诡异的口气："那得先问你们家张一伟怎么回事。"

郑苹愣了愣，一时没明白。

"你的男朋友，把我的人藏了起来，什么意思？"

"再说明白点。"郑苹有些不耐烦。

"电话里说不清楚，你来剧场再说。"不待郑苹回答，那头已先挂了。

去剧场的路上，郑苹不停给张一伟打电话，都是忙音。把油门踩到底，小厢车当跑车开，呼啸着来到大剧场。一众演员都在。导演不停地打电话，联系"四凤"的候补。勉强找到一个，但也没敲定，说还要再看看。导演气吼吼地对周游道："你把酬劳给我往死里开，现在只能拿钱压人了，压死一个算一个。"周游答应了。郑苹把周游拉到一边：

"说吧，到底怎么回事？"

"还能怎么回事——姓张的想整死我。"

郑苹越发吃惊了："什么意思？"

周游停顿一下："上个月，我叫刁瑞陪个土地局的处长过夜，替我搞定一个项目。姓张的肯定是知道这事了，所以先把刁瑞藏起来。刁瑞要是上庭作证，这官司我非输不可。"

郑苹倒吸一口冷气。这才知道事情的严重性。

"你怎么知道是张一伟把她藏起来了？他要是真想整你，直接上法庭不就行了，干吗还告诉你？"郑苹想不通。

周游不说话，把手机递过来，给她看上面的短信："最后给你一次机会，如果你不答应，那我们法庭见。做不成夫妻，那就做仇人吧。你好好考虑。"

郑苹一怔，随即明白是刁瑞拿这事要挟周游。摇了摇头，把手机还给周游："你活该。她不是你的人吗，还让她去陪什么处长？——真不要脸。"

"这女人，别把我逼急了。"周游咬着牙。

"乌七八糟——"郑苹皱眉。

"别说得你像天上下来似的。这世界就这样，你不知道？"

郑苹晓得他心烦，不跟他计较。这时，周父和郑母也到了。周父应该是已经知道了，但神情依然无异，笑吟吟地安抚众人："这就叫好事多磨。"只是叮嘱了郑苹一句，"待会儿酒会的开场，苹苹你替我盯好。"郑苹答应一声。酒会开场有个仪式，是她负责的。找了个专业的晚会策划，按周父的要求，要弄得风风光光。

周父近年来开始涉足慈善界，成立了一个基金会，就在今晚揭牌。张一伟说他是"老鸨子改行当妇联主席"，这话有些刻薄。郑苹觉得张一伟太钻牛角尖了。郑苹也爱钻牛角尖，比如父亲那件事。但郑苹的牛角尖，是就事论事地钻。张一伟不同。他喜欢把问题上升到另一个层次，再呈放射状向外延伸。在郑苹看来，其实是有些不讲道理。当年那笔事故赔偿金，张家到底是没有收下。因此这些年，他和他母亲过得很苦。他很少与郑苹聊起这事。唯独有一次，他与郑苹在墓地偶遇。两家父亲都葬在嘉定松鹤公墓。两人本来话不多，但在这种场合碰到了，出于礼貌，便各自到对方的父亲墓前鞠了个躬。郑苹看碑上的照片，张父长相很温和，眉眼淡淡的，像老太太。算下来，走的那年是四十三岁，比郑父还小了一岁。

那天，张一伟告诉郑苹，其实是他妈不肯收那笔钱。他妈是个很硬气的人，也吃得起苦。他父亲去世前在一家私营工厂干活，后来厂长卷了钱跑了，拿不到工资，家里开销就靠他妈给人家做钟点工。他父亲的意思是，上海待不下去了，看样子还得回苏北老家。他妈不肯，说老家原先的棉纺厂也倒闭了，回去也是饿死。她说实在不行就做点小生意，卖大饼油条，或是沙县小吃什么的。"他们是希望再撑个几年，等我考上大学，好歹能有个盼头。可没想到——"张一伟说到这里，哽咽了一下，又说到那笔赔偿金，"想拿钱买我爸的命，没门。"郑苹觉得这话好像不对，但一时也不知该怎么反驳。他讲话毫不顾忌："我挺佩服你妈，居然会嫁给撞死自己老公的人。你也是，一点也不觉得别扭吗？换了我，一把火烧个干净，然后直接上少林寺了。"郑苹听了挺不舒服，但不想在他面前失态，把话说得四平八稳："你爸和我爸的死，不能全怪周游爸爸。"他有些嘲弄地看她一眼："他要是个穷光蛋，你也会这么说吗？"这话更加过分，不给人留余地了。郑苹那时二十岁不到，换了别人早就发作了，但张一伟是例外，女孩碰到心仪的男生，总是会装腔作势一番。郑苹记得自己那天修养很好，始终保持着三十六度七的健康体温，打定主意就算他当面骂娘也绝不还口。她对他说，天底下的事情，其实讲不清的，没必要每件事都去争个是非对错，你劝劝你妈，把那笔钱收下来多好。——她终是纠结于他没有收下那笔钱。她有个老邻居与他上同一所高中，隔三岔五便把他的事情告诉她。他每天都带饭，基本上是白饭加咸菜。永远穿一双鞋。学校里凡是要花钱的活动全部不参加。除了上学，所有的时间都用来打零工。他甚至在校园里捡同学喝完的饮料瓶子，装进书包。郑苹本来也恨周父，后来再大些，将心比心，便觉得周父也不容易，毕竟责任不在他，换个面黑心冷的，一句"谁让你爸自己闯红灯"便能把你弹回去，更何况人家还挨了一刀。收下那笔钱，接受人家的歉意，与人方便，自己方便，是两全其美的事。可张一伟不同意。他咬牙切齿地对她道："大家都是人，凭什么别人撞死人就要坐牢，而那老家伙撞死人，一点事也没有？他凭什么这么嚣张？有钱就可以逍遥法外，就可以为所欲为吗？他头上长角吗，有免死金牌吗？"张一伟的语气充满了不平与愤怒。郑苹无言以对。她猜他这么偏激，应该与他之前的家境有关。她不知道该怎么劝他，她和他的思路是两条平行线，交不了集。

没心没肺起来，她也曾把他的话学给周游听。周游道："在穷人眼里，总觉得天底下的有钱人，统统都是为富不仁。其实这也是一种心理变态。姓张的就是个彻彻底底的变态。"唯独提到张一伟，周游才会把话说得这么促狭。他曾经问郑苹，到底喜欢张一伟哪里？郑苹答不出来，说，喜欢就是喜欢，没道理的。那时他才二十出头，为此大受刺激，几天后大学里期末考试，居然一个人跑去西藏，回来时整个人晒得乌漆抹黑，包里塞满了皱巴巴的画纸。门门功课都缺考，成绩单上清一色的零分。周父没收了他所有的信用卡，罚他在家反思。换了别的女孩，也许会安慰他一番。可郑苹没有。她觉得还是不理他比较好。她甚至在他心情平复了以后，很认真地替他分析："为什么张一伟会说你们为富不仁？换了他，心情再糟糕，也不敢不考试，因为大学文凭对他很重要，他的前途，他和他妈妈的将来，都要靠这张文凭。可你无所谓，哪怕你只有小学文凭，你爸照样可以安排你到他公司去上班，你是太子爷、接班人。所以说，不是你有个性，是你有资本。在我看来，你这种举动一点也不帅，反而说明你小儿科。"周游吃瘪。男人碰到促狭的女人，其实挺头疼，打不得也骂不得，只能投降。有时候郑苹也觉得挺对不起周游。别的不提，单是话剧社那幢小洋房，便是周游买了给她的。她死活不要，周游劝到最后，也烦了，丢下一句："是借给你用，又不是把产权给你，你每月付房租就是了。"她才答应了。心里清楚，她占着他的好处，却又不承他的情，忒不厚道了。连郑母都提醒过她几次："你要怎么收场？"郑母自己情路坎坷，于男女间的进退算度，便看得极为清透。彼此花在对方身上的用心，像天平上的砝码，多一分，少一分，立刻便显现出来。她说郑苹，女人最忌讳话说得不清不楚，要么是虚荣，要么就是糊涂。郑苹想想也是，跑去对周游交了底："你再怎么花心思也没用，这辈子不可能的。"谁知周游只是"哦"的一声，听过便算。接下去一切照旧。郑苹觉得，不是自己说得不够清楚，而是那位脸皮太厚。但不管怎样，郑苹对周游还是心存感激的，倘若没有他，这些年她会过得更糟。比起张一伟，周游其实更像个孩子。她记得他大学毕业后，第一次陪父亲去谈生意，直至半夜才回来，敲开她的门，呆呆一坐就是半晌。他说他不喜欢那种环境，不喜欢酒席上大家说话的模样，别扭极了，"看样子以后要一直这样了，怎么办？"他一脸苦恼，茫然地看着郑苹。郑苹其实也没有答案，连安慰的话也不知从何说起。照例又是喝酒。周游说他高考填志愿时与父亲几乎大打出手。他想报考美院，可周父硬要他读"企业管理"。周父说，等你坐到我这位置，便是一天画十幅也无妨，画画这玩意儿，是锦上添花，跟打高尔夫玩赛车差不多，靠它吃饭就没必要了。他拗不过父亲。原则问题上，周父从不会退让半分。两个半大不小的孩子在那晚断断续续地感慨着人生，说着"人生不如意十之八九""天涯何处觅知音"。酒精让思路时而停滞，时而跳跃，继而是混乱无比。他问她，我本来能当画家，你信不信？她很郑重地点头：信。后来的日子里，无论周游在生意场上磨砺得如何滴水不漏、收放自如，郑苹始终觉得，那天晚上那个愁眉苦脸的傻小子，其实才是真正的他。

周游的电话响了。他到一旁接听。片刻后，走到焦头烂额的导演身边，拍了拍他肩膀：

"朋友，别烦恼了，刁瑞一会儿就到，照旧演她的四凤。"

晚上七点，大剧院后台，一众演员都已化装完毕，各自坐着待命。郑母有独立的休息室，闭目养神。助理替她按摩后颈。阴雨天，颈椎就酸痛，老毛病了。门半开着，正对着骆以达，瞥见他拿着一本书在看。这是他多年的习惯了，临上场前要看书。二十年前他最喜欢看苏联小说，《安娜·卡列尼娜》《罪与罚》《复活》……厚厚一本拿在手里，说是最能稳定情绪。她不一样，嫌看书太累，费脑子，倒把好不容易记住的台词给忘了。他出自书香门第，父母都是大学老师，再往上，他爷爷是国民党的高官，一九四九年去了台湾。他家教很严，要不是赶上那段乱哄哄的六七十年代，他父母无论如何不会让他去当演员，尤其是他母亲，很高傲的模样，看谁都觉得是下九流。郑母有时候也想，亏得没嫁给骆以达，否则婆媳关系处不好，也难受。各人有各人的活法，她和他，命中注定便是要这么折腾。几周前，她把意思跟他说了。他瞪大眼睛，半晌，又是那句："你不怕？"她也还是那句："只要你不怕，我就不怕。"她面上无异，心里其实是有些忐忑的，怕这人又往后缩。他都到了这个境地了，退无可退，该她患得患失才对。倘若他口里再说出个"不"字来，她打定主意，这辈子是不会再与他见面了。——幸亏没有。他抖抖豁豁地，把她揽入怀里。她听到他隐隐的哽咽声，那一瞬，心头一酸，眼泪也跟着落下来。

骆以达合上书，起身去卫生间，一张卡片似的东西从书里掉出来。他没察觉。一会儿回来，见郑母站在那里，手里拿着那张登机牌，心里咯噔一下，与她目光相接。两人不说话，也不动，就那样站着。僵持着。旁人见他们的模样，都诧异不已，也不敢出声。只隔了几秒钟，便似几个世纪那样漫长。骆以达嘴巴动了动，想说话，却一个字也发不出来。喉口被什么堵住了。

"要去澳洲？"还是郑母先开的口。

"嗯。"他有些涩然的声音，像含着口痰。

"旅游？"她看他。完全询问的口气。

他深吸一口气，又吐出来，似是斟酌了许久："——不是。"

话说出口那瞬，他看到她眼里有什么东西闪了一下，随即湮灭了。像萤火虫逝去的时刻。从绚烂到枯竭，只是一秒钟的工夫。他甚至听到她身体里"嘣"的一声轻响，什么东西断了。他内疚得都不敢看她了。周游爸爸很道地，买的是头等舱的机票。话说得也贴心贴肺，"澳洲是好地方，养老最合适。那边都安排好了，完全不用你操一点心，这两天收拾一下，下礼拜二就走。"他一百个不情愿，可完全没有招架的余地。藏毒罪不大不小，判起来可长可短，周父一手拿着澳洲的移民资料，一手握着他的小辫子。周父的口气一点儿也不像威胁："是去澳洲享福，还是要在牢里待个三五年，骆老师您自己决定。"骆以达收下登机牌的时候，手抖得厉害，几乎都握不住了。眼前发黑，身子晃了几下，扶住椅背才勉强撑着不倒下去，又狠狠地想，你有什么资格昏倒，你就是死，也是不够格的。你就卑微地活在这世上吧。他想到"卑微"这两个字，竟窘得有些想笑了。

郑母站了会儿，说声"蛮好"，便要回到原座。骆以达依然是不动。周父从旁边走过来，亲亲热热地扶住她的肩膀："骆老师这么快就公开了？不是说等话剧结束才宣布嘛。——也对，好事情，晚说不如早说。上海AQI指数那么吓人，换了我也想移民。恭喜啊骆老师。"

众人回过神来，纷纷向骆以达表示祝贺。郑苹有些担心地看向母亲。后者只是轻轻摇了摇头，便走去卫生间。郑苹跟上她，也不说话，只是与她并肩。郑母说，你去吧。郑苹嗯了一声，却不走开。郑母又说一遍，去吧，让我静静。郑苹这才停住。瞥见众人的神情，嘴上说着"恭喜"，却都是有些异样。后台的气氛陡然变得有些诡异。骆以达坐着，不说话也不动弹。周游走到郑苹身边，幽幽地来了句：

"人生如戏啊。"

郑苹不语，想起下午问母亲"男人对你是不是真心，怎么看得出来"，母亲那时的口气，其实也不是很有把握的。说到底每个人只能对自己负责，再亲再熟的人，一颗心终究是隔了肚皮，完全估不准的。郑苹心里叹了口气，又想起父亲拍那张照片，把所有人都蒙在鼓里。母亲至今仍认定那照片是她拍的。世上出乎意料的事情太多了。郑苹记忆里的父亲，话很少，好好先生的模样，母亲说什么，他就听什么，从不违拗，跟骆以达也是亲兄弟一样的交情。她无论如何想象不出，父亲躲在暗处拍照时，会是怎样一副情形。按下快门那刻，瞳孔收缩，拳头握紧，扭曲的快感。台上输给他的，台下双倍来讨。连同她给他的屈辱，一起来算。郑苹猜想，父亲对母亲，应该也是真心的。周游说过，讨女人喜欢的男人，男人一闻就闻得出来。女人也是如此，讨男人喜欢的女人，女人也能闻出来。加上周父，母亲占了三个男人的心，却一点儿也不快乐。这些年来，郑苹头一次觉得母亲可怜。

"怎么搞定刁瑞的？"郑苹问周游。

周游不说话，鼻子里哼出一口冷气。

郑苹猜到了答案。"她真缠着你结婚，怎么办？"

"那就结吧，"周游恶狠狠的口气，"——你等着我，我早晚弄死她，再来寻你。"

郑苹朝他看，不合时宜地笑了笑。如果不笑气氛就更不对了。明明是六月里的天，毛孔竟生生滋着冷气。停了停，她傻乎乎地说句："结吧，早晚总要结的，讨个貂蝉也不错。"

正说着话，一人从外面进来。正是张一伟。穿得很正式。西装领带，头式也很清爽。他绕过众人，径直走到郑苹面前。郑苹怔了怔，还未说话，他已先开口：

"我妈坐下了。我进来看看你。"

郑苹停顿一下："哦。"

"还是头一次来后台，挺有意思的，"他瞥过一旁的刁瑞，神情不变，又朝周游点点头，算是打招呼，"周公子，这阵子还行吧？"

"托你的福，蛮好。"

"气色不错。"张一伟加上一句。

"天天吃野山参，大拇指那么粗的。"

"天气热，当心上火。"

"不吃饱人参，怎么有力气跟神经病斗智斗勇？"

张一伟嘿的一声。周游揉了揉鼻子，作势抠鼻屎，往地上弹了弹。不远处的周父也朝这边投来视线。张一伟只当没看见，自顾自地拉起郑苹的手，捏了捏："你忙，我先下去了。"郑苹点点头。瞥见刁瑞自始至终低着头，不敢看他。又想，张一伟统共也只来过话剧社两三次，竟能策反这女孩，不晓得是怎么做到的。可惜这女孩太想飞上枝头当凤凰了，他这么做，费心费力，却也只是给她一次要挟的机会罢了。

对讲机里通知"各就各位"。郑母站起来便朝外走，周父拉她手臂，有些惊惶地：

"你做啥？"

她轻轻甩脱："做啥？去外面透透气，抽根烟。"瞥见他不太相信的神情，又冷哼一声："放心，我是演员，不会开这种玩笑。"说着又要走。周父不松手。她有些嘲弄地看他一眼："早知如此，又何必挑今天呢？我知道你是想让他演完再说的，可惜，人算不如天算，包袱提早抖开了。"她难得对他说这么多话，语速又是极快的。周父依然是不松手。脸上神情做得若无其事。碍着旁人在，她说话也是极小声。

"先坐下。"周父压着音量，语气却是有些严厉了。

她朝他看。忽地，重重地甩开了他。他没提防，往后跟跟跄跄退了两步。她径直朝外走去。高跟鞋在地上踏得清清脆脆，旗袍勾勒出的腰肢，随身形微微摆动。经过骆以达身边时，她停下来，虽只是一秒钟不到的时间，也很明显了——似是等他交代什么，说些话，或是做些什么。——可惜没有。他背对着她，动也不动，木头人似的。她一颗心直沉下去。再不停留，快步往前走去。舞台督导早下了指令，所有演员在后台待命，但见她这样，也不敢拦。郑苹上前跟着母亲，见她开了侧门出去，果然点了支烟。

"要吗？"郑母拿着烟，问她。

郑苹接过。母女俩还是第一次一起抽烟。郑苹知道母亲会抽烟，但从未见过。郑母抽烟姿势很漂亮，纤长的手指夹着。但一看便是花架子，烟多半吐了出来，并不真吸进去。两人不说话，各自朝着一边抽烟。很快抽完了，郑母把烟头在墙上掐灭。

"进去吧。"她道。

话剧演得很顺利。台下几乎是座无虚席。不少是二十年前"繁漪"的粉丝，专程冲着她来的。隔了这么久，"周朴园"和"繁漪"都还是当年的面孔。舞台会转，像地球一样，到了一定时候又会转回来。人都还站在原地呢。演员有新旧之分，观众也是如此。新观众看的是热闹，老观众看的是情怀。逝去的年华是本书，翻一页过去，便在心上留道印迹，一页一页，密密麻麻。还未开演，心里已是满的，及至看见人，岁月的感觉袭上心头，立刻便满溢出来，笑与哭，喜与悲，台上台下都是相连的。

很快，演至结尾高潮处。"繁漪"痛苦地：

"萍，你说，你说出来；我不怕，我早已忘了我自己。（向周冲）你不要以为我是你的母亲，你的母亲早死了，早叫你父亲压死了，闷死了。现在我不是你的母亲。她是见着周萍又活了的女人，她也是要一个男人真爱她，要真真活着的女人！"

"周冲"心痛地："哦，妈。"

"周萍"对着"周冲"："她病了。（向"繁漪"）你跟我上楼去吧！你大概是该歇一歇。"

"胡说！我没有病，我没有病，我神经上没有一点儿病。你们不要以为我说胡话。我忍了多少年了，我在这个死地方，监狱似的周公馆，陪着一个阎王十八年了，我的心并没有死；你的父亲只叫我生了冲儿，然而我的心，我这个人还是我的。"

"繁漪"说到这里，忽然停下来，走到台前。饰演"周冲"的是个年轻演员，经验不足，见她对白说到一半，与排练时不符，便也愣在那里，不知所措。"繁漪"对着台下，哀伤地望向远处，一动不动。灯光打在她的脸上，五官像瓷器股纹理细腻，透着光。很美。剧场里静寂一片。连"繁漪"轻轻的一声叹息，都听得清清楚楚。她说下去：

"就只有他才要了我整个的人——可是他现在不要我，又不要我了！"

这句对白，她本该是对着"周萍"说的。此刻却是对着台下，第一排的观众都看到她眼里噙的泪了。她停顿一下，又说了一遍，"他又不要我了！"话冲出口那瞬，喉口立时便哑了。什么东西涌到鼻尖，涩得发苦。每个字都似是带着翅膀，在剧场内盘旋，还有回音。台上站着好几个演员，观众却只盯着她一人看。她是舞台的中心。有熟悉《雷雨》的，已觉出些不对，但又怀疑是新版的噱头，故意这么演的。

"繁漪"说完那句，停下来，静静地看着前方。"他又不要我了！"——她满脑子都是这句，接下去的台词，竟是一点也想不起来了。她完全不担心，反而一身轻松，想，索性就这么一直站着吧。脑子里是空白的。她又往前跨一步，再一步。脚像踏在云朵里，整个人似是飞了起来。跳下舞台那瞬，她眼前闪过他的脸——是初见面时的那张青青涩涩的脸，孩子似的纯真眼神，看她时有些露怯，看一眼，停一停，再看一眼。反倒不及她大方。他替她把行李拿到宿舍。她听到别人叫他的名字，骆以达，骆以达，她心里念了两遍，顿时便记住了。他笑的时候，居然还有酒窝。左边那个深，右边的要浅一些，不对称，但依然好看。——她觉得自己很没有出息，这当口还想着他。这场戏没有他，他该是坐在后台，揣着那张去澳洲的登机牌。她晓得他有苦衷。这些年，他每回都有苦衷。否则他早娶了她。可又怎么样呢，他终究是没有。"苦衷"在她看来，跟"借口"差不多。天底下又有多少恋情是一帆风顺的？那些负心的，谁的嘴里又倒不出几汪苦水来？——她竟忍不住想笑了。不知是笑别人，还是笑自己。

　　她直直地往前倒去。舞台很高，摔下去必死无疑。她想，比喝农药好，演员死在剧场里，那是最妙的结局。——忽然，一双手抓住了她。众人惊呼声中，"周朴园"变戏法似的出现了，牢牢抓住"繁漪"。她兀自没有反应过来，及至被他抱在怀里，闻到他身上那再熟悉不过的味道，不由得呆了。他抱得她那样紧，完全不管不顾地。她几乎要透不过气来，一阵晕眩。想，这是梦吧？肯定是。否则他怎么会当着这么多人的面抱她？这么大的场合，这么亮的灯光，这么多双眼睛看着——不是梦是什么？她听到他的心跳声，还有自己的。扑通扑通。也不知过了多久，她终是忍不住，眼泪夺眶而出，像个孩子那样哭了起来。

　　晚上九点半，慈善酒会准时开始。就在大剧院楼上的望星空宴会厅，布置得金碧辉煌。正中是"怡基金揭幕酒会"几个大字。郑母换了套衣服出来。周父揽着她，笑吟吟地招呼客人。有客人问起郑母身体怎么样。郑母还未回答，周父已抢在前头："为了穿旗袍漂亮，连着十来天都不吃主食，女人就爱这么作践自己。"说着朝郑母看："你呀，早劝过你了，演戏也是体力活，不吃饭，别昏倒在台上才好——被我说中了吧？"

郑母不语。望向远处角落里的骆以达。他也在看她。

"最后一次了，"入座后，郑母对丈夫道，"明天就去办手续。"

"那他呢？"周父问。

"他要是坐牢，我每天探监便是。"她淡淡地道。

周父嘿的一声，拿起酒杯，微笑着朝旁边客人让了让，再转过来，眼里笑意全无："随你。"

郑苹是主持人，先说了段开场白，便请周父上台致辞。周父说得很简短："我夫人名字里有个'怡'字，所以我设立了这个'怡基金'，主要是想帮助那些孤儿，让他们能够健康地成长，能够上学。这件事具体实施起来会有难度，但我一定竭尽全力，持续地做下去。"

掌声过后，台上的LED屏幕便开始播放关于"怡基金"的宣传片。PPT是郑苹请专业人员做的，一共二十分钟。郑苹走下台，坐到母亲身边。见她脸色兀自有些发白，神情倒是透着悦色。刚才那瞬，心都跳到嗓子眼了，也亏得骆以达反应快，否则后果真是不堪设想。

郑苹又想，在那么多人面前那样，这比盖一百个章都管用，是板上钉钉的意思。酒会还没开始呢，那边倒已先揭了幕。——就不晓得接下去会怎样。

忽地，屏幕上出现偌大的三个字："伪君子！"

众人一阵哗然。"伪君子"用了血红的特大号字体，占了屏幕的大半，甚是醒目。紧接着，又是一句："踩在尸体上发财的不良商人。"后面有文字说明，几年前周父公司的一个楼盘在建筑过程中，发生倒塌事故，造成十来名工人死亡，结果只是草草了结，无人追究。还配有照片，先是一张工地事故现场的，惨不忍睹，接下去连着几张，是家属哭天抢地在周父公司门口讨要说法，被保安强行拉走。再接着，是已竣工的楼盘正面照，坐落在黄浦江畔，广告语是"坐拥极致，享尽奢华"。与前面形成鲜明对比。最后一张照片，是该楼盘获得年度沪上最佳楼盘的称号，周父上台领奖，意气风发。

后台放映人员兀自不知，前台一干人也是呆了，忘了该如何应对。周游冲到后台，嚷着"你他妈给我停下来——"，急急地按下"停止"键。放映员才知道闯祸了。这么一来一回，也已是过了三四分钟了。

现场顿时鸦雀无声，众人面面相觑。饶是周父久经沙场，这会儿也是脸色铁青。郑苹匆匆拿出备用的U盘，交给放映员。音乐声中，屏幕上出现一群孩子，举起手，殷切地捧出一颗红心，映衬着"怡基金"几个大字，蔚为壮观。她再看换下的那个U盘，外观与她原先的一模一样，里面的PPT文件名也是完全相同。很明显是被人调了包。早上起来还在电脑上检查过一遍，并无异样。郑苹不禁朝张一伟看去。他也在看她，目光在半空中相接，干涩得像是深秋地上的落叶。——U盘自然是他换下的。日子也是他算好的，不早不迟，恰恰是酒会的前一晚。U盘就放在写字台上。趁她上厕所、洗漱，或是准备早餐的时候。机会多的是。她转过头，再不与他相对，心里忽然羞愧得要命，满脑子都是"自作多情"这个词。他又怎会真喜欢上她？要说喜欢，八年前就喜欢了，哪会等到现在？——是她多心了。女追男隔层纱、日久生情、精诚所至金石为开……这些对他统统都不适用。他对她的心，与八年前退还纸鹤那刻绝无二致。

宣传片结束后，大厅响起轻柔的华尔兹音乐。周父站起来，上身微躬，伸手向郑母邀舞。郑母迟疑了一下，还是与他相握。两人到舞池中央，缓缓起舞。郑母瞥过一旁的骆以达，见他脸上带着微笑，便也报以微笑。此时此刻，两人再无嫌隙，彼此心照。

"知道我第一次见到你是什么时候吗？"周父在她耳边道。

郑母不语。周父径直说下去：

"我猜你肯定想是在人艺舞台上。其实不是，比这个更早，是你大二那年，我刚好去上戏办事，看你们在排练《雷雨》，那时你演的是四凤。你一直以为我是看了你演的繁漪才喜欢上你的，我也从没跟你说过，其实比起繁漪，我更喜欢你演的四凤。男人嘛，说到底口味都差不多，周萍不也是喜欢四凤？周冲就更别说了。繁漪那样的脾性，放在舞台上出彩，生活里就有些过了。还是四凤好，简简单单。"他说着又加上一句，"女人还是简单些好，自己舒服，别人也舒服。你说呢？"

郑母依然是不说话。

"你再考虑一下，"周父劝她，"那么多年都过来了，也不急于一时。"

"不用考虑。"郑母回答。

周父朝她看了一会儿，叹了口气，伸手在她肩上捋了捋，"你这人啊——"喉口一紧，后面的话居然没跟上，像被什么绊了一下。这对他来说已是绝无仅有的了。便是当年与第二任妻子谈判，那女人干部家庭出身，思路清楚，口才也好，摆出要让他净身出户的架势。他脸上是笑的，手条是硬的，到头来也没让她占着一丁点儿便宜。他心里清楚，没有那女人，他无论如何到不了今天的光景。那段婚姻在他眼里只是场交易。所以他能硬起心肠。但此刻情形完全不同。他对她，别说手段，便是狠话，都扔不出一句。

"我，对你不好吗？"他想问她。瞥见她并不看他。——顺着她目光滑去，那头是骆以达。——心里嘿的一声，把那句话咽了回去，脸上兀自笑容不变。他是主人家，开第一支舞。接着，宾客们也开始纷纷起舞。

张一伟来到郑苹座位边，伸出手："跳支舞？"

郑苹不动："没精神。"

"有话跟你说。"他道。

"说吧，我听着。"她头也不抬。

他停顿一下，在她身边坐下来。"我不预备说对不起。"郑苹哈的一声，竟感到有些好笑了，心想这男人连道歉也懒得敷衍了。

"没关系，"她道，"说不说都一样，反正我也不会接受。"又想自己这话仍然像是赌气，该更无所谓些才对。索性不睬他，拿起香槟喝了一口，头转向另一边。停了几秒钟，终究是忍不住，又别回来，对他道：

"你另找个位子坐吧。"

"我晓得，你现在很生气，"他看着她，"不过我这么做，你该明白的。"

"嗯，"她点头，"替天行道嘛。"

他不理会她的嘲讽，停了停，又道："其实我今天想做两件事，除了刚才那件，还有一件。"

郑苹心念一动，瞥见他裤袋那里凸起一块，似是有什么东西，"求婚啊，"她笑笑，"口袋里装的不会是戒指吧？啧啧，你张一伟梁山好汉似的人物，原来也会做这种事——拿出来我看看，当众求婚，钻石总不至于太小吧。不过也难讲，你这人不能以常理论之，到时候掏颗玻璃球出来，也不是没可能的。我要是不答应，你准会说，你凭什么不答应，凭什么这么嚣张？你有什么了不起，你头上长角吗？"她学着他之前的语气，笑吟吟地一路说了下去。

他有些诧异地看她。认识她到现在，还是第一次见她这么促狭。她霍地停下，朝他看："你是不是觉得我特别好欺负？"他一怔，还不及回答，她又道：

"嗯，不能叫'好欺负'，应该叫'自作自受'，或者是'傻到极点'才对。"她说到这里，鼻子一酸，强抑着不让眼泪流出来。嘴上却是越发凌厉起来：

"你知道吗——去年年底你跑来找周游爸爸，那天我刚好也在，就在你们隔壁。"

他一凛，脸色顿时变了。

"其实我也不是存心偷听你们说话，可你这个人呀，就算是问别人要钱，也是一副闹革命的模样，好像别人前世欠了你的，不给不行。"她嘲弄地迎住他的目光，"我只是不明白，你不是恨他入骨吗？道不同不相为谋，怎么会跑来问他要钱？你的原则呢，你的铮铮傲骨呢？怎么，那阵子没喝牛奶，比较缺钙，是不是？"

张一伟不说话。郑苹瞥见他嘴唇咬得很紧，隐隐有牙齿摩擦的声音。脸上一阵青一阵白，完全被刺痛的神情。她晓得这几句话的杀伤力。她以为自己会藏着一辈子不说，女人对着心爱的男人，嘴巴原本就是去芜存菁的。她甚至都快忘了这些了。如果不是此刻，他让她难受得想死，她真的会憋一辈子的，睁只眼闭只眼，不去想个究竟。他是怎样的人，对别人怎样，于她又有什么关系呢，她只要他对她的一颗心，就足够了。可到底是落空了——她感到一阵报复的快感，却又有什么东西在胸口直沉下去。很爽，却又很憋屈。是自暴自弃的心情。

"是因为我妈的病。否则我妈只有等死。不为别的。"他看着她，一字一句地蹦出。

"他没答应，所以你就更加恨他了，对吗？"

"他答不答应，我都恨他。这是两码事。"他沉着声音道。

郑苹嘿的一声，完全不给他台阶下："也就是说，就算他把钱给你了，你也不会给他好脸色，照样骂人家为富不仁坏事做绝。——你不觉得你很可笑吗？我倒要问问你，你这么做，是把自己放在什么位置？你凭什么这么了不起，这么嚣张？你是上帝吗，你头上长角吗？"

他被她问得有些呆住了。"所以呢，"他道，"我应该像你一样，拿了人家的好处，就把自己原先姓什么都忘了，是吗？"

"那也比你好，至少我不会说一套做一套，又当婊子又立牌坊。"这话出口，她自己都是一惊，有些恶毒了。

他沉默了一下："既然如此，你干吗那么恨你妈？——我猜你将来也是走你妈的老路，嫁个小开。周游不错啊，现在先吊足他胃口，弄得他服服帖帖。女人都喜欢玩欲擒故纵，你郑小姐属于玩得出神入化的那种。站在男人的角度，我劝你见好就收，差不多就行了，别把篷扯得太足，当心断掉。不过也难讲，你做事那么有分寸，应该也没问题。少了个老爸，现在又多了个老爸，还赚个未来的老公，蛮好。别看你面上棱角分明咋咋呼呼的，其实骨子里很会为自己打算。我挺佩服你。"

"什么意思？"郑苹看他。

"没什么意思，"他耸耸肩，"夸你呀，只要实惠，不要牌坊。多灵光。"

两人对视一眼，便立刻把目光移开。其实是不敢与对方互望，你一言我一语的，每句话都是刀刃朝着外面，轻轻一擦便能看见血光。说的时候很畅快，像把前一阵肚子里积的东西一股脑吐了出来，剥皮拆骨。及至吐出来，又觉得浑身空落落的，没有一丝力气。两人都不曾料到会从对方嘴里听到这些。那些话，完全不由自主地，蹦一句出来，又蹦一句出来。这边受伤，那边也在流血，两败俱伤的架势。

"我从没说过自己有多么高尚。"半晌，郑苹说了句。

"我也没有！"他忽地提高音量，倒把她吓了一跳，抬头看去，见他眼睛布满了血丝，竟红得有些吓人，那一瞬，五官也与平时不同，声音也因为绷得太紧而沙哑了，整个人似是陡地老了六七岁。他下意识地抓着头发："我也没有、我也没有——"他重复着这句话，像是喃喃自语，又像是辩解什么。眼神定定的，眼珠动也不动。郑苹被他这模样惊得呆了，拿手去抚他肩膀。他一让，她扑个空。停了停，又去抚，这次他不动，她触到他微颤的肩头，心里难受得很。她原本是打算在他面前做一世乖女孩的。他与她，都是一样的境遇。她看他，有时候其实像在照镜子，又像左手跟右手下棋，再怎样七拐八绕都是差不多的路数。这手棋还未落定，下一手已晓得会怎样。这些年她想起他，脑子里最先冒出的，便是"怜惜"二字。这二字通常是用在女人身上。可不知怎的，他那样高大健硕的一个男人，竟会让她有这样的情感。此时此刻，更是如此。她不自禁地在他肩上拍了两下。他霍地站起来，拿过服务生端来的一杯酒，头一仰，一饮而尽。说声"我去洗手间"，转身便走。郑苹在座位上呆了半晌，一抬头，瞥见邻座周游似笑非笑的目光。猜他一直关注着这边，忙把头别开。周游已走了过来。

"你是前世欠了他的，我是前世欠了你的。"他摇头。

"刁瑞呢？"郑苹岔开话题，"刚才看见你和她在跳舞。"

"给了她一张空白支票，让她随便填。"

"结果呢？"

"没要，还给我了。说爱的是我这个人，不是钱。"

“那挺好。”

“这话要是真的，母猪都会上树。”他嘿的一声。

郑苹也笑笑："看来真的要喝你喜酒了。"

“还要谈。我没那么容易妥协。”

“你爸怎么说？”

“说了，这事让我自己摆平。如果摆不平，就自己兜进。”

郑苹知道这话不假。周父待她母女宽厚，对周游却向来严苛。膝下只他一个独子，偌大的家业将来都要交给他，老派的想法，自是要多管教些。想着安慰他两句，周游已说了下去："要是我真的进去了，老头子发发功，也许只关个三五年就出来，到时候我还不到三十，生意不管了，家产也去他妈的统统不要了，照旧画我的画——你愿不愿意等我？"

郑苹怔了怔，见他一脸认真，话说得又是这般孩子气，不禁心头一酸，嘴上道："到时候你小貂蝉都出来了，哪里还有我的事？"

刁瑞走过来，朝郑苹打招呼："郑姐。"郑苹点点头，识相地走开了。听见周游在身后道"寻个地方再聊聊"，刁瑞哈的一声，不说好，也不说不好。心里叹了口气，想这世上真正称心如意的人只怕也不多，在旁人眼里，周游算得是天之骄子了，却只有她晓得，遗憾的事情不止一桩。又听周游隐约说了句"上天台聊"，心想眼看着就是一场雷阵雨，上天台做什么。

现场督导提示郑苹上台——抽奖环节到了。

郑苹走上台，说了流程。每人的请柬后面有个号码，已统统输入电脑，依次抽奖。先是三等奖和二等奖，热闹了一番，最后大奖是一辆宝马X6，由周父亲自抽取。他上台来，大屏幕滚动号码，他按下鼠标，又滚动了几下，落定在一个号码上。

"75号。"郑苹道，"请这位幸运儿上台来。"

台下并无动静。郑苹又说了一遍，"请75号的先生或是女士到台上来，恭喜您获得了大奖。"依然是无人响应。众人正纳闷间，忽见一人站起来，缓缓地走上台。——正是张一伟。

郑苹不与他对视，退到一边。周父亲自为他送上车钥匙与鲜花，握手那一瞬，靠近他，轻声说了句："本来是X3，听说你来，临时改成X6了。"张一伟怔了怔，瞥见周父眼镜后那道光闪得狡黠，停顿一下，"这算是贿赂吗？"他问。

"你说是，那就算是吧。"周父微笑着，示意他面向台下，接受众人的鼓掌。郑苹偷偷朝他看，见他低着头，似在思忖。X6最低配也要百十来万，周父这礼送得不小。不由得又有些担心，怕这人现在闹将开来，那便不好收拾。忙拿起话筒："让我们再次以热烈的掌声向这位先生表示祝贺。"目光依然是避开他，倒不是为了别的，而是怕他难堪，拿着那把特制的大钥匙，在她面前下不来台，别当众做傻事才好。

张一伟到底还是拿过了她的话筒。对着台下众人：

"这辆车，明天我会开到二手市场卖掉。就当是周总托我转交给那些家属的赔偿金。"

此言一出，台下俱是哗然。与此同时，屋外传来响亮的一记雷声，使得厅里几乎一震。张一伟不再停留，径直下了台。郑苹不自禁地朝周父望去。见他笑容不变，也走下台来。郑苹又朝四处张望，没见到周游和刁瑞。没来由地有些担心，想，不会真去天台了吧。周游再怎么说说笑笑，那件事到底是有些惊心动魄的，况且又是夜里，又是天台，还下着雨，这气氛竟有些森然了。

郑苹给周游打电话，那头接起来："什么事？"郑苹问他："在哪里？"他回答："动之以情，晓之以理呢。"郑苹关照："吓唬吓唬就行了，别太过分。"那边扔下一句"我晓得"，便挂了。

酒会结束，客人陆续离席。周父与郑母站在大厅门口送客。张一伟独自坐在角落里，郑苹远远望着他，并不上前。他应该也是感受到了她的目光，也不抬头。两人僵持了一会儿。张一伟站起来，四处张望，应该是找他母亲。郑苹缓缓走过去。

"伯母呢？"她找个由头开口。

"大概去厕所了。"他看表，"去了有一阵了。"

"我替你找找。"郑苹说着，又朝他看一眼。他说声"谢谢"。她道"不用"。——两人客气得过了头。她去了附近的卫生间，并没看见人。又见客人已走了六七成，大厅门口也只剩下郑母一人，上前问她："周伯伯呢？"郑母回答："张一伟妈妈找他有事，两人走开了。"郑苹便有些意外，想这两人竟然也有话说。这时手机响了，接起来，是导演，说他一个包落在后台上，让她替他先收着，"下周我去话剧社拿。"郑苹答应了，踱到后台，一个人也没有，拿了东西正要离开，忽听见隔壁有人说话：

"你让我放过他，不如先劝他放过我。"正是周父的声音。

郑苹愣了一下，悄悄走近，隔着一扇偏门，果然见到周父与张母站在里头。背着光，两人的脸都浸在阴影里，看不甚清。

"算我求求你，行不行？"张母恳求的口气。

周父嘿的一声："你不用求我。反过来倒是我要求你，你儿子是要把我往绝路上赶啊。"

"我求求你——我从来没有求过你吧。当年你要和那女人结婚，我一句话不说，全由你。八年前，你撞死我男人，我也没有求你，没要你一分钱——"

"我要给的，是你自己不要！"周父打断她，沉下声音道，"你一个女人带个孩子，我晓得你艰难，房子给你，钞票也给你。是你自己别着一口气，死活不要。我晓得你的心思，是存心不领我的情，把我变成个大恶人。既然如此，你生你的病，又何必让你儿子来求我？"

"什么？"张母惊讶道，"几时的事情？"

周父哂的一声："原来你不晓得。你儿子只当我不答应，嘿，他也不想想，单凭郑苹那小丫头，能请到那么好的大夫治你的病？还有几千块钱一晚的VIP病房，上海滩那么多有钱人，多少人排着队等，怎么就单单轮到你？——我也算仁至义尽了。这些年睁只眼闭只眼，倒被人欺得得寸进尺。刚才的情形你也看见了，当着那么多人的面——是他不仁在先，别怪我不义了。"

"他是小孩子，你别跟他计较。我求求你。"张母依然是恳求。

周父冷哼一声，并不回答。

张母似是哽咽了一下。"是我不好，不该让他知道我们之前的事情。这孩子脾气犟，想事情一条筋，心疼我这些年吃的苦。况且他同他爸爸关系又好。"

周父又是哼的一声："怎么，你没说吗？我是陈世美没错，为了千金小姐抛弃糟糠妻，这些你告诉他也没什么。怎么他爸爸的事你倒不说了？他是怎么撞到我车子的，监控拍得清清楚楚，我是顾及你，才没说的。现在你儿子反倒为这个恨得我咬牙切齿。"

"你让我怎么说？"张母哽咽道，"告诉他，他爸爸其实是碰瓷，存心讹人钱吗？——你不晓得，他爸爸是多么老实巴交的一个人，我们早上卖煎饼，少找别人一块钱，他都要追上去还给人家。要不是实在过不下去，也不至于——"说到这里，她已是泣不成声。

"你不要同我说这个，"周父似是有些不耐烦，"现在我也被你儿子弄得快过不下去了——你哭哭啼啼算怎么回事，你这个女人，你不要以为这样，我就会心软。你儿子现在就是我眼中钉肉中刺，非拔掉不可。机会我给过他很多次，是他自己不识趣。"

　　"你——"

　　"好歹夫妻一场，将来你养老送终，总包在我身上便是。"

　　屋外又是一记响雷。震得人耳膜发疼。

　　郑苹怔在那里。这一天里发生的变故太多，脑筋都转不过来了。她想起周游说他父亲以前在苏北老家有个妻子，没想到竟然是张母。一场车祸撞死两个男人，剩下两个女人，一个后来嫁给了他，一个竟是他前妻。都说戏台上是无巧不成书，现实生活竟更是匪夷所思了。她还是第一次听周父这么阴恻恻地说话，背上不自禁地起了冷汗。

　　停了半晌。张母似是下了很大的决心："你听我说——其实，他是你的儿子。"

　　郑苹闻言一惊。只听得周父嘿的一声，似是好笑："你觉得我会相信吗？"

　　"我不骗你。他是一九八七年六月生的，你自己算日子。你一九八六年九月最后一次回的老家，十一月就写信来说要离婚。我恨你变心，就没跟你说这事。本来想打掉的，医生说我体弱，这胎打掉，弄不好以后就不能再生。——你再想想，这孩子的长相，是不是像极了你年轻时的模样？"

周父不语，似是沉思。

"你如果还是不信，就去验DNA，这总做不得假吧？"张母急得声音都有些哑了，"本来我想瞒你一辈子的，可今天再不说，我怕你害了自己亲生儿子。"

周父蹙着眉，依然是不语。沉默了片刻，他缓缓地道：

"你去跟他说。"

张母答应了。他又叮嘱道：

"还有他爸——你前面那个男人的事，也一并跟他讲清楚。"

张母犹豫了一下："这又何必？"

周父嘿的一声。

"教他晓得这世界不是他想当然的模样。人跟人的边限，不是铅笔描的那种，而是水彩颜料晕染出来的，泾渭哪有那么分明。——要做我儿子，这层先要想明白。"

郑苹匆匆离开了。回到宴会厅，见张一伟还坐在那里。很快，张母走了过去，拉住儿子说话。没说几句，张一伟的脸色便变了，霍地站起来，说："不可能！"张母又拉他坐了下来。郑苹冷眼旁观，想，换作是她，这会儿肯定也接受不了。八年前跟着母亲刚到周家那阵，她天天算着周父上班的时间才出房间，连跟他打照面都觉得尴尬。仇人一下子变成亲近的人，那感觉真是要命的。更何况那个还是他的亲生父亲。郑苹心里叹了口气，想，够这人难受一阵了。朝四周打量，依然是没见到周游和刁瑞。

"我不信，你骗我！"张一伟忽然大叫一声，起身朝外冲去。张母叫他名字，他只是不理，转瞬便出了宴会厅。张母呆坐在当地，神情委顿。郑苹停了停，上前："伯母，没事吧？"

张母摇了摇头。郑苹给她拿了杯水。她接过，说声"谢谢"。有气无力地。郑苹细看她，与母亲差不多年纪，却似大了七八岁还不止。女人一辛苦，就显得苍老。张一伟说他母亲性子倒比他父亲更像个男人，里外都靠她操持。郑苹想也是如此。年纪轻轻便被丈夫抛弃，带着儿子再嫁，个中苦处自是难以言喻。偏偏第二任丈夫又是早逝。她一人把儿子拉扯大，便是境遇再糟，负心男人的钱，她也是绝计不收。硬气如此。况且又得了绝症。郑苹想到这里，对眼前的老妇人更多了几分敬重："伯母你坐一会儿，我去给你们叫辆车。"

一道闪电从眼前划过，即便是室内，也觉得刺眼，像一条金龙舞过。接着，"啪！"一个惊雷，在头顶炸开。

与此同时，听到一人惊呼："有人被雷打中，从楼上摔下去了！"

宴会厅里顿时乱作一团，都问："怎么回事，是谁？"众人七嘴八舌。很快，有人补充，"是两个人，一男一女，从天台摔下去了！"郑苹一惊，立刻有种不祥的预感。果然一会儿，又有人冲进来，惊惶至极的神情："是周总的儿子，被雷劈到，这么高摔下去，人都摔碎了。还有个女的，演四凤那个，都烧得不成——"这人话到一半便打住，看见周父站在一边，顿时期期艾艾，"周总，这个，周总——"

周父脸色惨白，身体抖了两抖，强自撑着。有人报了警。一会儿，他一个随行匆匆进来，走到他边上耳语了几句。周父先是不动，嘴唇突然像抽风那样抖动起来，想说话，却又发不出声。他立时便要冲出去，被人死死拉住。他挣扎了几下，便不动了。就那样定定地站着，眼睛成了两个黑洞，完全没有神气，也不知看向哪里。半晌，整个人剧烈地颤抖起来，撕心裂肺地叫一声：

"啊——"

正混乱之际，又有人叫："那辆车，中奖的车，撞到电线杆上了！"

众人又是一惊。还没反应过来，张母已叫了出来："一伟、一伟——"

"人怎么样？"又一人问。

"人都从车里飞出来了。怕是不行了。"

又一道闪电划过。"啪！"雷声像是打在人的心上。把五脏六腑都要惊得蹦出来。那瞬，郑苹脑子忽然一片空白，莫名地，手脚开始发麻。张母疯了似的冲出大厅。周父终究还是撑不住了，整个人瘫在地上。旁人七手八脚，抬手的抬手，抬脚的抬脚。郑母的声音：

"掐人中——"郑苹怔怔地站在那里，傻了似的。忘了接下去应该干什么。眼前发花，只见到人在动，机械得像木偶似的。世界似是变成了黑白色，线条冷峻，简约是简约，看久了一颗心便空荡荡的。她记得有一次周游教她画素描，白布上放本书。她觉得颜色太单调，不好画。他说素描最重要就是区别黑白灰的层次感。他说，不能只盯住一个地方，否则会失衡。从桌子到白布，到书，再到书的每一页，都要连起来看，要对比着画。她依然是不喜欢，说宁可学水彩画，鲜艳些。他说，"把那些颜色都卸下来，才是这世界真正的样子。你以为这世界是五颜六色的吗？——你闭上眼睛，想一想，这世界是什么颜色？"她竟真的闭上眼睛。却被他趁机在脸颊上亲了一口。他为她画的肖像，她放在抽屉里。隔了几年，纸张有些发黄了，上面那个少女手托腮，脸朝这边，眼睛却瞧向另一边。画的右下角有一行小字：给亲爱的苹。那时她嫌这话肉麻，死活要擦掉。周游把家里所有的橡皮擦都藏起来。那天，两人闹得很欢。真像两个孩子了。

警车和救护车很快到了。三具尸体被抬走。郑苹站在一边，没撑伞，雨水顺着额头落到颈里。雷声与闪电不断，天空像在放着巨大的鞭炮，还有烟花。郑苹奇怪自己竟然一滴眼泪也没有流。就像八年前，看到父亲的尸身那刻，泪腺被堵住了似的，怎么也哭不出来。那天，她想，索性就让雷把我劈死吧。又想，跟父亲说的最后一句话是什么呢，是那句"买好小笼快点回来"——从那以后，她再也没有吃过小笼。

一个小盒子从张一伟的裤袋里掉出来。郑苹捡起，打开一看，是一只金子打造的小仙鹤，大拇指那么大小，十分精巧。——刚才她对他说"不会是戒指吧"，原来竟是这个。盒子里还附了张纸条，是他的笔迹："本来也想叠一罐纸鹤的，可我这人手笨，等做好恐怕头发都白了。别人都讲心意是最珍贵的，金的银的反而俗气。我想，俗气就俗气吧，不喜欢也请你收下。等将来有机会，你教我叠纸鹤，我叠一屋子心意给你，好不好？"

郑苹看着，怔怔地一动不动，似是痴了。渐渐地，有液体从脸上流下来，不知是雨水，还是别的什么。一张纸随风飘了过来，落在她脚下。正是《雷雨》的海报。那一众人大大小小的脸，被雨水淋个透湿，又因是抛光的材质，五官都完全不像了。俱是望着天空，哭笑都看不甚清，脸浮凸起一片，朦朦胧胧的神情——看久了，竟觉得有些可笑了。

尾　声

周父与郑母离婚后，找了个老和尚，不久便皈依了。他变得话很多。逢人便说："早晓得就让他画画了，学什么生意。是我害了他，该遭雷劈的是我。"初时人们还劝他几句，见他说得多了，便也烦了，索性由他去。

警察看了那晚天台的监控录像，周游和刁瑞先是说话，渐渐地，似是吵架了，周游推了刁瑞一把，她没站稳，便到了天台边上。两人越吵越凶。忽然一个闪电，刁瑞被雷劈中，一个趔趄，便朝楼下跌去。周游上前拉她，结果两人一起摔了下去。警察由此排除他杀，裁定这是一起意外。至于张一伟，法医在他体内验出酒精含量超标，属于酒驾。

骆以达进了戒毒所。郑母每周去看他一次。郑苹问她，几时办证？她说倒不急了，这把年纪，领不领证，心意都在那儿。她也去看过周父。说他变了个人似的，生意也不做了，听了师父的话，要洗清前世今生的孽，全部家当都投进"怡基金"。

"唉，"郑母说起他便叹息，"白发人送黑发人。"

郑苹心想，黑发人其实是两个。

《雷雨》下档后，话剧社开始排《茶馆》。老耿演黄胖子。一次午饭后，他来找郑苹。

"我想演王掌柜，您看行不行？"他开门见山。

郑苹有些意外。"这个——都安排好了，不好意思啊耿叔。"

他摸了摸头："本来也没什么，演了那么多年配角了，被人家叫千年老龙套，都习惯了，可人就是有这毛病，演了一回主角，尝了甜头，就觉得还是主角好啊。"他说着，看向郑苹桌边那部手机，

"手机修得还行吧？"

郑苹一怔："蛮好的。"

"里面的照片啊视频啊，还清楚吧？"老耿朝她看。

郑苹又是一怔。

"您别误会，我没别的意思。"老耿道，"我是这么想的，您当初让我演周朴园，也是想圆您父亲的一个梦，长相和主角配角没多大关系，关键是演技，您是这个意思，对吧？黄胖子、刘麻子我都演了八百多回了，为什么？就因为我长得不正气，换了别人会这么想，可您不一样啊，您能让我演周朴园，就能让我演王掌柜。您就再给我一次机会。"

郑苹不作声。半晌，道："我要是觉得不合适呢？"

"那也没法子，"老耿有意无意地又朝桌上的手机看去，"您是老板，让我演什么，我就演什么，这是做演员的规矩。我规矩了几十年了，总不见得为这个就怎么样。免得将来人不在了，被人指着脊梁骨骂不仗义。人是走了，看不到也听不见，可身后的名声也要紧啊，我们中国人都看重这个。您说是不是？"

郑苹嘿的一声。

老耿继续道："您别笑话我。当初我还劝您呢，说开辟新路子也要有个度，什么角色该什么人演，都有一定路数。——讲起来也难为情，都到这把岁数了，戏台上过了半辈子，以为什么都想开了，人生如朝露，富贵如浮云，谁晓得临老了，反倒是看不透了，托您的福演了回正角，竟把心思给演活了，勾出了瘾。您说的有道理，谁说主角就该长成这样、配角就该长成那样呢？天底下的人，要是一眼就能分个好坏忠奸，那岂不是成了笑话？照我说，每个人其实都该是看不透的，看着这样，其实那样。演员要能把这层意思演出来，那就是了不起。"

　　郑苹听着，不觉有些走神。瞥见老耿的嘴巴不停地动，久了，就有些倦意。以至于他说什么，反倒不甚在意了。窗台上那盆蝴蝶兰开得正娇，粉紫的花瓣仿佛要振翅飞去，姿势摆得极好——终是个样子罢了。盛夏的午后，容易犯困。不自觉便打了个哈欠。老耿停在那里，朝她看。最后那句是："您父亲要是还在世，王掌柜必然也想演的——"

　　郑苹朝窗外看去，这角度正对着门口那块招牌：郑寅生话剧社。她依然是不语。余光瞟见老耿依然等着，也不催促，恭恭敬敬的。——是鲁贵候着周朴园时的模样。忽然间，门开了，一人走了进来。近前一看，竟然是父亲。——还是八年前的模样。郑苹顿时呆住了，一句话也说不出来。父亲也不说话。父女俩就那样互望着。一会儿，父亲转身出去。她急得去拉他衣角，"爸，别走——"父亲朝她笑笑，说了声"你好好的"，依然是走了出去。郑苹想追出去，身体却似不听使唤，只是在原地。只得大叫：

"爸——"

整个人一震，双足在地上一蹬，睁开眼睛，哪里有半个人影？——原来是个梦。本想闭目养会儿神，谁知竟睡着了。郑苹想着梦里的情景，觉得脸颊凉凉的，一摸，竟全是泪水。

隔日便换了个新手机。排练时拿在手里，老耿见了，笑说："早该换了。"又问："旧手机呢？"郑苹说："扔了。"话一出口，下意识地朝他看。

"新手机挺漂亮。年轻女孩子就该这样，多好。"老耿说着，那边导演叫"黄胖子"，他应了一声，上场了。

郑苹走到窗前。街边的梧桐开花了，萼片状的浅黄色花瓣微微卷曲着，从楼上往下看，仿佛铺满整条马路。美得清雅，毫不张扬。为这干巴巴的城市添了几分趣致。让人看了便觉得舒心。仿佛随那尖尖的花瓣一起生长出来的，还有些别的什么。

图书在版编目 (CIP) 数据

上海底片 / 滕肖澜著. — 北京：北京十月文艺出
版社，2017.7
ISBN 978-7-5302-1687-3

Ⅰ.①上… Ⅱ.①滕… Ⅲ.①中篇小说—小说集—中
国—当代 Ⅳ.I247.5

中国版本图书馆 CIP 数据核字 (2017) 第 113890 号

上海文化基金会资助

上海底片
SHANGHAI DIPIAN
滕肖澜　著

出　　版　北京出版集团公司
　　　　　北京十月文艺出版社
地　　址　北京北三环中路 6 号
邮　　编　100120
网　　址　www.bph.com.cn
发　　行　新经典发行有限公司
　　　　　电话（010）68423599
经　　销　新华书店
印　　刷　北京文昌阁彩色印刷有限责任公司
版　　次　2017 年 7 月第 1 版
　　　　　2017 年 7 月第 1 次印刷
开　　本　890 毫米 ×1270 毫米　1/32
印　　张　9.375
字　　数　171 千字
书　　号　ISBN 978-7-5302-1687-3
定　　价　35.00 元
质量监督电话　010-58572393
如有印装质量问题，由本社负责调换。